关于我美丽母亲的一切

一　切

深情与寂寞的人生四季

许仙　著

陕西出版传媒集团

陕西人民出版社

图书在版编目（CIP）数据

关于我美丽母亲的一切：深情与寂寞的人生四季／许仙著．
－－西安：陕西人民出版社，2013
ISBN 978 － 7 －224 － 10803 － 3
Ⅰ. ①关…　　Ⅱ. ①许…　　Ⅲ. ①长篇小说 － 中国 － 当代…　　Ⅳ. ①I247. 5
中国版本图书馆 CIP 数据核字（2013）第 203184 号

关于我美丽母亲的一切：深情与寂寞的人生四季
许仙　著

出版发行　　陕西出版传媒集团　　陕西人民出版社
　　　　　　（西安市北大街 147 号　邮编　710003）
印　　刷　　北京密兴印刷有限公司
开　　本　　880mm×1230mm　1/32
印　　张　　8. 75
字　　数　　168 千字
版 印 次　　2013 年 10 月第 1 版　2013 年 10 月第 1 次印刷
书　　号　　ISBN 978 － 7 －224 － 10803 － 3
定　　价　　28. 00 元

投稿邮箱　bwcq@163. com
发货电话　010－88203378

目　录

第一章　春东风·雨祖宗

立 春

    我母亲去世了。她死于食道癌。发现时已经是晚期了，这病都这样，医生说她最多可以活三个月。但她又活了六个月零三天，去世时就剩下皮包骨头了。她是被活活饿死的。最后一个月，食道癌拒绝任何食物进入她的体内，连喂口水都是痛苦的。这时候母亲已经不会说话了，头也直不起来；但弥留之际是清醒的，她突然伸出枯枝般的右手，紧紧地抓住我的手，用尽毕生的力气抖了三抖。我知道她想说什么。她是想对我说"快！快！快！"。那一刻我相信冥冥之中或许真有神灵，我侧过头去，朝老屋的门口张①去。我以为在天井那里，会有一个老男人从天而降。他背的背，拎的拎，地上还攒着好几只包，他伸着老鸭头，朝屋里张张，说，老太婆，我回来了。但是没有，什么也没有，老屋的门口空空如也，连秋风都不打那儿经过。屋子里弥漫着桂花的

---

    ① 张：杭州方言，看或望。

2

郁香，这时候浓烈到了极点，母亲的手忽然松了，像秋风折断的枯枝从我的手中掉了下去；等我回过头来，她老人家已经溘然长逝了。我看了一眼左腕上的罗蒙石英表，是北京时间2004年9月14日午夜11点28分45秒，星期二。

按照老墙门里的规矩，我们应该在家为母亲守灵三天。但是我没有。这倒不是因为十八只秋老虎才走了九只，夏天的余威尚存，母亲的遗体不宜久留，而且没这个必要。我们家无亲无故，母亲是孤儿，在孤儿院里长大的，可我又不知道她是哪家孤儿院的，是否有通知的必要？潮王路那边的老街坊因为拆迁皆作鸟兽散了，也无处通知；而父亲那边，我只知道他籍贯山东，民族汉，出生在山东、安徽或别的什么地方。仅此而已。根本就不会有人来奔丧的。三天。多么漫长的七十二小时！我若那样做了，反倒是冷落了母亲她老人家。

第二天上午，殡仪馆的灵车就来将遗体拉走了。母亲走后，老屋里仍余香缭绕，数日不散。我相信人是有灵魂的，相信人的灵魂是有气息的，相信我母亲的灵魂是桂花香型的。在过去的岁月里，我曾数次闻到过这浓郁的气息，现在我知道了，那正是母亲灵魂出窍的时候。母亲的灵魂终于走了，屋子重又恢复到陈腐的气息之中。

我再三再四地琢磨着母亲的临终"遗言"。她要说的是"快！快！快！"，这，没有错。但既然不是指那个人回来了，难道是催我赶快去车站，去把那个人找回来？难道冥冥之中，她已经收到了那个人坐哪次列车回家的加急电报？出于我个人的怨恨，我真不愿意提到那个人。那个人不是别人，就是我的父亲。1972年4月18日，那个人离开家后就再也没有回来过。他说过他要回来的，他说过他要给我母亲幸福的。而他所说的幸福就是让他年轻漂亮的妻子徒守空房，暗自落泪。我始终闹不明白，母亲为何到死都觉得嫁给他是幸福的？她幸福什么呢？她空抱着一个子虚乌有的诺言，就得到终身的幸福了吗？

那年我三岁，十足才二十三个月。二十三个月大的伢儿①有没有记忆力？我不清楚。但我对他没有一丁点儿印象，有的只是后天滋生的怨恨。因为他，我母亲过了大半辈子没有男人的生活；因为他，我从小就失去了现实意义上的父亲。我忌讳使用"父亲"这两个富有责任感的汉字。从懂事起，我就习惯用"那个人"来替换"父亲"。是的，我恨我父亲，尤其在今天，是他让一个为他苦苦坚守了三十二年的女人，带着终生的遗憾离开了人世。

记得在我十三岁那年初夏，我的恨就开始爆发了。那是一个沉闷而又聒噪的午后，护城河畔的烟柳中，蝉声凶猛，一群游蜂浪蝶纷纷过河而来，徜徉在花丛中，没有小伙伴的我则拖着瘦长的影子，孤独地徘徊在河边，用橡皮弹弓恶狠狠地袭击着那些出没在垃圾堆中的城市耗子；母亲又来叫我去城站②，我突然发疯

---

① 伢儿：杭州方言，孩子。
② 城站：杭州火车站。

似的冲她大吼大叫。我说，他死了，你还要找他干什么呢！我叫喊着，愤怒的眼泪夺眶而出。母亲愣住了。她瞪大着清澈如泓的眼睛，怯怯地，不知所措地望着我。她是一个连如何打骂伢儿都不会的母亲，她就眼睁睁地盯着我发疯似的朝清泰门外跑去；见我跑远了，才焦急地喊：米子你回来！米子你回来！

听母亲说，他们在一起的日子并不长，连头带尾也不过三年多四年不到的时间。那个人没有杭州市籍户口，没有工作和单位，但他想挣钱养家。他第一次离家是母亲刚怀上我的时候。照母亲的说法，他是得知她怀孕了，才决定出门去挣钱的。他出去了五个多月，带回来一小笔钱。母亲没有问他去了哪儿。这钱又是怎么挣来的？我母亲才不会问呢，她相信一个人往往相信到骨头缝里去了。但那个人自己说，他在上海给人挑大粪。每天挑粪都像地下行动，鬼鬼祟祟的，在后半夜，把大粪挑到黄浦江码头，然后从苏州河上运走。他第二次离家是在我满周岁的第二天。一家三口度过我有生以来的第一个生日后，一直找不到活干的他又走了。他在外面待了七八个月，说是放心不下我们，就匆匆地赶回来了。他脱了一层皮，颧骨凸出，像有人在他的脸皮底下塞了两只乒乓球似的；长发又乱又黏，有一股异味。他撕开牛头短裤上的暗袋，摸出那几张钞票来，理了理齐，塞到母亲的手里。他说我只能挣到这么多了。母亲的眼睛红了，湿润了。在家千般好，出门半步难。她知道他尽力了，但她不说话。她不是那种麻雀型的女人，就会唧唧喳喳；她像蜜罐，习惯把真情实感深

5

藏在心里。她什么都不说，只是默默地捏着那几张钱，像捏着什么庄重的东西，沉甸甸的，双手贴在胸口，好一会儿，她才进里屋去放好。母亲把钱藏在她的枕头底下，她一直如此，好像只有枕着钱她才睡得安稳。好像枕头底下是世界上最安全的地方。

我甜甜地睡在床上，对父亲的回家不理不睬。母亲朝甜睡的我笑了笑，伸出一根手指头在我红扑扑的小脸蛋上点了两下，她说，米子，你爸爸回来了。我迷迷糊糊听到动静，嫌她吵，就皱了皱小眉，继续睡我的觉。母亲悄悄地退了出去，端了一盆清水，清水里还有一把剪刀、一把牛角梳子，准备给父亲搞卫生。汗味浓重的父亲就坐在门口，幸福地低下头来，听任母亲给他剪发、洗头。母亲一边洗，一边告诉父亲，米子长高了，也胖了不少，米子有十三斤八两了，他还在睡觉觉……

天还没有黑，我们家就早早地关了门，母亲炒了几个小菜，陪父亲喝了点小酒。那天晚上，母亲在父亲的身上发现了不少伤疤。母亲向我比画这些伤疤的长度和宽度时，她纤细却已粗糙的手指在我面前一惊一乍的，也不知她发现时有多心慌！听父亲说，他是在南京西善桥码头装卸货物时弄伤的。肩上、腿上的伤还不怎么样，划伤了就划伤了；最可怕的是腰背上的那道伤，差点要了他的命。他说那是他下船去背货，也不知麻袋里装的什么东西，死沉死沉的，每个都有两百斤重；他刚背起麻袋，立起身来要走，那根带铁钩的竹篙就横过来了，砰地击在他的腰上。他整个人一软，就掉进了货舱里，被麻袋压在了底下。幸好是掉在船里，下面的货物堆积如山；如果掉在江里，那他就没命了。可以想象，那个晚上，母亲是怎样心疼地流下了眼泪，她极其温顺地忍受了父亲一次次的粗暴，愿意把自己的肉体和骨头都当作食物喂给这头饥饿的雄狮。在后来等待父亲归来的漫漫岁月里，母亲又一次比画起父亲身上的伤疤时，我对这个夜晚还有一点点印象，因为我哭醒过好几次。我一哭，母亲就伸过手来，抚摩我的头皮，或拍拍我的胸口：米子乖，睡觉觉。但我不屈不挠，朝他们哭个不停。母亲没有办法，一把将父亲推下身，然后抱过我，下床给我把一场尿，上床后让我睡在她的臂弯里，把多滋多味的乳头塞进我的嘴里。一有奶喝，我就忘了一切，甜甜地睡着了。

等我睡熟了，母亲收回她的乳房，一转身，父亲就急吼吼地爬了上去。当一切平静下来后，母亲躺在父亲呵护的臂弯里，听他讲这次出门的经历。他说他还是第一次下长江，真辽阔啊！母亲就问，比钱塘江辽阔吗？他说还要辽阔。母亲又问，那有潮水吗？他说那倒没有，但也够险的，无风三尺浪。母亲眼又红了，又湿润了。她要他保证以后再出去时，不要在码头这种危险的地方找活干了。父亲含含糊糊答应了一声。母亲侧耳细听，他已呼噜声声了。母亲甜甜地骂一声猪，又莞尔一笑，侧过身来，搂着我睡，边睡边想她的心事。其实母亲也没什么心事可想的，她只是胡乱想想而已。因为她一点睡意也没有，想找个人畅谈到天亮，可父亲太累了，他早已鼾声如雷。第二天，家里弥漫着一股奇异的芳香，连我们的呼吸也都是香香软软的，仿佛到了丹桂飘香的季节。这是我母亲在昨夜香汗淋漓的结果。

父亲对他身上的创伤倒是满不在乎的，他说这算个啥！有创伤的男人才成熟；但女人就不同了，女人有疤会很难看的，所以他要母亲千万别弄伤自己。多少年后，病重的母亲还能清晰地回想起父亲说过的话，她笑了，笑容里满是心酸的泪珠。接着是父亲的第三次离家。4 月，那是江南最春天的季节。头天傍晚，父亲就早早地收拾了行李，母亲也早早地烧好了夜饭，但他们几乎什么都没吃就早早地睡下了。第二天一早，父亲背起行囊，两腿发虚地走了。

母亲抱着我，把他送到大路上。母亲说你要早点回来呵。母亲说不管赚得到钱赚不到钱你都要早点回来呵！父亲说知道了。父亲再回头时，母亲抓起我的小手，朝他一挥一挥的，最后就僵在了半空中，直到他走远了，看不见了，母亲才放下我的小手，默默地抱着我回家。

三个月后，母亲也不得不两腿发虚地走进潮王区人民医院妇产科，去拿掉肚子里的伢儿。我不知道母亲是怎么想的，她怎么会不要这个伢儿呢？那时候又不搞计划生育。要不然，在这个世上，我就有个弟弟或妹妹了，我就不会像现在这样孤独了。也像个孤儿似的。是不是人活在世上都是孤儿？纵然你有十七八个兄弟姐妹，但你的心还是孤独的。拿掉了伢儿，母亲在医院走廊的长条凳上，空落落地坐了半个多小时，这才起身，忍着创痛，又整个人空落落地走回家来。冰冷的金属器材在她体内碰撞时发出的冰冷的叮当声，死死地盘踞在她的脑海中。还有那撕心裂肺的疼痛。当她扶住自家的门框时，额头已滴答着黄豆大的虚汗，噼啪落地，一摔八瓣。她再也迈不开步子了，扶着门框整个人一点点地矮下去，瘫软在门槛上。她抱住门框，心里酸酸的、涩涩的，像一块灰手帕被折了又折，折得复复杂杂的，叫人难受。她比纸还白的脸儿轻轻地贴在门框上，眼泪无声地顺着木框往下淌，往下淌。前面的眼泪被木框吸走了，后面的眼泪又继续往下淌。

我五岁那年，潮王路开始改造。我们要拆迁了，但父亲还没有回来，他已经出门两年了。这下母亲急坏了。她说她哪儿也不去，她要在这儿等我父亲归来。如果我们搬走了，他到哪儿去找我们呢？母亲的这种说法，后来被酒鬼叔说成是完全多余的。酒鬼叔说我父亲是跑过三江六码头的人，他若诚心要找我们还不容易？只要到潮王路派出所问一声就知道我们的下落了。酒鬼叔说这句话时，我们已经搬迁到八卦墙门了，他的言外之意是很清楚的：我父亲至今还没有回来是存心的，他是存心不想回来才不回来的。为此，母亲暗暗地忧伤了好些日子。

随着潮王路拆迁工作紧锣密鼓地进行，母亲又要求原拆原回，但也遭到了拒绝。听说重建后的潮王路，将是一条寸土寸金的商业大街。我们家因此而成了老城改造的钉子户。城建部门以最大的优惠政策，让我母亲在两处城乡接合部超大面积的住房中任挑一套，她都不干。母亲是固执的，她要做什么事情，总是一

9

条道走到黑。四周的老屋全拆除了，扒平了，唯独留下残墙断壁的我家，孤零零地竖在那儿，像汪洋中的一条小破船。后来，母亲终于在城站以东百米处的清泰门外，和车站隔河相望的始版桥直街上，找到了一个使用面积不足30平方米的小套；这个要求让城建部门感到非常意外，那个负责人高兴得像走夜路拾了个金元宝，怕是睡熟梦里都要笑出声来的。

对此，我是这样理解我母亲的。她以为生活在城站附近，碰见从外地归来的父亲的机会就多一些，和我们常说的"常在河边走，哪能不湿鞋"是一个道理。

1974年2月25日，在拆迁期限的最后三四天里，我们搬家了。

杭州过去有许多老墙门，人们习惯以门洞的形状来称呼它，比如门洞是月亮形的就叫月亮墙门，门洞是梅花形的就叫梅花墙门，门洞是八卦形的就叫八卦墙门……这样通俗易懂，好记好辨认。始版桥直街62号，我们家的新址，就是八卦墙门。墙门里其实就是个大杂院，住着数十户人家。有不少伢儿，都很疯很野，整天在外面打打杀杀，他们的声音尖得就像划来划去的刀子一样，把天井里的晚风撕得支离破碎。几幢楼房统一是两层半的，最上面的半层是阁楼，里面矮得站不直人，但照样住人。只是太委屈了那些脑袋瓜子，进进出出时，免不了要磕头碰脑、起包破皮的。在杭州，城市居民的住房向来非常紧张。谁叫它东南形胜，山清水秀，太会招惹人。现在也是如此，房价炒上了天，真正能够享受宽敞住房的，都是些有钱的外地人，基本上没杭城百姓什么事。我们家是在八卦墙门南楼的一楼，朝北开门，一室一厅一厨；进门就是厨房，再进去是厅，隔壁就是卧室，没有卫生间。白天跑公厕，晚上用马桶。或许是房子太陈旧了，或许是关了段时间，或许是长年累月在家使用马桶的缘故吧，总之，老屋里弥漫着一股潮湿陈腐的气味，怪怪的，阴笃笃①的，无处不在。

如果你从高处瞭望这些老房子，就会看到一丛丛瓦楞草在乌黝黝的细瓦间见缝插针，蔚然成片；虽然无人问津，但它们常年与清风明月为伴，一岁一枯荣，春风吹又生，倒也悠然自在，尽享它们的草根人生。有时候我就想，如果青砖黑瓦下的芸芸众生，也有着瓦楞草一般悠然自在的恬淡生活，那该有多好啊！

有一天，母亲站在护城河前，凝视着眼前驶过的列车，突然大声地喊我。她说，米子，你去车站看看你爸爸回来了没有？我兴奋地问是不是爸爸今天回来？母亲说那倒不是，但他总是要回来的啊！是啊，那个人出去都两年多了，我们也盼了两年多了，他也该回来了。母亲说得对，他总是要回来的。好嘞！我从护城河边跳上来，飞快地沿河而跑，跑过虹桥，去车站找父亲了。

这一天，其实才是故事的开始。在我五岁那年春天的奔跑中，车站由远而近，从隔河相望到长驱直入，便成为我寻找父亲的最初记忆。

---

① 阴笃笃：杭州方言，大抵以名词重叠加形容词，用 AAB 的方式加强语气，引起联想。也有以形容词和重叠的性状词用 ABB 的方式，表示不同程度。

雨　水

　　鲜花，眼泪，哀乐。默哀三分钟，再鞠三个躬。母亲的遗体被打包，推进了火化炉。骨灰盒是殡仪馆以强卖的性质出售给我的。如果我不在殡仪馆购买的话，他们将额外增收 300 元费用；我想反正是要买的，那就买官商的吧。骨灰盒分石质和木质两种。我要了木质的。石质的太冰，我怕母亲会冻着。而木质的又很像我们早先在潮王路的老房子，冬暖夏凉，又保存了母亲一生中最美好的记忆；在那里，母亲度过了她一生中最最幸福的时光。只是骨灰盒上的苍松仙鹤雕得太粗糙了，朱漆也是深一块浅一块的，终究不合母亲的心意。但我想她会谅解的，她老人家过去吃惯了馊粥霉菜，从不计较生活条件的，现在即使到了另一个世界，她也会如此的。一个人的秉性使然。欣慰的是，嵌在骨灰盒上的那张黑白照，是我精心挑选出来的；照片上的母亲披着长长的秀发，年轻，漂亮，而且具有艺术美感。这是当年张波叔在我家时，带我们去西湖边玩，在苏堤上给母亲拍的。张波叔在建筑、美术、摄影和音乐方面都有造诣，他那只海鸥照相机至今还被我当古董一样珍藏着。在西湖边，张波叔执意要给母亲单独照张相，执意要母亲解散发髻，将如瀑的长发披到胸前来，让母亲双手梳弄着长发，微微侧着头，冲我们笑。但母亲不笑，母亲只是脸红。张波叔就悄悄地叫我做鬼脸，我一做鬼脸母亲就笑了。

张波叔就"咔嚓"一下子把母亲的笑容拍下来了，定格了。那天我们绕西湖拍了一圈，足足拍了一卷胶卷，就直接去"二我也"店里冲洗。那是我有生以来第一次照相，我太想看到自己的光辉形象了。我们在那儿等了三个多小时，久得让我都不敢相信有这回事了。我们先在店门口看了一遍照片，笑死人了。最好笑的是母亲给我们拍的那张，骑在张波叔肩上的我只剩下半个脑袋了。回到家，我们又看了好几个晚上。张波叔拍的照片张张好，但最好的还是他给母亲拍的长发披肩的那一张。对此张波叔不无得意地说，它之所以好，是因为在拍之前，他心里已经有这张照片了。

我那时候还小，不明白他没有拍怎么来的照片。张波叔笑着看了母亲一眼，母亲顿时低下了头。张波叔说是他想出来的，但我很快就找到了答案，他不是想出来的，而是画出来的。我在他的几本奇离古怪的书中，翻到了一张 16 开纸大小的钢笔画，画的是一个女人盘腿而坐，如瀑的长发拂过她坚挺的双峰，飘拂到她的大腿上。她侧着脸，头微微仰起，左手挽住长发，右手执着牛角梳子，在静静地梳头。一轮弯月，清清地照着她。让我不解的是，画中，那女人的面孔是空白的。于是我拿去问张波叔，问得张波叔脸涨得血血红①，他说你从哪儿翻出来的，你怎么乱翻我的东西呢？他看到我哭兮兮的样子，又和风细雨地说话了，并把这张画送给我作纪念。我说我知道他画的是谁。他问是谁？我

---

① 血血红：杭州方言，文中鬼嚓嚓、滥滥湿、阴笃笃均为方言。

说是我妈妈。我要他画完了再送给我，他说已经画完了。我说那还有脸呢？他说这张脸是任何笔墨都无法描绘的，尤其是我妈妈那双眼睛，只好空着，任人去想象了。这话，我是过了十多年后才懂的。这时候我已经在追求缪斯姑娘了。

的确，我母亲非常美丽。并非因为是我母亲，我才这么说她。我母亲是真美丽。酒鬼叔曾经和我坐在护城河边乱石上，探讨过我母亲的美丽，她为什么会这么美丽？墙门里最最老实巴交的黑叔，有一回也偷偷地对我说，你妈是全世界最漂亮的女人。她瓜子脸，柳叶眉，双眼有着她这个年纪所没有的水灵，清澈，笑微微的，皮肤又白，身材就更不用说了，一掐的腰肢，上下两头颤蜜桃。张波叔肯定是偷看过我母亲梳头之后，才用他的派克金笔画下了那迷人的镜头。所以他说，在拍之前，他心里就有这张照片了。还有白奶奶，每次遇到我母亲，总是握住她的手不肯放，像抚摩碧玉那样抚摩一番，口中赞个不停：米师母这相貌，连我老太婆瞅着都喜欢得不得了呵！至于男人们企图探花偷香的行径，那就更不用说了。

我们搬到八卦墙门后，母亲在墙门里每有走动，男人们总是停了手头上的活儿，或行走的脚步，两眼直直的，向我母亲行注目礼，静静地恭送她经过。这就引来了那些男人们的女人的敌视。比如酒鬼叔的老婆徐婶，我们叫她"洋葱头"。这个外号不光和她的头型相似，而且和她的为人也颇有神似之处。她的嘴特臭，像顿顿吃了洋葱不刷牙，墙门里没有比她更臭的嘴了。平常

你见不到她说话，好像很文气的一个女人，但背地里经过谁家门口时，她就鬼嚎嚎地朝里面挖一眼，然后骂一句什么。她骂我们家"狐狸精"、"臭婊子"、"烂人×"和"卖×货"等各种恶毒的字眼儿，都是针对我母亲的。另外，还有黑叔的老婆"两座大山"，也把我母亲视作眼中钉肉中刺。关于"两座大山"，男人们都说，旧社会那三座大山，有两座至今仍压在她的胸口。她的胸口像有两只篮球塞在衣服里，忽而左右晃动，忽而上下晃动，永远没有停的时候。她庸人自扰，以为我母亲搬来就要抢她老公似的。当然，没有一个女人能够容忍自己的男人当着自己的面，对别的女人垂涎三尺。所以她们隐性的恶毒眼光，总是冷不丁儿地从墙门的某个角落射杀出来，令母亲不寒而栗。毛主席说过，世界上没有无缘无故的事情。可我母亲什么也没有做，但她们还是嫉妒；她们管不住自己的男人，就加倍地嫉妒我母亲的花容月貌。

母亲每天梳两次头，清晨一次，睡前一次。清晨她把头发梳拢来，高高盘起；夜里则梳开长发，让它如春柳般披散。对母亲来说，日子就是从头开始，又从头结束的。东方欲晓，母亲就坐进一窗的晨曦中，支起化妆木盒翻盖上的镜子，打开下面的抽屉，准备好牛角梳子、篦子、网罩、簪子等，然后开始慢慢地梳理。她先用牛角梳子把长发梳通了，再用篦子梳得一根是一根，油光水亮的，然后盘成一个漂亮的牛粪团，用网罩罩住，插上簪子。就像生活在传统里的旧女子那样。其实，像我母亲这么青的年纪，还不是梳牛粪团的年纪，也没有人这么梳，唯独我母亲；但恰恰是这份不相称，这份另类，反衬得她格外美丽，格外端庄。晚上入睡前，母亲解带宽衣，盘坐在床上，提手抽去簪子，让那头发团猛地散落开来，犹如银河飞流直泻，叫人惊喜不已。除了无月之夜，母亲一般不点灯，她就坐在从天窗筛下来的如水月光里，一梳就一两个小时。这已经成了一种仪式，一种关于生命与人生的仪式。这时候母亲会闭上眼睛，微仰的脸上流淌着柔和鲜活的光亮，就像一尊美丽的佛。

这样的场景，后来常常令我联想到古代传奇女子红拂。

母亲的头发柔软，茂密，像蔓草一样，暗香浮动，空气里布满了类似在春雨中花开花谢的气息；而秀发的亮泽就像绵绵的雨丝，在灯或月色里奇幻地闪光。夜在这光泽这芬芳中慢慢融化了，它的气息令人沉醉。要我说，我母亲美就美在她娟秀的容颜、傲人的身材，再配以这香艳的秀发上。我喜欢披发而睡的母亲，喜欢她如烟的长发飘拂在我的脸上，香香的，痒痒的，感觉像沐浴在月光下的清水湾里。

印象中，父亲在家时，母亲是不盘发髻的。她有时候披着一袭如瀑的秀发，有时候则编成齐腰的麻花辫。粗粗的两根。她的长辫子，在潮王路的老街坊里是出了名的，一说长辫子大家都知道是说她。从她做小姑娘的时候起，他们就叫她长辫子了。但父亲一出门，母亲就把头发盘起来，而且盘成中老年妇女的发髻，想让自己显得老气些。我不知道母亲这香艳的秀发，是否只为父亲而盘，只为父亲而披？在父亲不在家的岁月里，母亲也曾经有过几次扎辫披发，我不知道这是否又和别的男人有关？说实话，我倒希望她有，希望她黄连抹头（苦恼子）的人生，尚有一丝意外的喜悦。

我又在想她老人家临终的"话"了，应该是叫我赶快送她到车站吧。母亲是想和父亲见最后一面？即使见不到父亲，也要最后看一眼他归来的车站？是的，我想是这样的。躺在病床上的母亲，奄奄一息的母亲，不得不离我们而去的母亲，她最后的心愿就是去车站，去把离家三十多年的父亲找回来。而作为独子，我理应完成她老人家的遗愿。母亲的遗体被推进火化炉后，我让妻子带上儿子，和墙门里的街坊邻居们先回去。我说我要陪母亲去一趟车站。妻子用古怪的目光看看我。她是不会懂的，但她什么也不问，我也不想解释。理解是一回事，解释又是一回事，很累。

我排队。我等待。我终于领到了母亲的骨灰，母亲的骨灰还是热的，她让骨灰盒也有了某种生命的热度。有些烫手，我用黑布把骨灰盒包起来，外面又用红绸打了个包袱，斜背在身上。温暖的骨灰盒就像母亲宽厚而又慈爱的手掌，轻轻地抚摩着我的背脊。这种别样的暖意让我情不自禁地泪涌满面。好在殡仪馆是个落泪光荣不落泪可耻的地方，我可以尽情地流淌这种情感的液体。我撑起雨伞，缓缓地离开了这座城市唯一的一所殡仪馆。背上的母亲轻盈而又沉重。我不知道我这个样子，是不是很像一个背井离乡的人？是不是很像在外流浪的父亲？

这是一个刚下过一场急雨的下午，秋天的路面上湿漉漉的，枯黄的梧桐叶零乱地贴在马路上，像伤感的季节遗留给大地的一枚枚纪念币。天气还有些闷热，天际的流云疾速调遣，都囤积到东南方向去了。没有阳光，但我还是撑着雨伞。我怕白日光直接照射到母亲的身上。据说刚去世的人的魂魄就像初生的婴儿那样脆弱，会被白日光打得魂飞魄散的。路上车流如云，出租车见我打手势也不停，我继续朝前走了一段路，才拦到一辆出租车。我说去城站。司机有两道粗浓的八字眉，他一脸苦相地看了我一眼，就开了车。殡仪馆在城西北，而城站在城东南，出租车要穿越整座城市，加上路况又差，是很费时间的；但司机始终紧闭着双唇，没有一句话。我也懒得理人，把红绸包袱往胸前一移，紧抱着母亲的骨灰闭目养神。出租车经过大学路与庆春路交叉路口时，我叫停了。我说我们就在这儿下车。司机也不问什么，打右灯，减速，将车子停到适当的路边，让我们下车。

我又撑开伞，和母亲退回到交叉路口，然后拐入大学路。我知道，这儿离城站还有两三站路。但我想，朝圣者与圣殿之间是要留有一定余地的。我这样做，应该更符合母亲的心意。而今天我要做的事，就是来给母亲还愿。

我们走在大学路上。大学路过去是条大马路，现在却窄得可怜；两边都挤满了商摊，连个行人走路的地方都没有。撑把雨伞有什么好大惊小怪的？母亲，我们不用理会。大学路的南端，本来有一条小街，叫什么我已经不记得了，可以直接穿到城站，现在已经拆掉了。半个小时后，我们从清泰立交桥底下穿过，迎面的红楼缩在高层建筑的包围中。听说它以1.7亿元的身价被卖给了一个上海私人老板。母亲啊，你知道的那个车站早已不存在了。那个车站好是好，所有建筑都古色古香的，外地人一看就知道到了一个文化底蕴深厚的古都。但好有什么用呢？中国人太多了，要乘车的人太多了，那个车站已经不适用了。再说如今是一个颠覆的时代，只有颠覆才能体现现代人的价值。现在的车站，你瞧，多高！是啊，它看上去是单薄了点，更没有古建筑的雄浑感和历史文化名城的厚重感，但他们要的或许就是这个感觉。这年头，不得人心这件事，如果干得好，那就叫曲高和寡。

过去，红楼赤裸的外墙就像一幅炎热的凡·高油画；门口有个扛枪的岗哨，因为这是省政府的一个招待所。那岗哨可威武了。我每次来，对这个不动声色却分明神气活现的家伙都羡慕不已；可他从不看我，尽管我有扮不完的鬼脸。说出来不怕人见笑，有几回我望着岗哨就想，哪天我参军去打仗，我打啊打，就把自己打成将军、总司令了，到那时候我就命令所有的军队都去找我父亲，挖地三尺也要把他找出来。有一回我还想，等找到了，我就让我的警卫员先劈他几个巴掌，让他清醒清醒，谁叫他这么多年都不知道回家呢！红楼的路对面就是公交车站牌，151路无轨电车从解放路经金衙庄走环城东路的，152路无轨电车从建国路经那条小街过来的，54路公交车走环城线，其他还有几路公交车，现在已经看不到了；它们经过红楼前的十字路口时，女售票员们无不伸手到窗外，她们久经锻炼的"铁砂掌"，将车皮拍得山响，警告那些只顾走路不看车的匆忙旅客和路人：喂！喂！喂！你个死尸啊！瞎啦？长眼睛是干什么用的！

　　紧挨红楼的是一家皮包商店，店里店外挂满了各种各样的包，有布的、麻的、尼龙的、牛津的、人造革的、真皮的……颜色有黑的、白的、黄的、蓝的、红的……形状有方的、圆的、长的、扁的、大的、小的……真可谓五光十色，琳琅满目。边上是文化用品商店，店里有只红灯牌录音机，永远播送着震耳欲聋的民族音乐；只听见黄河在咆哮，黄河在咆哮……黄河一直在咆哮！它大概想以此来抗衡来自车站的笛声、车声、喇叭声、人声和吆喝声吧。货架上陈列着各种杂志、书籍、旅游手册，以及信封、信笺、钢笔、圆珠笔和省、市及全国的交通地图等；八十年代后改售磁带为主，一盒盒的，像扑克牌似的摊满在铺子上，花花绿绿的，盒子的封面上印满了关牧村、李谷一、蒋大为、苏小明、王洁实和谢莉斯等歌手们的迷人形象。另外还有母亲喜欢听的《红楼梦》、《祥林嫂》和《梁山伯与祝英台》等的越剧磁带，绍兴莲花落与苏州评弹等其他磁带。音响设备也随即鸟枪换炮，店门口两侧摆出两只大音响，轰啊轰啊地震荡着崔健同志的《一无所有》，及其他重金属的声音，真正把车站的噪声逼走了。我喜欢这震天动地的音乐，喜欢一切有力量的东西。我在广场上听，在店门外听，有时候也到店里去听。到店里去听，是想再看看那部高级音响，看它音乐喷泉般跳跃着音量的指示灯，那么柔美，那么梦幻；这样的音响，真叫人梦想。那个趴在柜台上的中老年女人（我看不出她确切的年纪），游泳头，头发短得像男人，脸很大，五官却长得很小，而且都拼命往中间挤，像是在争那个中心位置似的，所以看上去这脸就长得很浪费，徒留下太多的空白。她总是像只黑猫似的趴在柜台上，手握一支圆珠笔，低头在某张废纸上作画。我不止一次看到她画出来的东西，像一只无头鸟或阴毛丛生的男性生殖器。但她在低头作画的同时，会冷不丁地抬头扫一眼店里店外，那看人的眼神也很古怪，好像她有特异功能，能靠意念剥光人的衣服似的。我自知不是小偷，但碰到她看我的眼神，我就会情不自禁地脸红心慌，最后逃似的离开那家商店。但是过不了多久，我又会心痒，就又去那店里看音响了。后来是看各种磁带。我喜欢听那些靠高分贝震撼心灵的音乐，也喜欢看那些花花绿绿的磁带盒，以及包装纸上有关歌手的图文。

文化用品商店边上，就是我说的从大学路南端拐进来的那条小街了。小街不长，但店铺不少，印象深刻的有一家中药铺、一家饭店和一家铁路文化宫。中药铺药香扑鼻，我每次走过那里时，脸上就像被猛地贴上一张麝香膏药那样馨香好闻；又像闯入了迷魂阵，闻到那香，忍不住要进铺子张张。那家饭店，好像叫"一招鲜"，进门就是一道又窄又陡的楼梯，被漆成血淋淋的红色，而梯级的宽度只有正常人三分之一只脚那么宽，只能踮着脚尖走路，爬高落低都慌兮兮的，走在上面好像随时会掼下来，会惯死人的。我有一次爬上去，在阁楼上吃过一碗阳春面，从此不敢踏进去半步。铁路文化宫，其实是一家电影院，经常放通宵电影，三部片子，却只收两部的钱，专供候车的旅客们在这个声音嘈杂、空气恶浊的地方度过一个漫漫长夜。这比开旅馆便利多了。既不用介绍信和工作证，又比较省钱。如果身上零钱允许的话，我有时候也去看一场白天电影。那时候的电影特点鲜明，越南片飞机大炮，朝鲜片哭哭啼啼，日本片追追杀杀，国产片红旗飘飘。但看通宵电影的经历只有一次。看第一部时头脑还清醒，后来就头昏脑涨，继而剧痛欲裂，第二部还没看完就逃出来了。有过一次这样的经历，我就再也不进去浪费钱了。

横穿小街，那边靠环城东路的是家食品店，柜台上一排热气腾腾的电热锅，敞开着，锅里有粽子、玉米棒、豆腐干、茶叶蛋……它们混合的香味，香得让我直咽口水。有一回，我和"白蒲枣"扛着我父亲的肖像在车站晃来晃去，晃了没多久，天就下雨了，我们就躲在这家商店的屋檐下，两人又饥又饿，被这些香气熏得差点晕过去。但我们没有钱。我说等我长大了，挣到钱了，就请她吃这些香死人的好东西。"白蒲枣"双手捂着饥肠辘辘的肚子，她说米子哥哥，如果你现在有一碗粥，边上刚好有你、我和你妈妈，这碗粥你会给谁吃啊？她问的问题就跟一道智力题似的。从这一点上我们也可以看出，"白蒲枣"从小就是块读书的材料。我开动脑筋想了想，我说半碗给我母亲，半碗给你。她就笑了。她笑起来特好看，左边的小虎牙爆出的，一脸的灿烂。她假装和我说话，偷偷地用她冰冷的小嘴亲了一下我的右脸。那时候我们几岁？我七岁，她五岁。我到现在还记得她来亲我时轻轻踮起脚跟的声音，以及她的小嘴啄在我脸颊上的冷冰冰的感觉。她说等她长大了，要嫁给我做老婆。对此我还认真地想了想，并煞有其事地对她嗯了一下，表示同意。管电热锅的那个阿姨听到我们说话，又笑又拿话羞我们。羞得我们手拉手冲进了雨中。跑回家，两个人早已滥滥湿①了，都成了落汤鸡。"白蒲枣"上楼后不久，我就听到"两座大山"在楼上揍骂她的声音，我那时候在心底暗暗发誓，将来我娶她做了老婆，一定好好地待她，不打她，不骂她，有好东西就给她吃，有好衣服就给她穿……

十字路口东面就是城站。车站售票处坐南朝北，大厅里永远有人在排队购票；逢年过节，更是人山人海，这时候就有戴红袖套的同志像雄鹰一样高高地停在人字梯子上，监视着整个售票大厅，铁老大脾气暴躁，且威严如二郎神。隔壁是行李寄存处，再隔壁是站前派出所。有年春运期间，我被当做小"黄牛"逮了进去，说什么他们都不听。后来，他们把我母亲找来了。母亲不知出什么事了，噔噔噔地跑来了，一脸悲切，靠一把眼泪一把鼻涕地哭诉，才把我从里面弄了出来。派出所和候车室之间，是车站出口处。出口处的喇叭口有道可移动的铁栏栅，平常上着锁，有列车到站乘客需要出站时才打开，一个个排队检票出站。车站上

---

① 滥滥湿：杭州方言，完全湿透了。

空会忽然传来高音喇叭声：从南宁开往无锡方向的 1380 次普快列车，马上就要进站了，到杭停靠 8 分钟……播音员软绵而又富有黏性的音质，特让人耳根发软。喇叭一响，出口外面一眨眼就挤满了接旅客的人们，他们你推我搡，都想抢在别人的前面；有的还高举着牌子，牌子上写着被接者的姓名和单位名称。更有杭城各家偏僻旅馆的服务员，她们手持各自旅馆的牌子，喊着"某某旅馆价格便宜，有专车接送！"之类的广告，到处转悠；你若问她旅馆离车站有多远，她们都说一站路，就一站路；但等把你推上她们的中巴车后，你想后悔已经晚了。第二天醒来，你已身处城市边缘的一个偏僻的小巷子里，得步行半天才找得到去市中心的公交车。

母亲，这就是城站！

有时候人山人海。有时候空空荡荡。有时候该来的来了，该走的走了。有时候不该来的来了，不该走的走了。有时候我简直不敢相信，这么多归客中，怎么会没有我的父亲呢？有时候我哀叹，这么多乘客里，又将有多少像我父亲这样的男人？车站！车站！它到底是个什么东西？为什么有那么大的吸引力，将一个个人从他的亲人身边拉走，从这个地方挪到那个地方，从有挪到无。车站！车站！它到底是个什么地方？为什么上演喜剧的同时，又上演着无期的悲剧。

我通常就穿梭在出站的旅客中间，使劲地张望着他们的脸。我知道找一个人其实只需要找到一张脸。自古以来，人们把脸看得那么重要，就是因为这张脸代表了它的主人；可是在我的心目中，父亲只是一个虚幻的影子。母亲啊，没有他的脸谱，我又拿什么去寻找呢？

惊 蛰

现在，我们拾级而上，登上新城站的车站广场，它的最高处是直插云霄的钟楼。一定是整点了，钟楼上的四方大钟突然响起：当！当！……钟声洪亮而又悠扬，像有天女撒下了声音的花瓣。几只不知名的都市鸟儿匆匆掠过广场的上空，说不见就不见了。我不知道钟声惊动了母亲的灵魂没有？我反手摸摸背上的骨灰盒。广场上三三两两的人群，并不在意我在晴天撑了把雨伞，迈着忧伤的脚步，从他们身边走过。几个职业乞丐摆出凄惨的肢体语言，召唤着旅客的同情心；我破例走到离我最近的那只破搪瓷盆前，掷了几枚硬币。硬币落在搪瓷盆里以及砸到硬币上的声音，清脆而有余韵。老乞丐磕头如拔小葱，连声说道："老板发财！一路平安！"

我这是替母亲做的。那就祝福我的母亲一路平安！在另一个世界里过上幸福美满的生活吧！母亲一向善待乞丐，自己有一碗粥会毫不犹豫地分半碗给他们的。甚至全部。我暗暗地想，母亲是不是也怕父亲在异乡沦落到这种地步？今天我这么做，母亲是会高兴的。我耸耸肩，算是和背上的母亲打了声招呼。是啊，我仿佛听到了母亲的笑声飘扬在空中。

一列火车出站了，汽笛声嘹亮而富有节奏，连广场上的花草都感染了这种节奏。我的背上有什么东西动了动，又动了动……这轻微的动静让我毛骨悚然。我慑服于冥冥之中的神秘力量：莫非是母亲的灵魂透过雕花木窗，眺望到似曾相识的车站而欣喜若狂？莫非是母亲的灵魂弃盒而去，搭上这班列车，去寻找失踪多年的父亲了？

记得我第一次看到奔驰的火车时，曾惊慌地问母亲那是什么？母亲朝火车嫣然一笑，她说傻孩子，那就是妈妈常说的火车啊！那天忙于搬家的母亲，仍不忘告诉我说：你爸爸就是坐火车出去的，要不了多久啊，他就会坐火车回家了。那一刻，我的小眼睛倏地一亮，追随着火车轰然远去。我心想，明天，它就会把行走在远方的父亲带回家了。大火车真是神奇啊！

那天我们家乱成一锅粥。母亲一早就叫来了三个男同事，借了两辆三轮车，每趟都装得满满当当的，像蚂蚁搬家似的搬了一趟又一趟。把那边的家搬完时，已经夜快边①了。母亲假客气了一下，要留他们吃饭，但他们说厂里还等着用三轮车呢，就匆匆地踏走了。他们一走，母亲就像漏了气的皮球，瘪在了那儿，面对一屋子的破东烂西，她也不知从何下手。说实话，我们在潮王路的家本是我母亲的养母的。养母死后，这数十年积累起来的家底就交到了我母亲手上。所以母亲和父亲结婚不过几年，但家底

———————————

① 夜快边：杭州方言，黄昏。

26

却不可谓不丰厚。像一座山。也昭示着一个家的沉重。那天我们家成了八卦墙门里的焦点。很多男人都自觉地过来帮忙，像刘大叔、酒鬼叔、黑叔等；他们有的指手画脚，叫我母亲把床放这儿，把柜子放那儿，搞得母亲六神无主，不知听谁的好；只有那个脸和手都黑乎乎的黑叔，总是问我母亲这个放哪儿，那个放哪儿。他对我母亲说，主意要你自己拿的，因为将来是你住在这个屋子里，而不是我们，对不对？母亲只让他们安置了一张床，两口柜子，一张桌子，这些她一个人无法挪动的家伙后，就歇了下来。母亲说其余的我自己慢慢再理吧。因为一时间，她也不清楚什么东西该归位到什么地方。

女人们则围聚在天井里，有白奶奶、白奶奶的几个儿媳妇、刘大婶、"洋葱头"、"两座大山"等。她们用古怪的目光注视着我们家。她们最多在门口张张，一脸的鄙夷，好像挺忌讳进我们家似的，也不让她们的伢儿来我们家里。一说到我们家，她们就压低了嗓门，嘀嘀咕咕的，很神秘；好像我们家藏着不可告人的秘密似的。伢儿们追着我们家的三轮车涌进涌出，快活得就像六月里的苍蝇追逐着使用过三次以上的手纸那样忘形，嘴里发出呵呵的欢呼声。后来，"两座大山"就向我招手了，手儿一勾一勾的，我就跑过去了。她偷偷地塞给我两颗大白兔奶糖，我不敢要，她就把奶糖塞进我的裤袋里。她和颜悦色地问我，小鬼头，怎么不见你爸爸啊？你爸爸呢？我摇摇头说，我不知道。她又说，你爸爸和你妈妈离婚了？还是……你没有爸爸吗？我再次摇

27

摇头说，我不知道。她对我的回答很不满意，她甚至想把给我的糖要回去，但我挣脱了她的手，逃回家了。我听见她对那些女人说，这个小滑头，问他什么都不肯说。

我摸着裤袋里的奶糖，趴在门边上张，我看到对面楼上的栏栅间，一双亮亮的小眼睛，一个劲地朝我忽闪忽闪的。这是我第一次看见"白蒲枣"，仅仅局限于一双眼睛，亮亮的。后来，我一直在找那双小眼睛，有一天，我终于在她的脸上找到了它。

我母亲认人是非常滞后的，过了很长时间，她还弄不灵清墙门里的芸芸众生，哪个是哪个。而我们搬过来的第二天，墙门里老到七八十岁的老人、小到三四五岁的伢儿，好像都晓得我们家的底细了。知道我母亲是个孤儿，来自杭城某座孤儿院，受过什么教育，现在哪儿工作等。知道我父亲祖籍山东，现在外地工作。知道我们是从潮王路那边搬过来的，是最后一家。有些我们家的事情，我们自己都不怎么清楚，他们却比我们更清楚。

那天，我母亲一直在笑。她对男人笑，对女人笑，对小伢儿笑。夜幕降临，前邻后舍都隐去了，关了门，家里一下子静到了极点。母亲累坏了，她坐在那儿一动也不想动。听到敲门声，不，是有人喊开门的声音，母亲才使劲地搓了搓自己疲倦而又僵硬的脸颊，起身去开门。是白奶奶。她手里端着两碗粥，热气腾腾地进来了。白奶奶说不要嫌它露汤露水的，喝了暖个身子。白奶奶这么说，母亲的眼睛就红了。白奶奶就生气地说，这孩子，前邻后舍的，有什么好客气头的，以后有什么难处找我老太婆说说，别的忙帮不上，出个主意宽个心还是行的。好了，你们也早点歇着吧。说着，白奶奶就带上门走了。这是我第一次见到白奶奶，她也是我认识的第一个新街坊。

白奶奶系着一条常青色围裙，前面有只大口袋。据我观察，白奶奶的这条围裙是万能的。流汗时擦汗，洗手时擦手，洗水果时擦水果，烧菜时锅柄烫了就裹手，打扫卫生时用来掸尘，抹桌子凳子……那只大口袋也如同百宝箱，装着手帕折的钱包，小心包着的各种票子（油票、粮票、烟票、布票、豆腐票等），些许糖果，各种小玩具……鼓鼓囊囊的，走起路来叮当作响。白奶奶是从旧社会过来的人，三寸金莲，再加上她犹如身怀六甲的肚子，给人一种头重脚轻的感觉，仿佛风一吹就倒。据说她得的是"鼓胀病"，是三年自然灾害那会儿闹下的毛病。我也搞不灵清，饥饿还能把人的肚子搞得这么壮观，就像现代富裕所带来的肥胖症。无知的温饱是不是另一种饥饿？白奶奶菩萨面孔菩萨心肠，她经常来看看我们，问问我们，她见了我母亲总是亲昵地握住她的手，一口一个米师母。这天，这两碗热乎乎的粥，喝得我们一直暖到心里。第二天一早，母亲将碗洗得干干净净的，给白奶奶送去，亲自登门道谢。

喝了粥，我们就睡了。但我怎么也睡不着，我听到黑夜中古怪的声音。

我感到莫名的恐惧。

我的害怕是有道理的。据我后来的观察，铁路上平均每隔一刻钟就会有一列火车进站或出站，它们带来的嘹亮的汽笛声、轰隆轰隆的震动声，常常在午夜将我推向噩梦的深渊。但那时候我年幼无知，除了恐惧，不知道还有其他。我害怕黑夜，害怕一列火车"呜！呜！"直吼着，撕开黑夜，撕开梦所在的地方，轰隆隆地向我撞来，向我们家撞来；房子剧烈地震动，墙壁因为震动而发出嗡嗡的哭泣声，眼看就要坍塌下来了。我害怕极了，尖叫着，想拉住母亲的手快跑，但两腿却像被强力胶粘住了，迈不开步子；而火车已轰隆隆地开进门来了，眼看着我和母亲就要被火车吃掉了，我那颗小小的心脏就像打桩机一样一下一下地重击着，我绝望地哭了。这时候母亲又突然不见了，我不敢睁开眼睛，双手胡乱地伸向世界，喊着：妈妈！妈妈！……黑咕隆咚地我跳下床，赤脚跑去客厅里找母亲。母亲坐在煤油灯前糊洋火盒子，她青春的脸庞在灯光里异常地明亮，熠熠生辉，地板上排满了糊好的洋火盒子，像砖窑厂里的砖坯一样壮观。没等母亲站起身来，我早已一头扑进她的怀里。母亲抱起我，急匆匆地送我回床上，怕我冻出病来，但我哭闹着不要。我紧紧地扯住母亲胸前的衣襟，脸色发青，小牙齿咬得咯咯响。但母亲执意把我塞进热火火的被窝里，她搂着我，陪在我身边，为我擦去眼泪，咿咿呀呀地哼着什么，但往往没等把我哄着了，她自己就歪在床上睡着了。那段时间，母亲没日没夜地糊洋火盒子，手上一停她人就呼噜过去了。

老梦景一遍遍地重复着，就像留声机的针头老在唱片的某个地方打滑。我在梦里又哭又叫，惊恐万状，好像有群老虎在咬我的脚后跟。母亲焦急地守护着我，她不敢大声地叫我，怕我在她的叫喊声中突然窜醒，把魂灵丢失在别处了。为此，她在巷头弄尾、墙门内外到处张贴"天皇皇地皇皇，我家有个哭夜郎……"的字条，害得大白天里小伙伴们对我群起而攻之，用手指摊下自己的下眼睑来羞我：摊①眼乌娄娄，油炒扁眼豆！摊眼乌娄娄，油炒扁眼豆！

有一天白奶奶对我母亲说，我夜半哭闹是因为我们家有不干净的东西。在民间，所谓不干净的东西即鬼魂。母亲很快就听说了过去的房东王五属于非正常死亡。他是一家集体企业的出纳，年底结账时，少了三块钱，有同事开玩笑说他贪污，他就和那人争了起来，回家喝了半宿的酒，就起身下了护城河。下了河他就不想上来了。过了个把星期，梅花墙门里有个女人去河埠头洗东西，发觉他躲在薄冰底下在偷窥，便歇斯底里地尖叫起来。这个女人如今见不得河，一见河就打摆子。大家都说王五是三块钱的命。我们搬来前，这房子已空关了四五年了。白奶奶说，小伢儿心纯眼清，能通灵的。所以我能看到大人看不到的东西。白奶奶说祭一下地藏王菩萨和土地菩萨就会没事的，菩萨会把这个死了还不入调的王五赶走的。于是在白奶奶的指导下，母亲偷偷地在墙门角落里焚香化纸，祈求菩萨保佑。但是无济于事，我照样半

---

① 摊：杭州方言，剥，扯。

夜半夜地哭泣，而且哭泣声中带着某种灾难性的感觉。夜里，母亲不得不搬到床前来糊洋火盒子了。煤油灯下，她一边手脚不停地忙，一边忧伤地望一眼沉睡中的儿子。间或想到街坊邻居们的传言，她就紧张地张东望西，身上的汗毛十万十万地竖起来。许多个夜晚，我在梦里哭喊，母亲在梦外哭泣。

与此同时，噩梦在我的人生记录中，翻开了令人羞耻的篇章。搬到八卦墙门后不久，我就染上了夜里尿床的恶习。第一次尿床，母亲没有吭声，她想我大概是换了个新地方，白天玩疯了，夜里就忘了刹车。第二次尿床，母亲说你这个伢儿怎么回事？小鸡拉屎只管倒退，倒是越养越小了。确实，过去我那么小都不尿床，现在都五岁了，反倒尿起床来了。从此，每天临睡前，母亲都拍拍我的小屁股，督促我去尿尿，把小葫芦里那点水倒干净了再睡。但是没用。我还是尿床，还是尿。一直尿到虚岁十六岁那年，才戛然而止。此后不尿床了，改成遗精了。

那真是莫大的耻辱。每次大水冲了龙床之后，总会在棉织物上制造一片"色香味俱全"的痕迹，然后被母亲晾晒在太阳底下，晾晒在众人的眼睛里。就像一次偶然的意志，一个古老的意象，某种神秘的咒语，要把我打入十八层地狱。不知道别人是怎么看我的，它无疑在告示天下，我是一个尿床坯。我讨厌尿床，讨厌母亲一大清早就给我洗屁股，换裤子。但我喜欢吃母亲千辛万苦搞来的猪尾巴，那真是好吃极了。可我还是照尿不误，好像有股神秘力量控制着我的"麻雀儿"。

是的，那列从梦境中向我冲撞过来的火车就是罪魁祸首。它忽而变成一个大怪兽，忽而又变成一个小怪兽，青面獠牙，叫嚣着朝我猛扑过来。这时候我就听见背后有人喊，尿它！快尿它！这东西你一尿它就死了。我的每一次尿床都是在这种场景中发生的。我自然毫不犹豫地掏出"麻雀儿"，就像救火兵紧握着水枪，奋力向它直澎。

　　现在我能如此清晰地叙述这件事，是无数次梦境的点滴积累之后，慢慢拼凑而成的。因为，当我意识到那个幕后教唆者的存在后，我不断地向自己灌输这样一个意念，下次做梦时，一定回过头去看看那个人是谁？我倒要问问他为什么这么做，但再做梦时我依旧不知道回头。我始终这么以为，只要我在梦中回过头去，戳穿那个人的阴谋，我就能够控制住那个噩梦了，我就不会再尿床了。于是，我不断告诫自己，回头回头回头……一次次增强意念，终于有一夜，我在梦中回过头去，我大吃了一惊。因为我的身后根本就没有人。那一夜我尿得更加厉害，照母亲的话说，尿大得床都浮起来了，床底都可以养鱼了。

　　我母亲对白奶奶说起我做的那些奇奇怪怪的梦，白奶奶就说，我们家之所以能够太平无事，都是我尿床的功劳。她认为童尿是最最厉害的，鬼（确切地说是王五的鬼魂）就因为我尿他而不能近我们的身，不敢为非作歹。白奶奶说得活灵活现，好像她是亲眼看到似的。她老人家这么一说，我母亲就信了，就觉得这是我冥冥之中的一劫。

1974年的春天随着我们搬家而默默地来到人间，风一点一点地暖了，小草一点一点地绿了，我们在这一点一点之中感觉那循序渐进的变化。这种细腻的感觉只能意会，只能独自去品味，就像我趴在青青的草地上，耳朵贴住地面，聆听一列列驰向远方的火车所传递给我的节奏与遐想，而莫名地心潮澎湃。午夜的噩梦，并不能减弱我对火车的崇拜。从小伙伴们的嘴上，我很快就知道了月台、铁轨、客车、货车以及火车头等概念。每当我看到无数的陌生人涌向月台，登上列车，在一片汽笛声中远去时，我的心里就涌起风暴般的激情，总有一天，我也要跟父亲一样坐着火车去远方。我高声地吼道："我有火车坐了！我有火车坐了！"河滩边的小伙伴被我吵得直起身来，他们像看一个羊角风那样看着我戛然倒在地上。

　　我也常常像个大人似的，静静地坐在护城河的东岸，眺望不远处的城站：那一排古色古香的建筑物，以及建筑物以东到护城河之间的一片空旷地上，布满了铁轨。有不少路灯，天一暗就自己亮了，有时候不高兴，"噗！"又自己熄了。不少铁轨因为很少使用且日晒雨淋而锈蚀了，它们像一条条僵死的赤练蛇直挺挺地并卧在那儿。若是春秋季节，许多白蝴蝶、花蝴蝶在护城河两岸的花草丛中"酒足饭饱"之后，便会来这片空旷的地方上嬉耍，谈情说爱；它们轻盈而又缠绵的舞姿，与底下铁轨默然的刚毅，构成一幅令人遐思不已的画面。这幅画面后来常常在我脑海里泛起，我在十七岁那年写的《我要去远方》中，就有"男人像铁轨，女人如白蝶"的诗句。十七岁那年，我不光写下《我要去远方》的诗歌，还真的离家出走过。我把母亲吓坏了。我的出走，恰恰证实了很多人自以为准确的观点：我是一个坏伢儿，一个流氓坏，一个婊子生的儿子。我不好好读书，数学、语文、物理、化学经常挂红灯，却留了一头长发，还混充是个朦胧诗人。整天交些不三不四的朋友，整天放些震天动地的音乐，结果闹得白奶奶犯了心脏病。我就盼着十七岁的夏天，盼着高中毕业，盼着去远方流浪，去把我母亲日夜惦记的那个人找回来。我的黄书包里，只有几件换洗的衣服，一刀寻父启事，还有些纸笔和干粮。我从母亲的枕头底下拿了三十元钱，从城站出发，不坐火车，而是沿着铁路向北走。我知道那个人去了北方，在北京或北方的什么地方，过着我们未知的生活。

在我离家出走的日子里，母亲以泪洗面，万念俱灰，精神几近崩溃的边缘。只有"白蒲枣"经常去看望我母亲，安慰她，告诉她我不是离家出走，而是寻找父亲去了，会回来的。我曾经跟"白蒲枣"说过这件事，并邀请她和我一起去浪迹天涯，一边寻父，一边体验人世间的种种磨难。我以高尔基的口气对她说，那是我的大学。我说，伟大领袖毛主席曾经说过，他老人家就是"绿林大学"毕业的。我说我要像荷马那样写出一部伟大的史诗来。我母亲也知道我干吗去了。但她害怕失去我。世道险恶，谁知道我一脚踏出去会怎么样呢？或许也像我的父亲那样，从此杳无音信。她对"白蒲枣"抱怨我，为什么不跟她说一声再走呢。

其实，我要是跟她说了，我还走得了吗？

　　三个月后，当我拖着疲惫不堪的身子回到杭州时，同样憔悴不堪的母亲使出浑身的力气，给了我一巴掌。随即，我母亲就像一棵树被伐倒一般倒了下去。我吓坏了，我一边哭泣着，一边给母亲做人工呼吸，掐她的人中……那一刻我恨不得拔出刀子——如果我有的话——把自己给抹了。我这才懂得自己在母亲生命中的分量？我知道自己错了，作为一个男人，我不应该轻易地离开孤苦伶仃的母亲，抛下相依为命的她而擅自离去。我久久地跪在母亲的面前，请求她老人家的原谅。

　　母亲病重的时候，只要天气好，我就抱她到天井里，让她躺在那把老藤椅里，晒晒太阳。有一天她忽然想起我小时候做噩梦的事，她说她当时快要崩溃了，父亲不在家，我又天天做噩梦，她害怕极了。她怕真有鬼魂，怕王五的鬼魂来害我；因为我还那么小，我要是有个三长两短，她也不想活了。而现在她倒是怕没有鬼魂了，人要是没有灵魂，那她死后就见不到我和她的孙子了。母亲说累了，就像煨灶猫似的缩在椅子里，病态的目光艰难地越过墙门的围墙或老房子的屋顶，微眯着，在天际散漫而又无神地游荡。间或她会冷不丁儿地问我看到什么没有？

　　母亲说，在孤儿院的时候，那些阿姨们要她们相信人是有灵魂的。人死后灵魂就会上天堂。灵魂雪白雪白的，像一朵朵白云在天堂自由地飞翔。那些阿姨指着天空里飘逝的白云说，你们瞧，这就是生活在天堂里的人们。母亲由衷地感叹道：多好啊！

我不知道她是感叹白云还是感叹死后的灵魂。我眼里早已噙满了泪，我说是的，多好啊！我真希望母亲百年之后，也是一朵洁白的云，悠悠地飘在我们的头顶上，让我们能够天天看到她，也让她能够天天看到我们，看到她的儿孙们在大地上奔跑，幸福，安康。那该有多好啊！

我没有告诉母亲，我做噩梦并不是被王五的鬼魂缠身，而是被轰隆隆直来直去的火车所惊吓的。我对火车天生有种崇拜过度而产生的恐惧感。我害怕每一列疾驰而过的火车，突然伸出手来，越过细瘦的护城河，将我抓走，从我母亲的身边抓走，带到某个地方随便一扔，我就成了没爸没妈的孤儿了。如果运气差的话，我可能会冻死、饿死、病死，被人用棒打死、用刀捅死，暴死在街头，就像一只小老鼠暴死在垃圾堆上一样令人侧目。为此我害怕极了，感到深深的恐惧。

春　分

刚搬来不久，有段时间，我在墙门里的那帮小伢儿里厢①充头脑。因为我有一个他们从未见过面的父亲，尤其是我说我父亲在北京工作时，这批小眼睛都直了。北京哪！那是我们伟大祖国

---

① 里厢：杭州方言，里面。

的心脏呢！而我父亲在北京，他天天都能见到伟大领袖毛主席，知道不？我就是这么跟他们牛逼的。他们的父亲算什么东西？"小六六"的父亲是个酒鬼，我叫他酒鬼叔，他没酒喝时瘟鸡笃头①，喝了老酒又在墙门里厢扭秧歌发酒疯，一天到晚没有正点的时候。海子和"白蒲枣"的父亲黑叔，在清泰门煤饼店里工作，做蜂窝煤饼，也送货，送货上门仅限于国营或集体单位，个人无此服务项目。他看上去比较老相，人又瘦又黑，满脸坑坑洼洼，像镶满黑珍珠似的粘了不少煤灰，人走到哪儿，煤灰就掉到哪儿，像现在的人到处撒名片似的。又像绿林好汉留暗号。有人说黑叔要是地下工作者，出门走不了三步，肯定被捕，人家只要一瞧地上的煤灰就知道了。这种父亲，怎么能和我的父亲相比呢？我的话，他们并不一定相信，但一看我母亲骨清面白有风韵，就不得不信了。谁不知道伟大领袖毛主席的夫人天下第一漂亮，刘副主席的夫人天下第二漂亮；以我母亲的漂亮程度，她老公在北京工作应该不成问题。

那天"小六六"在护城河里放纸船，她折了两只大轮船，三只小划船；她一只只放入河里，边戽水，边呵呵地叫。纸船在碧波荡漾中，缓缓地向河心开去。我和猫儿、东东他们在一边拍四角。猫儿大名叫国庆，但我们都叫他猫儿；东东的大名叫卫东，但我们也都叫他东东。这两个贼坯很鬼，不多时就把我的四角全赢走了。我跟他们弹皮筋，结果还是输，手气霉得很，我瞧着

---

① 瘟鸡笃头：杭州方言，无精打彩。

"小六六"神采飞扬的劲儿就来气，就冲了过去，捡起泥块，给予迎头猛击。没掷几颗"炸弹"，她的五条纸船就全军覆灭了。"小六六"愤怒地站了起来，嘴巴噘得老高。就是噘上天，那又怎么样呢？

我带头大声喊：

> 大姑娘，奶头长！
> 晾竿头里乘风凉！
> 一蓬风，吹到海中央！
> 撑船头脑捞去做婆娘！

"小六六"嘴巴一瘪，"哇"地哭开了，她跑回墙门里找我母亲告状了。

我们在"小六六"的身后呵呵地怪叫着，像赶鸭子似的将她赶跑了。剩下几个男伢儿后，我建议玩"抓特务"的游戏。但海子不干，他说他要玩"解放台湾"。我知道他看不惯我充头脑，故意和我作对。我小嘴一撇，说"解放台湾"最没劲了。海子就嘲笑我，玩不来就说玩不来，别说没劲，有本事你倒来解放试试看？我知道他这么说，是个陷阱，我说你要"解放台湾"你一个人去解放好了，我们玩解放军抓特务，我当特务，你们谁来？墙门里那些伢儿一听我自愿当特务，就纷纷加入了抓特务的行列。最后就剩下海子一个人了，他见大势已去，就哼了一下，说抓特务就抓特务,有什么了不起的。

玩过"抓特务"游戏的人都知道,当特务是一件苦差事,一般是伢儿中最孬的家伙被逼充当的,因为按照游戏规则,特务是不能还手的,只有忍受解放军用冲锋枪(树梢)、手榴弹(泥巴、小石子、黄沙)等袭击的份儿,最后被捕,被押到解放军首长面前,跪下,受审,拉出去枪毙……可以说,一旦成了特务,那人就丢到家了。而且被人掷得跟泥菩萨一样脏,弄不好还撕破了衣服,被父母亲抽一顿骨头,那也是常有的事。但我愿意,我就是要用苦肉计,把海子比下去,巩固我的头脑地位。后来我把"白蒲枣"也拉了进来,让她像电影里放的那样,充当妖艳的女特务。"白蒲枣"对此又喜又怕,一玩到被捕她就哭,但你不让她玩她也哭。她一哭,这游戏就有了戏的成分,增添了不少喜剧性,这就把海子喜欢玩的游戏彻底比下去了。

那时候真开心,我怀念那段充头脑的短暂岁月。

但好景不长,没几天那帮小伢儿就不理睬我了。他们听大人们说,我父亲是个没有户口、没有工作的流浪汉,和叫花子差不到哪儿去。他们再看我时,就一脸的鄙夷,好像我有父亲比没有父亲更烂似的。另外,我尿床的隐私不久也闹得路人皆知,不少小伢儿都骂我不要脸。那些偶尔也尿床的伢儿,对我骂得更凶,他们以此来撇清自己,表示和我不是同一个战壕里的同志。他们从不尿床,说得就跟自己不长"麻雀儿"那样斩钉截铁。我顿时从肉馒头掉价成了烂山芋。我发狠地喊:你们等着瞧吧,嗨嗨,过不了多久，我爸爸就回来了，就从北京回来了！本来是我指东他们绝不敢打西的，那天他们却合伙剥我的裤子，说是要看看尿床坏的屁股到底有多臭。海子第一个偷袭我，他从我的背后用手臂勒住了我的脖子，"小六六"抱住了我的腰，顺子和猫儿分别抱住我的一条腿，任我怎么使劲踢也没用。东东在边上上蹿下跳，乱起哄，海子就叫他剥裤子，他乖乖地剥了。他先剥下我的长裤，然后看海子一眼，又剥下我的短裤。他们把我扛到绿化带的沙泥里，在泥沙堆里给我洗屁股，因为我的屁股臭死了。"小六六"为了讨好海子还抓了一把沙子灌进我的脖子里。最后他们玩厌了，纷纷捏住自己的鼻子，装出一副臭不可闻的样子，在我身边跑来跑去。但他们不碰我，因为我是一堆臭狗屎。他们骂我杂种。是没有父亲的杂种。我怎么会没有父亲呢？笑话！我噙着眼泪，指指河西的车站吼：你们看好了，过不了多久，我爸爸就从北京坐火车回来了，他要给我带好多好多东西回来。他们说，屁！还北京呢？有娘无爹的东西。

"白蒲枣"站得远远的，哧溜哧溜地抽着两条浅黄色的鼻涕，眼睛乌溜溜地盯着我看。春天的寒风吹拂着她稀松的黄头发。说起来，墙门里这帮小伢儿当中，后来也就"白蒲枣"有出息，她考上了大学，去武汉读了四年书，大学毕业后，又直接去深圳发展了。她在那儿发展得很好，我衷心地祝福她。"小六六"二十一岁那年，被海子睡大了肚子。她理所当然地嫁给了他。酒席上她挺了个大肚子来给我们敬酒，敬烟，我也衷心地祝他们幸福。

但后来他们离婚了。"小六六"带着儿子又嫁了人。而海子却越来越像"小六六"的父亲了，他终于成了一个老酒鬼。另外几个小伢儿，后来出息都一般，我和东东进了杭州铁路段，当了养路工；顺子进了缝纫车厂，两年前又下岗了；猫儿犯下命案，被判了无期徒刑，去了青海，至今未归；笑笑在他二十六岁那年秋天，深夜跌倒在单位的厕所里，死了。他最惨，他刚死，老婆就跟人跑了，留下一个三岁的儿子，由他的父母亲抚养。

他们剥我裤子的那天晚上，我就问母亲，爸爸到底几时回来？母亲说，快了，要不了多久，你爸爸就回来了。我说那到底是几时呢？母亲说快了快了。我还不死心，我说，你说的快了到底是几时呢？母亲突然光火了，她气恼地说，你个伢儿今天是怎么啦？欠揍是不是！

第二天正午，护城河边突然响起了我母亲的喊声。

当时，我正在护城河里捉蝌蚪，一只搪瓷杯里已挤满了密密麻麻的蝌蚪，乌压压的一团，在蠕动，在跳跃，在挣扎，在绝望……当它们的生存空间从一条河流缩小到一只杯子时，蝌蚪们所体现的那种绝望的骚动，在五岁的小伢儿看来，是非常有趣好玩的。母亲的喊声令我抬起头来，我看到正午的阳光照在母亲精致的鼻尖上，熠熠生辉。她说，米子，你去城站看看你爸爸回来了没有？我一时没反应过来，她说这话是什么意思？难道父亲来信了？说他乘火车今天回到杭州？母亲又重复了一遍，你去城站看看你爸爸回来了没有？我忙把杯子里的蝌蚪重又倒入河里。蝌蚪入水后拼命地逃跑，迅速消失在护城河的纵横处。这和我后来在城站常见的旅客出站的情形极其相似。我拎了只空杯子拔腿就跑。那时候还没有清泰立交桥，我必须从金衙庄前面的虹桥上过河，才能绕到环城东路去城站。但我没有过桥，就又回来了。我气急败坏地问母亲，那我怎么知道哪个人是我父亲呢？

母亲听我这么一问，顿时支吾起来。

我从母亲拼命比画的手势中，就知道父亲长相一般，他的脸上肯定没有伟人痣，没有日本龟田小队长的小胡子；没有鸡胸，没有罗锅背，双手也没有六指，两腿也健全。母亲支吾了半天，大意是说：我父亲是山东人，一米七八的个子，魁梧，脸长，五官倒像个五官，只是不爱剃头，头发乱蓬蓬的。我想我已经听明白了，转身又直奔城站。

这天，我在城站一直待到天黑。回到家，母亲问我有没有看见父亲？我摇摇头，我说都是些一模一样的脸。一模一样的脸？母亲奇怪地问。我说是啊，从车站里出来的人，是有高有矮有胖有瘦，但脸形基本相似，长长的，五官倒像个五官。母亲说怎么会呢？我说我也不知道。母亲说那是你看花眼了。过了会儿，我问家里有父亲的照片吗？母亲说本来应该有的。那怎么又没有了呢？母亲说那天刘大妈是不肯给他们办结婚证的，因为他们没有拍照，叫他们拍好了再来；后来我父亲好话说了一箩筐，刘大妈就同意了，让他们回去自己补上。本来应该补上的，谁知又没有补，这主要是想省那几个钱。母亲说，你是他儿子，他是你父亲；你见到他就知道他是你父亲，他见到你也知道你是他儿子。是吗？有这么神奇吗？我问。母亲说，是的，因为你身上流的是他的血，你们俩有着血缘关系。

为什么有血缘关系就会这样呢？我打破砂锅问到底。

母亲说，我也说不清楚，等你长大了就知道了。

第二天一早我就去城站了，好像一大早就有个父亲等我去认领似的。那时候城市的清晨还能闻到湿润的泥土味儿，护城河边的高树上，三三两两地挂着掀开蓝罩布的鸟笼，笼里的八哥、画眉们传来声声清脆的鸟语，令许多自由的麻雀好奇地围观着它们。我一路小跑，东拐西弯地绕过那些在河畔晨练的人们，尽量不去和上班的自行车族争道。早晨的薄粥，在胃里一路颠簸，泛起层层酸味。我走过虹桥，拐上环城东路。洒水车唱着歌，一个劲地勇往直前；避之不及的我，被"清洁"了一回，鞋子和裤管都湿了。但我并没有放慢脚步，经过金衙庄时，我看到路口的三角地带上，几棵上百年的银杏树，盛放着妖娆的花朵，犹如停泊在半空中的艳云。

我孤独而又兴奋地守望在出口附近，盯着从车站涌出来的人们。除了直接放行的贵宾里有几个圆脸外，其余的都是长脸。现在想来，这也不是谁抄袭谁的问题，而是那个时代所赋予国人的基本特征；就像现在我们全面进入肥胖时代那样，国人个顶个的圆咕隆咚。那时候我若非要将他们分出个子丑寅卯来，也不外乎有的长脸瘦骨嶙峋，有的长脸血肉丰满些而已。在这一张张雷同的面孔里，也不知有没有我的父亲？

这天回家我又问母亲，父亲除了脸长外，还有什么特征吗？

母亲想了想说，没有。

母亲说，你这样好了，瞧着哪张脸很像你父亲，你就用眼角的余光瞄着他，然后脸朝别的地方，像是在喊别人似的大声喊你爸爸的名字。如果他是你爸爸，他就找你了，他还会问你是不是米子？因为这个名字是他给你取的，懂吗？我点点头，这个办法好。再一想，我总不至于见一个长脸就喊"米有为"吧？母亲忽然想起什么来了，她说对了，你爸爸有只长方形的牛津包，蓝颜色，两面都有个商标，是一艘白色军舰，大烟囱里冒着白烟；还有，他总是穿一条灰色卡其裤，一只裤管高，一只裤管低，像个种田的农民。我"噢"了一声，脑子里飞速地寻找着农民的形象，但是一片空白。

天井里又传来"两座大山"的谩骂声，句句字正腔圆，抑扬顿挫。这早已成了墙门里的早课晚课了。墙门里的人都说黑叔是给她骂瘟掉的。他们说黑叔年轻时可英俊了，人也聪明，自从娶了"两座大山"后，人就一天比一天黑，一天比一天木讷。他们说总有一天她会伤在这张嘴上。人的牙齿最毒了，白奶奶就这么说，说好不行，说说坏来得个容易。

我和母亲不再说话，静静地聆听着这晚课声。

这天晚上我做了个梦，意外地梦到了父亲。他左手提着牛津包，右肩扛着铺盖，都走到天井了，突然将东西放在檐头下，又返身回到房里，看看沉睡中的我。他弯下腰来，慢慢地伸出手来，轻轻地拧了下我瘦精精的猴腮。我皱了皱眉头，翻了个身又睡过去了。父亲瞧瞧我，又朝母亲笑笑，这才从房里退出来，走了。

第二天醒来，我还清晰地记得这个梦，等吃过早饭，我才敢告诉母亲。母亲听了非常吃惊，她说这梦咋做得这么真呢？她可从来没有跟我讲过，父亲走的那天的情景呵。她又说梦是相反的，我梦到他走了，那就说明他真的要回来了，说不定就在今天。她这么一说，我们都很激动，都肯定今天能见到父亲了。

旅客出城站后，可以从三个方向离去，一个往南星桥方向；一个往艮山门方向；还有一个走十字路口对面的小街，往解放路方向。照母亲的说法，父亲不会往南星桥方向去的，那是南辕北辙；但有往艮山门和解放路方向的可能，因为这两个方向都通往潮王路。于是我游荡在环城东路、红楼、包店、文化用品商店和小街之间，守住这两个方向。而我认人的方法，也从当初的认脸，变成现在的认包了。一个男人背着铺盖，提着蓝色旅行包，个子在一米八左右，那便是我要找的人。至于那张脸，是方是圆是扁还是长倒在其次了。再说父亲出门已经两年多了，谁知道胖瘦呢？文化用品商店一刻不停地向路人输送着节奏强劲的音乐，给人一种从打桩机边走过的感觉。好几次我走进店去，想叫那个中老年妇女换点轻松的音乐，但每次看到她都在笔耕不止，便落荒而逃。我还是回到外面，徘徊在十字路口，张望着有谁背着铺盖提着牛津包从车站出来。

这样的旅客不会多，一天也碰不到几个；但我只要碰到一个就够了，所以当那个人急匆匆地走出城站，站在十字路口东张西望，还在犹豫或识别着什么时，我眼睛一亮，一颗心呼地提到了喉咙口，那不就是我要找的人吗？他背着用蛇皮袋装起来的铺盖，提着蓝色牛津包，牛津包上有一艘白色军舰的商标，军舰的大烟囱里冒着白烟；他个子不矮，瘦削的长脸，一只酒糟鼻子非常醒目，脸上浮着一层叫疲倦的东西，好像有几天没有睡觉了，眼皮耷拉着，眼圈发黑。我紧张地咽了口口水，蚊鸣般地叫了一声米有为？声音轻得连自己都听不见。我又叫了一声米有为？声音还是很轻。我想我好没出息，难道就眼睁睁地看着这个唾手可得的父亲从自己身边溜走吗？我看到他已辨清了方向，正准备朝艮山门方向离去。我急了，双眼一闭，鼓足毕生的勇气，大声地叫：米有为！米！有！为！……

那人看看我，大步流星地穿过马路，呼呼地走到我的跟前，问，是你叫我吗？

我怯怯地说，我是米子。

那人又看看我说，你是叫我吗？

我说我在叫我的父亲米有为。

那人摇摇头说，噢，我听岔了，我姓康，比你父亲差一大截呢！

那人说着收拾东西，大步流星地走了。他头也不回地走了。

清　明

　　我们搬到八卦墙门后，又过了几年，大家见我的父亲形同虚设，墙门里对我母亲就渐渐地有了说法：守活寡。守活寡的女人的苦，比寡妇更甚；因为这苦的背后，还紧随着一个"难"字，合在一起就叫苦难。人家总是期待着这样的女人出点故事，以供他们茶余饭后消遣。事实上，这样的女人也避免不了要出点故事的。那便是她们苦难人生的缘由。照母亲在孤儿院里所受的教育，这就是宿命。人生就是九十九只烂苹果夹杂着一只香苹果的一筐苹果，就是九十九个痛苦夹杂着一个幸福时光；那是因为人太脆弱了，忍受不了太多或长时间高度兴奋的幸福，所以往往是苦难先行，幸福随后跟上；或者幸福干脆不来。老话说寡妇门前是非多，其实守活寡的女人门前是非更多，而且更难；有些事情寡妇做得，守活寡的女人却做不得，因为她们是有男人的。

　　在上学前的那两年里，我差不多天天去车站守候。我孤零零地站在晨风暮雨中。有时候我感到我是一群人，有时候我只是一个喑哑的幽灵。幼小的伫望湿透了我的内心，眼珠子瘫软在车站所特有的五光十色中；车站在我久久的伫望中碎裂、解构，成为一片支离破碎的场景，荒诞而又悚惧。信不信由你，车站上的某个人与物在我的眼里会突然变得异常陌生，让我脑子一拎①，有

---

　　①　拎：杭州方言，突然。脑子一拎指突然吃了一惊、吓了一跳。

种魂灵出窍的感觉，不知道自己身处何处。而更多的时候，我就坐在售票大厅前的台阶上，双手托腮，傻呆呆地望着出口处，想象着父亲是怎样一个人。

父亲会是怎样一个人呢？这个问题一直萦绕在我的心间。想到后来，看见一个男人在前面走，虎背熊腰，高大伟岸，我就想这个人做我父亲就好了；但赶到前面一看，却塌鼻头凹脸，就又想幸亏他不是我父亲，不然造出一个我来就更惨了。尽管我没有在心目中刻画出父亲清晰的形象来，但并不妨碍我以自己的想象作为标准，去评判那些从我前面匆匆而过的旅客：这个人太瘦了。这个人有点矮。这个人秃头。这个人一个肩高一个肩低。这个人女里女气的。这个人……天下男人那么多，怎么就没有一个我心目中的父亲呢？最后我想，父亲要是路边这棵法国梧桐树就好了，我这就走过去，拍拍他的肩说，老爸，我们回家吧。

1976 年，苍天好像是在某个夜晚突然想到了春天。第二天，我们开门出去，便漫天遍野地绿了。那天母亲在厂里交完货后，没有领到活儿，她就空着双手到我们原先住过的地方转了转。潮王路一改造就是两年多。现在全变样了。潮王路 114 号，我们原先的家址上，造了一幢四层楼高的宾馆，叫潮王大酒店。现在又重建了一座摩天大楼，四星级宾馆，改称"罗马假日"了。我母亲去年还去过一趟，回来后兴致勃勃地告诉我说，现在的宾馆富丽堂皇得一塌糊涂，里面的小姐们一个个穿着清式旗袍，像仙女下凡似的。最让她稀奇的是，豪华的大厅里有七只圆溜溜的大小一样的自鸣钟，在墙上滴答滴答成一片。她还仔细地看了这七只钟，有格林尼治时间、北京时间、东京时间、罗马时间、伦敦时间、纽约时间和柏林时间。它们都各自走各自的，乱糟糟的。她想不通在这个大楼里工作的人，要用七种时间干什么呢？他们搞得灵清吗？对于一个实用主义者来说，刀柄上雕花是一件非常可笑的事情。我朝她笑笑，没有解释什么。

三十年前那个春天，母亲走到崭崭新的潮王大酒店门口，双脚发沉，就站住了。阳光很温暖，照得她脸红扑扑的，心也像小兔儿似的突突跳，感觉像在大街上，突然撞见了熟悉而又陌生的旧恋人，不知所措得很。母亲朝敞开的大门口张了张，又张了张，她拿不定主意是进去呢？还是不进去？进去了人家会不会说她？她又不吃饭，又不住店。母亲异常的举止，被总台的小姐看见了，她很有礼貌地出来询问我母亲：这位大姐，你有事吗？母亲的脸一下子红透了，她慌里慌张地说道：其实也没有什么事……嗯……我们家以前就住这儿……嗯……我老公在拆迁前出去了，有四五年了，还……嗯……我今天随便走走，就走到这儿来了，我……嗯……就想问一声，不知他有没有来这儿找过我们……嗯……我还有个儿子，今年都六岁了……嗯……他吵着要爸爸……

小姐终于听出点意思了，她友善地朝她笑笑，说，大姐，你跟我来。小姐把母亲领到总台前。总台齐胸高，台上只有一支拴着线的圆珠笔，母亲像抓住救命稻草似的把它抓在手里，后来又

50

觉得不合适，便悄悄地把笔放回台上。小姐到总台里面，从母亲看不见的地方摸出一台电话机，拨号，她冲电话那头的人喊经理，请他来一下。经理是个年轻人，小伙子很俊，很会笑，任何人看到他的笑，都会感到很舒服的。他来到我母亲的面前，职业性地反背着双手。小姐将我母亲介绍给他后，他微笑地请我母亲到大厅一侧的沙发上坐一坐。母亲又把大致的情况说了说，依旧说得那么零乱。但小伙子却一直点着头。母亲最后问经理：你们有没有碰到过一个人高马大的男人，到这儿来问原先的住户哪去了？

小伙子想了想，很可信地对我母亲说，那倒没有。

小伙子随后说几个月前倒是有过一封信，是寄给潮王路114号2楼3室的，收信人是张小丫。母亲一听张小丫三个字，心里咯噔一下，整个人从沙发上跳将起来，她说那是给我的。小伙子微笑着，不紧不慢地说，大姐，你早来几天就好了，我就帮你留着了。他说他当时还以为是寄给店里的哪个职工的，结果问遍了所有职工，就没有一个叫张小丫的。他说话时一直望着母亲的眼睛，直率而又坦诚地望着，这时候他含羞地笑了笑，说，不好意思，直呼你名了。但母亲却声音颤抖地问他，那信呢？他说那信被放了一段时间，他就让人以"查无此人"为由退回了邮局。母亲愣住了，半晌又问信从哪儿寄来的？小伙子说忘了。不过你可以上邮局问一下，出门左拐一百多米远就是邮局。

小伙子陪母亲走到店门口，他执意要送母亲去邮局，母亲不让；小伙子说那好吧，他向母亲伸出手来，很同志地握住了母亲的手。母亲有些惊慌，她倒不是怕，而是羞涩，因为小伙子双手捧着她的手，有力地握着，像是只顾说话忘了放似的。母亲抽也不好，不抽也不好，心里一羞一急，身上就开始出汗了。小伙子忽然如闻天香，惊呼道好香啊。母亲忙抽回手，急匆匆地去邮局了。

母亲来到潮王路邮电所，前台的同志让她找投递部。她找到投递部，分拣员又说她这条线是3号投递员负责，但他出去送信了。母亲说没有关系，那我等一下就是了。结果她一等就等到午后两点多钟，3号投递员才送完信回来。他问母亲是什么时候的事，母亲说一个月前。他说从他手上退回去的信可多了，他哪能都记住呢？不过她可以问一下分拣员，因为所有的退信都是她经手的，应该有记录的。于是母亲又找分拣员。分拣员先是说想不起来，后来在母亲的不断恳求下，终于找出了记录。原来不是上个月，而是上上个月。是有一封寄到潮王路114号的信，收信人张小丫，因查无此人而退回去了，来信地址：内详。也就是说，不知道信从哪儿来的。母亲纳了半天的闷，小心地问分拣员，既然没有来信地址，那你们怎么退回去的呢？

分拣员同样纳闷地看看我母亲，她说寄信人的详细地址是没有，但始发邮局的地址还是有的，所以就退到对方的邮局了。母亲说，那对方的邮局是什么地方？分拣员说无记录。她笑母亲道，你是收信人，你应该知道的啊！要不，寄信人怎么会说内详呢？母亲想我就是不知道才来问你的。但她没有说这话，只说了声谢谢，就从邮电所的后门出来了。尽管没有结果，但母亲心里喜忧参半，毕竟有父亲的消息了。于是，她又回到潮王大酒店，到总台问那个经理呢？小姐说我母亲走后，她们经理突然身体不适，去医院看病了。是吗？母亲想不到刚才还活蹦乱跳的小伙子，怎么说病就病了呢？她在总台那儿留下了我父亲的名字：米有为；自己的名字：张小丫；以及我们家现在的地址：310009 始版桥直街62号，八卦墙门内，南楼104室。我母亲再三再四地请求那个小姐，如果再有信来，请一定按这个地址转送。或者给她留着，她自己来取也行，但千万千万不要再退回去了。

小姐又是微笑又是点头，说，一定一定，您请放心。

那天晚上，我们家早早地关了门，吃过晚饭，母亲就把我抱在她的大腿上，问我，父亲会在信里写些什么呢？坐在母亲的大腿上，我只矮她半个头了。母亲说我都快成小伙子了。她一说小伙子，我就想到夜里尿床的事情，就脸臊得不行。母亲粉粉嫩嫩的大脸贴在我粉嫩的小脸上，两张脸都沉浸在对遥远的父亲的遐想之中。我的脸火火烫，母亲的脸也热火火，所以她丝毫没有察觉到我内心的羞赧。我想母亲问我问题时，她心中肯定已经有答案了。内心的答案让她激动不已，她紧紧地抱着我，脸贴着脸，时不时地亲亲我的小脸小耳朵。

我们猜了许多父亲在信中应该对我们说的话后，又开始猜他会在哪儿？是上海、南京、济南、北京，还是福建、广州、厦门? 以及他在上海会怎样? 在南京会怎样? 在广州又会怎样? ……这样的夜晚, 远方的父亲让我们激情与忧伤孪生, 母亲面颊红润, 两眼发潮, 时不时冲着灯光依稀的窗外发一会儿愣。而远方的父亲不知耳朵有多烫, 不知要打多少个喷嚏, 才刚够我们说他的话, 以及对他的想念。母亲说他在那边打喷嚏大概打得像下雨了。

　　白天在外面野累了, 在母亲怀里待不了多久, 我就像煨灶猫一样哈欠连连, 母亲抱我到马桶上尿完尿, 又抱我上床。她用团蒲扇掸走蚊子后, 落下布蚊帐, 塞紧了帐沿。母亲宽了衣, 盘腿坐在床上, 解开网罩, 开始梳头发。她一边轻轻地梳理着, 一边轻轻地哼着歌谣。母亲的哼唱声很甜很甜, 甜得我沉沉地坠入了梦乡。在梦里我依旧听着母亲的歌声。母亲的歌声如乳汁般鲜美, 我在梦里吧唧着嘴, 露出憨憨的笑容。

　　　　听我来数九州,
　　　　听我来表九州:

　　　　六安州, 出马后;
　　　　寿州紧对着梳妆楼;
　　　　洪水淹泗州;
　　　　这才是三个州。

高邮州，出美酒；

扬州梳的是好油头；

燕尾儿出在瓜州；

这才是六个州。

走常州，过苏州；

狮子回头望虎丘；

白蛇出在杭州。

这才是九个州。

这才是九个州。

只隔了一天，母亲又去潮王大酒店了。

那段时间，母亲总觉得父亲又有信来了，就隔三差五地往潮王大酒店跑。跑到店门口，气喘吁吁的母亲，怯怯地朝一楼大厅里张张，希望看到那个年轻的大堂经理。但一次也没有碰到过，他好像有意避着她。母亲总是在门外犹豫不决个半天，才会憋红了脸，低着头，小步快节奏地冲到总台前，那神情就像树上的小松鼠见了生人一般，怯怯地问：小姐，有我的信吗？

后来，大厅里的人都认识我母亲了，她们见到我母亲在大门外徘徊，就嘀咕说，那个疯婆儿又来了。这以后母亲就很少进去问了，她只是在大门外亮个相，让里面的人看到她。她想如果有她的信，她们肯定会叫她的。母亲无数次地想象，当她出现在酒店门口时，就听见那个年轻人响亮而又惊喜的叫喊声，他说大姐，你的信！她就会十二万分的喜悦，她终于盼来了我父亲的信。有一次去大酒店的路上，母亲进一步想，那个年轻人惊喜什么呢？他肯定是替她惊喜的。她想他真是一个有情有义的年轻人。她在心里打算，当他将信交给她时，她该怎样谢谢他呢？走在路上，她左想右想想不好，但无论如何她得谢谢他。有了这么个想法后，母亲每次走到酒店前，就闹红脸。但那个年轻人始终没有将我父亲的信交给我母亲。母亲一次比一次失落，离开潮王大酒店后，她就在新大街上乱走一气。

这天她碰到了原先的老邻居罗大伯。罗大伯好像一下子苍老了二十年，头发全都白了。他手里捏着一根麻绳。也不知道他拿根绳子干什么，但他就是拿着这么根东西，站在西湖绸伞店门前，向人打听河在哪里。人家问他什么河？他说什么河都行，只要在这儿就行。人家说这附近哪来的河，大伯你还是到别处去找吧！听人家这么说，罗大伯挺生气的，他说我原先就住这儿，我当然知道潮王路上没有河；没有，所以才问你呀！被问的人这才摇摇头，不再理睬他了。

我母亲叫了他一声，罗大伯就认出她来了。他叫她长辫子姑娘，并告诉我母亲说，你罗伯母升在河面上叫他呢。母亲奇怪地问，罗伯母升在河面上干什么？罗大伯悄悄地告诉我母亲说，她在那儿等我呢。说完，罗大伯哈哈一乐，他说我不跟你多说了，我得去了，不然你罗伯母又要发脾气了，我们碰头会呵。碰头会就是碰到了再见的意思。母亲说好的，罗大伯我们碰头会。

母亲望着罗大伯在改造一新的潮王路上踽踽走动，他眼睛直直的，看东西很慢很仔细，尤其是看人，盯住你看半天，才豁然"噢"地一声，像是明白了你是什么，便诚恳地问道，这位大姐，请问河在哪里？见人家茫然，他忙解释说，就是有水的那种河？母亲叹了口气，心情沉重地往回走。

后来，只要母亲去潮王路，十有八九能碰到罗大伯。他越来越黑，越来越瘦；他手里依旧捏了一根绳子，在没有河的潮王路上，询问着一条他心中的河流。

再后来，母亲就碰不到他了。他大概已经找到那条河了。

再再后来，母亲也不去潮王路了。不过，那几年有一个信念一直支撑着我们家，那就是我父亲快来了。我父亲已经三四年没有回家了，应该回来了。他已经在路上了……

谷　雨

我往"小六六"家门前那两只荷花缸里偷偷放进去的那些小蝌蚪，有朝一日长出四条腿来，在晃晃悠悠的睡莲叶下，扑腾了数日之后，纷纷跳出荷花缸，吧嗒吧嗒地跳过天井，出了墙门，回到了它们的故乡——护城河里。这一天很奇怪，也不知是谁给我母亲出了个主意，令她突然心血来潮，非要带我去一个地方不可。

清泰门的东南方，有个莫邪塘，相传是干将铸剑时，莫邪常去此塘担水而得名的。莫邪塘路西侧，有条南北走向的巷子叫棒儿巷。巷子很小，也很浅，所以叫棒儿巷，一棒儿深嘛。巷子虽浅，但两边鳞次栉比的店铺，却云集着过去杭城最优秀的民间工匠，他们一个个身怀绝活，出手不凡。像铜匠店的老许，锡器店的马大牙，补碗錾字店的小金，打金店的王手，裱画店的阿水师傅，画店的红鼻子……民间传统工艺在他们手上真正达到了炉火纯青的地步。如今棒儿巷只剩下这个地名了，没有了巷子，也没有了店铺。不过话又说回来，即使棒儿巷还在，那些民间工艺的大师们也还活着，如今也难以靠"金手指"来生存、来养家糊口了。事实上，民间无数的传统工艺正纷纷濒临灭绝。或者说有不少已经灭绝了。

我们要去的是一家画店，虽没有什么名号（比如像荣宝斋什么的），但比别的店铺多一副纸墨陈旧的对联。右联：云是山骨骼，左联：苔是石精神；横批是……没有横批。画店里面黑咕隆咚的，走进去有种阴森森的感觉，让人起鸡皮疙瘩。在里面你得待好一会儿，才能适应那昏暗的光线，看到棚顶上横七竖八地拉着不少细绳子，像结了张蜘蛛网，上面结着不少张画，四四方方的，画的都是些表情木呆的老头儿，满脸皱纹和皱纹堆里那双更像皱纹的老眼，已经丧失了对生活的任何叙说。在老墙门里，一些年迈的老人，自觉来日不多，便主动找上门来要求画一张肖像，然后装进镜框，悬挂在家中，以便将来供后人怀念。他们一生就画这么一次。看到这些神态呆板的老人头像，我有种不祥的感觉，我吵闹着，拉着母亲的手，要逃离这个鬼地方。我要回家。我说妈，我们回家吧，我们回家吧。

但母亲攥住我的手不放，坚定不移地站在那儿。她轻声轻气地问，里面有人吗？忽然从阴暗的深处爬出一只"老蜘蛛"——红鼻子老画匠——他那样子吓得我半死："老蜘蛛"精干巴瘦的脸上，除了那只红润鲜活的高鼻子外，便全是皱纹，就连他的眼睛，他的嘴巴，也不过是些大小不一的皱纹而已。脸色红通通的，可以看出是被油灯熏的。乍一看，完全像那种皮特皱吃起来却特甜的老南瓜。我看到他脸上的两条大皱纹流淌着困惑。他神情古怪地看看母亲，又看看我。母亲喊了声韩大爷，他不响。母亲叫我喊人，我也不响。母亲说想给我的父亲画幅像。"老蜘蛛"看看我，又看看母亲。他脸上两条大皱纹跳了一下。只一下。母亲忙说，这是我儿子，我想照他的脸形画。"老蜘蛛"摇摇头说，叫他自己来。母亲说他人不在杭州。"老蜘蛛"说那照片也行。母亲说，要有照片我就不找您了，韩大爷，他已经有三年多没回家了，我们又搬了家，我想……我……们就住在这边的八卦墙门里，韩大爷您老帮个忙吧。"老蜘蛛"眯起两条大皱纹，朝母亲眯了一会儿，从他乱糟糟的头发覆盖下的右耳边，取下一支黑黝黝的炭棒来，他说，那成，你让他先坐到门口的椅子上。

白奶奶事后跟我母亲说，棒儿巷是个不干净的地方。白奶奶很小的时候就听她母亲说过一个事，并被告诫不要到棒儿巷去。

白奶奶说这话，有点儿责备我母亲把我带到那儿去的意思。因为很早很早以前，棒儿巷中有过一个比我母亲还漂亮的女人。她十六岁嫁给皮鞋店的小老板。小老板姓张，做皮鞋在杭城是第一块牌子，所以人称"张皮"。"张皮"娶了漂亮女人不到一年，就瘦得剩下一张皮了。第二年开春，漂亮女人就成了小寡妇。那年她十七岁，一朵鲜花刚刚盛开，比她做姑娘的时候更水灵更妖娆了。丧衣未除，她就被姓雷的铁匠抢进了门。雷铁匠就像美国大片中的人猿泰山，力大无比，《说唐》中的李元霸单手举得起石狮子，但未免像雷铁匠那样能轻松地举起他打铁用的巨砧。这一下，大家都说这漂亮的小寡妇要死在雷铁匠的铁榔头下面了。但是，过了两年，小女人愈发漂亮，妖娆之上，又添了几分风韵；而"人猿泰山"却像山一样地倒下了。雷铁匠死后，已经"二寡"的女人发誓不再嫁男人了。但世上的事情也不是由你说说的。又过两年多，女人又嫁给了做绍兴乌毡帽的老龚；接着是"三寡"。"三寡"之后，有关这个女人的说法就丰富了。有人说她是白虎精。有人说那条夹缝里埋伏着倒钩刺，高潮过后，男人的心肺就被钩碎了。有人说也不是有什么倒钩刺，而是有个吸盘，趁那个时她就把男人的精气吸走了，所以你们看她越活越嫩，那都是男人拿命滋润着她呢。也有人说，她那口井里都是毒汁，男人夜夜拿自己的命根子去泡，夜长日久的，哪有不被毒翻的道理。说这话的人还振振有词说，做乌毡帽的老龚那可是个绍兴师爷，他曾经拿颗红枣在井里泡过一夜，第二天一早偷偷地拿给鸡吃，你们猜怎么着？活活臭①的红枣还没有落到鸡肚子里，八斤重的老公鸡就翘辫子了。一时间流言像杨花般飞遍了棒儿巷，迷乱了人们的眼睛。

本来，女人都准备出家做尼姑去了。在领略了满巷子的流言蜚语之后，女人横下一条心，又嫁了人。这回她嫁给了锡匠陆，是"四寡"；后来嫁给制弓箭的阿寿，是"五寡"；再后来嫁给姓孙的小官吏，是"六寡"；最后嫁给了裱画店的罗师傅，是"七寡"。这时候女人还不老，但没有人敢要了。她嫁了七个男人，却没有生育，膝下冷冷清清，晚年非常可怜。照白奶奶的说法，这是命啊。

据说每年七月半，她都要整一桌子酒菜，有鱼有肉，有酒有钱，摆在门前的巷子里，有情有义地祭奠她的前夫们。她点烛焚香化纸钱，跪在地上边磕重头，边一声声喊：

　　张皮雷铁龚毡锡匠陆弓箭阿寿官孙搭爷②，你们都来吃呵！
　　张皮雷铁龚毡锡匠陆弓箭阿寿官孙搭爷，你们都来吃呵！

白奶奶这样向我母亲学喊了两声，听得我汗毛十万十万地竖

①　活活臭：杭州方言，非常臭。
②　皮、铁、毡、锡匠、弓箭、官，是指六种职业名称。搭是等的意思。

起来，鸡皮疙瘩"嚯"地从头布到脚。不用母亲交代，从此我再也不敢踏进棒儿巷半步了。我母亲也听得将信将疑，眨巴眨巴眼，问，有这种事体？白奶奶大气地说，那还会有假？老底子有出戏就叫《杀七夫》，说的就是这个事，一个小女人的漂亮，整整杀死了七个男人。

白奶奶问我母亲，米师母，你晓得这个女人和人有什么两样吗？

我母亲老老实实地说，不晓得。

白奶奶神秘地说，那个女人身上有异香，是她身体里的香。

我母亲打了个冷战，问是吗？

白奶奶说是啊，我也是听我母亲说的，这种香叫迷魂香，是收男人灵魂的。

我母亲脸一白，又问是吗？

我从阴暗而又晦气的店铺里迅速退了出来，母亲把我抱起来，轻轻地放在高大的竹椅子上。那把竹椅子乌黑油亮的，像被人坐过数百年之久了。数代人的人气滋养得它乌亮乌亮的，冰凉水滑，我的屁股着椅时没有半点声响，但那份阴冷像狗皮膏药似的贴在我屁股上，吓得我的"小麻雀"赶紧缩了进去。说出来真不好意思，自从搬到八卦墙门后，我母亲又叫我穿开裆裤了。这主要怪我夜里老尿床，母亲为了给我把尿方便，又把满裆改成开裆了。母亲摸摸我的头说，听韩爷爷话，知道吗？我拉住她的手不让她走，但母亲还是走了。

"老蜘蛛"随即走出了店铺，他站在阳光里，像一块冰感受着阳光的照耀。他那张老南瓜皮似的脸上，似布满了江南如织的河流，我看到了几粒野菊米大小的眼屎，以及混浊的眼泪；他的双眼就像两条即将枯竭的河流，从河床上泛起最后的潮湿。他一只手按住我的头顶，另一只手托住我的下巴，他的手很冷，我打了个冷战，摇了摇头，想逃脱他的魔掌，但是不能够；他的双手很轻，但牢牢地控制住了我的脑袋。他的手轻轻地一来一去，一上一下，让我的头部微微向上，摆出令他满意的姿势。他扛起椅子，连人带椅朝阳光的方向稍微作了些移动，终于满意地拍了拍手。他叫我不要动，不能动，千万不能动。边说边退进了那阴晦的店铺里。

在随后的工作中，他不停地重复着这三个字：不能动。我看到他在里面举起炭棒比画着，在丈量我的头，先量上下，再量左右，随后他又消失在阴暗的蜘蛛网中。我知道，他是趴在桌子上作业了，偶然抬起头来再瞄我一眼。在一张摸上去粗糙的硬纸上，"老蜘蛛"先拉了几条长短不一的小横线。这些小横线后来成了我眉、眼、鼻、嘴……然后他加上竖线，斜线，曲线，线与线叠加叠加再叠加，纸上就出现了一张活灵活现的脸。我这才明白，原来一个人的脸是无数线条叠加而成的。

那天我一坐就三个多钟头。三月的阳光暖融融的，以至于我老犯困，小眼睛越眯越拢，头就歪下去了，"老蜘蛛"哧溜一下蹿出铺子，用炭棒拨弄我的"小麻雀"，想让我精神起来。他又一次给我摆正姿势，再次警告我说，不能动。再不能动了。他画了三个多小时，出来拨弄了不下四五回，最后一次他拨过了头，把里面的水都拨出来了，结果溅了他一脸。他还乐呢，说童尿是很干净的东西。那一刻我倒觉得这老头怪可爱的，甚至想把"小麻雀"放进一条长长的皱纹里，非常厉害地尿他一壶。你还别说，这个"老蜘蛛"可神了，那纸上的人画得跟我是一模一样，他让我下了椅子，我就站在他跟前，看他在我稚气十足的肖像上，又凭空添加了一些横竖线条，于是岁月匆匆，画中的儿童就迅速成了中年人。最后他在头像下面，用魏体写上三个颇大的字：米有为。

这三个字当时我不认识，但我知道它就是我父亲的名字。

我拿了肖像，跑回墙门里，就去找"白蒲枣"了，我献宝似的摊开画纸，问她好看吗？她的脑袋瓜儿一歪一歪的，说这是谁呀，我好像在哪儿见过。我说还能是谁？我呗。她说你骗人。我说谁骗你了，那个"老蜘蛛"就是照着我画的嘛，画完了才弄成大人的样子。那怎么弄啊？"白蒲枣"好奇地问。我就把"老蜘蛛"后来加上的横竖条指给她看。她说原来是这样啊。我还把"老蜘蛛"和他的蜘蛛网一样的店铺说给她听，她就咯咯地傻笑，无遮无拦的，那颗虎牙犹如长空皓月，分外醒目。其实那是一只好心肠的"老蜘蛛"，他一定不肯收我们的钱。

从此，我就带着我父亲的也可以说是我自己的肖像，到车站去寻找父亲。有时候"白蒲枣"跟我一道去，两个人就高举着肖像，在车站出口处附近转悠，像革命电影中的"五四"学生在街头游行似的。有一回我们去得不巧，没转两下子，天就下雨了。我们躲在食品店的檐头下说悄悄话，两个人又饥又寒。天很快就黑下来了，"白蒲枣"急得快哭了，她说再不回家她妈妈要打她的。我说她妈打她我会帮她的。"白蒲枣"摇摇头说没用的，她妈可凶了。听"白蒲枣"这么说，我当时沮丧极了。"两座大山"不让"白蒲枣"跟我去车站，她曾经恫吓过她，说小姑娘会被陌生人抱走的。但黑叔恰好相反，他总是鼓励她和我一起玩，一起去车站寻找我的父亲。

有了这张画我信心百倍，我想要不了多久，父亲就会回到我们身边的。但日子一天天过去，那个是我父亲的男人始终没有在我或我和"白蒲枣"高举的肖像前出现。有一天我终于忍不住问母亲，我和父亲长得像吗？母亲摇摇头，她说她看不出我们之间有哪点像的。我就奇怪了，问她那你让我去画这个头像干什么？她说你们是父子啊，再怎么不像，它也总有相像的地方吧；再说下面不是还有字吗，他一看便知道了。我说谁知道呢？他怎么会想到车站有人在接？怎么会想到这个陌生的肖像下写的是他的名字？怎么会想到他是我要找的人呢？有时候我正是不明白母亲的心里到底在想什么？既然我一点也不像我父亲，那她拉我去画什么像呢？

但母亲说，他不是长着眼睛吗？难道他不会看啊！

我跟"白蒲枣"说起这个事时，她就咯咯地笑，我说我都气死了，你还笑得出来。我当即愤怒了，拿起肖像就要撕，"白蒲枣"却把它夺了下来。她说这是你自己啊，你怎么可以撕呢？这是你自己啊！你不要我要。"白蒲枣"又重复了一遍自己的话。她说，等你大了，就是这个模样。后来，我也懒得到车站举肖像了，既然"白蒲枣"说喜欢，我就把它送给了她。多少年过去了，不知道这幅画还在不在她的身边？

在灯火通明的夜车站，我孤独地守候着，等待着一个不知名的过路人，走到我的面前，突然变得有名有姓，然后拉起我的手，回家。更多的时候，我就像一个孤魂野鬼在城站游荡，脑海里一遍遍地设计着我父亲的脸形及五官，以便在行色匆匆的旅客中找到他。母亲其实也在心里不断地描绘着父亲的画像，她时常冷不丁地告诉我，她觉得某某人的眼睛很像我父亲，某某人的鼻子很像我父亲，某某人的嘴巴很像我父亲……过段时间，她又会有新的发现，说某某人的眼睛也很像我父亲，某某人的鼻子也很像我父亲，某某人的嘴巴也很像我父亲……有时候我把眼睛都很像我父亲的某某人、某某人和某某人相比较，发现他们有的单眼皮，有的双眼皮，有的金鱼眼，有的三角眼，根本天差地别，怎么会像同一个人呢？他们有哪一点是相像的呢？

有时候你会发现你最亲近的人竟异常的陌生。在我母亲的有生之年，我始终克制着没有提如下几个问题：你和那个人真的相爱吗？你究竟了解他多少？你想过他为什么一去不复返吗？他是挣不到钱而羞于回来见我们呢？是贫穷潦倒客死在他乡了？还是在异地另有新欢，把我们抛弃了？……母亲，这一切你生前想过吗？我甚至还想问一问，母亲你这样虚度了大半辈子值得吗？有没有后悔过？我知道我这个问法过于尖锐了点，我母亲听了也许会撕心裂肺、会痛不欲生的。所以我一直埋在心底，现在母亲也看到了车站，看到了潮涌而进潮涌而出的旅客，看到了事实的真相，又是怎么想的呢？还会说男人都是活在路上的吗?!

男人都活在路上，那家里不都剩下女人了吗？只有女人的家还能叫家吗？

那个人细细长长的，像一根晾衣竿竖在我的面前，他看看我高举的肖像，又看看像下的名字。他用雪白而又细长的食指推了一下眼镜，又仔细把肖像和字看了一遍，这才低头问我，你是米子？我听他叫我的名字，一下子愣住了。他……他……我的父亲？可是他没有铺盖，没有白色军舰商标的蓝色牛津包，也没有一只裤管高一只裤管低，头发也很整齐。他穿着很斯文，戴了副玳瑁边眼镜，度数肯定很深，望过去镜片上都是圈儿。一身中山装，四个兜儿；还穿了双皮鞋，手提着一只有些笨重的大皮包。他把大皮包往地上一放，然后摸出一包"恒大"牌香烟，抽出一支，划了根洋火，点上了。他甩了几下手，洋火就熄灭了，他这才将洋火丢在地上。他甩洋火时的手势非常优雅。他猛吸了一口烟，就烧走了半支烟，大概在列车上不敢多抽烟，这会儿烟瘾犯了。我仿佛看到了他吸进去的那口烟，按照人体的曲线图走遍了他体内的角角落落，最后才被他很不情愿地徐徐吐出来。他眯着眼说，你是米有为的儿子？我点点头。他又问我说，是谁让你来接的？我说我妈。他就啧啧称奇。他说这就怪了，你爸爸的信还在我口袋里呢，你妈她咋就知道呢？我说我是来找我爸爸的，你是我爸爸吗？我这么问，只是想确认一下。但我听他说话的口气，不像。他果真不是，他说我不是你爸爸，我是你爸爸的朋友。你爸爸本来是要一起回来的，可临时有事拖住了身，就叫我先来，要不了几天，你爸爸就回来了。他呀，早就想回来看你们了。

那人抽完烟，吃力地背起大皮包，牵起我的小手说，走，我们回家吧。他的身上有股淡淡的烟味，很好闻。他带我去找151路公交车，我说干吗？他说乘车回家呀。我忙指向车站的对面，我说我们家在那儿！他说是吗，就从身上摸出我父亲的信来。我父亲在信封背面给他画了张去潮王路找我家的示意图。我说我们早搬家了，现在就住在这对面了。我又指指护城河那边的始版桥直街，八卦墙门清晰可见。他看了看，"噢"了一声，随即问我母亲好吗？我说好。我在前面带路，我们向北走到虹桥，过桥，沿着护城河东岸回到八卦墙门。我奔跑进去，尖叫着妈妈！妈妈！我的喊声霸气而惊慌，惊动了整个墙门。大家以为出什么事了，纷纷赶出来，站在檐头下，看我带着一个陌生的瘦高个男人冲进了天井。母亲开门出来，顿时愣住了。

就因为父亲的一封信，那个人在我们家住下了。

第二章　夏东风·燥松松

立 夏

对于老墙门的认识，很多人（包括我母亲）都停留在这样的层面上：旧房子见缝插针，檐接着檐，窗挨着窗，赵家炒辣椒钱家打喷嚏，孙家放音乐李家闻声起舞，周家晾衣服顺便给吴家浇了花，但墙门里的人就是亲。其实不然。墙门里的生活是闭锁、平面、平淡、陈腐而无聊的。墙门是一个死胡同。墙门是一潭死水，在月色中清澈如镜，一派天然秀色；但到了太阳底下，污浊泛滥，不堪入目。我丝毫不怀疑中国老百姓的善良，但也深刻了解他们善于窝里斗的民族劣根性。据说我们搬进来之后，八卦墙门里就有了很大的起色。

起色之一是酒鬼叔的眼皮不再耷拉了，他喝上了北京"二锅头"。

起色之二是黑叔成了煤饼店的惯小偷，他踏着三轮车躲到贴沙河底去了。

起色之三是"洋葱头"当起了女侦探，谁知道她酒壶里放的什么药？

起色之四是"两座大山"略施小计，北京客引火烧身。

……

先说酒鬼叔。据说在我们搬来前，酒鬼叔的眼皮一向耷拉着，因为这个世界对于他来说，已无一物可看了。能说出这番话的人，自然有文化。酒鬼叔在区文化馆工作，是杭城稍有名气的剧作家。他编有两部三幕剧，《一年无计在于春》和《清夜无尘学毛选》。他曾将《清夜无尘学毛选》的剧本寄给曹禺老先生，向他请教，曹老先生阅后，在剧本末亲笔题写了：不错，希望是属于年轻人的。由此酒鬼叔自称是曹老先生的学生，勤奋写作。但那年头你手头上有多少人生理想，也必须统一到一个纲上来。可酒鬼叔偏偏缺少阶级斗争这根弦，他也就索性装疯卖傻，乐得逍遥自在，实际上他屁事没有，甚至连班都不用坐，就能领到36.5元的月工资。酒鬼叔整天手托着一把紫砂茶壶，到处闲逛。那茶壶沉甸甸的，里面盛的不是茶，而是老酒。酒鬼叔称为"夜老酒"。意思是说，这酒是夜快边享受的东西。他显然拓宽了此中的意义，只要他醒着，就嘴不离壶，壶不离酒；永远是一副酒糊涂的样子。那时候买酒要凭票，即使酒鬼叔是当今的李太白，也不可能有额外的分配。所以那把紫砂茶壶里盛放的东西就非常可疑了，闻着固然喷香，但喝起来实际上寡淡，与其说是老酒里兑了不少水，倒不如说是白开水中兑了些许老酒。但这并不影响

71

酒鬼叔身上富有酒香，以及制造出一张红彤彤的好脸蛋来。作为那个时代的落魄文人，酒鬼叔不修边幅，拖着一双脚后跟踏扁了的老头布鞋，耷拉着双眼，手托紫砂茶壶在墙门内外游荡，时不时地嘴对嘴"咕噜噜"地喝一口老酒。唉，不去想它了。酒鬼叔自说自话道，好像有什么天大的事压得他透不过气来似的。过会儿他又拖拖沓沓地喝一口老酒，让一长串"咕噜噜"的声音在天井里回响。这是老酒香喷喷地穿过壶嘴进入他嘴里的流动声。这流动声让酒鬼叔听了心里惬意。他就好这一口。做人嘛，你总得好一口。不好这一口，就好那一口，这才叫做人。所以酒鬼叔喝酒就喝得这么拖沓，因为拖沓能成倍成倍地延长这份惬意。就像用一分钱买到了二分钱甚至三分钱的东西那样，能不叫人快活吗？人一快活，嗓子就痒痒，就忍不住摇拨浪鼓似的摇晃着脑袋，瞎哼哼个啥：

| 6·3 3 1 5 67 | 6 3 5 —
　咽不下 玉粒 金波 噎满 喉，

| 6 3 5 6 5 1 2 3 | 2 6 1
　瞧不尽 镜 里　　花 容 瘦，

| 6 5·6 3 3 0
　展 不 开 眉 头，

| 5 1·6 2 2 0
　挨 不 明 更 漏，
……

说酒鬼叔瞎哼哼，是因为我们听不懂。既然我们听不懂他哼哼个啥，那他就是瞎哼哼。这是那个时代最伟大最英明最准确也最光荣的真理。那天，酒鬼叔正哀幽幽地哼唱着无人能懂的小曲儿，突然踩了刹车，凄凄惨惨之声戛然而止，那两张耷拉的眼皮相继"扑！扑！"地弹了开来，眼睛瞪得老大老大的。他看到了一个人，一个值得他看的人，一个让他第一次有了看的欲望的女人。这个女人不是别人，她就是我的母亲。那天我们搬家，酒鬼叔直愣愣地盯着我母亲，他缠绕在我母亲身上的目光，犹如蛇盘蛤蟆般的"毒辣"。他故意大声地感叹道：唉呀呀……！

这样的感叹声表示着什么，听的人一清二楚。这就不能不令母亲回眸一笑。

这一笑让酒鬼叔乐坏了，他随即又唱开了：

东南风起打斜来，
好朵鲜花叶上开；
后生娘子家没要嬉嬉笑，
多少私情笑中来。

第二天上午，墙门里的小伢儿在护城河畔摔跤时，手托茶壶的酒鬼叔突然叫住了我们。夏天的紫藤爬满了高高的院墙，一只蹲在墙门围墙上抓耳挠腮的老猫，被他的叫声吓了一跳，纵身跳下墙走了。我们停止了搏斗。酒鬼叔朝我们招招手。我们就过去簇拥着他，看他哀幽幽地喝一口像水一样寡淡的老酒。他说我教你们一句绕口令，好不好？你们听好了：爬过墙头一泡狗屎（读wù）；狗吃我屎，我屎狗吃。

我们跟着他念。他叫我们大声地念出来，我们就大声地念出来：爬过墙头一泡狗屎；狗吃我屎，我屎狗吃。他叫我们念得快！快！看谁念得最最快！我们在他的催促下，都拼命地加速，突然听到他"哈哈哈"大笑起来，笑得我们一愣一愣的。我们随即发现自己念的是：爬过墙头一泡狗屎；狗吃我屎，我吃狗屎。这才知道自己上了当，被他引到吃狗屎上去了。海子和东东气得挖了泥巴砸他。酒鬼叔也不生气，他诚恳地向我们求饶。为了表示他的悔过自新，他又教了我们一句绕口令：岳老爷（读yǐ）①的儿子小岳老爷。他也叫我们念得快！快！快！快！结果我们都念的一片"yǐ"声了。

那天，让别的小伢儿气愤的是，酒鬼叔后来私下里教了我两招。一招是倒着念。他说你把"大儿叫爸爸！"倒着念。我就大声地念："爸爸叫儿②大！"酒鬼叔就哈哈大笑，说，这可是你自己说的，你爸爸叫儿大。我追过去抓住他的衣襟，拳打脚踢，他双手护着宝贝茶壶，说是怕了我了，愿意再教我一招，绝对不讨我的便宜：

---

① 岳老爷：岳飞。
② 叫儿：杭州方言，男性生殖器。

拉（读 chǎ）屁臭，抲（kōu）来炙；

　　炙炙炙不好，肚里出青草；

　　青草好喂牛，牛皮好绷鼓；

　　鼓里鼓，洞里洞；

　　哪个拉屁烂洞宫！

　　这两招在当天晚些时候，让我在伢儿堆里大出风头，占足了便宜。由此，我对酒鬼叔心生敬意，文化人毕竟是文化人，他马长的脸上理应整天挂着自命清高、自命不凡的神色，完全有资格对谁都爱理不理的。我们很快成了忘年交，在另一个天色晴朗的午后，他把我叫到护城河边的乱石上，和我探讨起我母亲的漂亮。酒鬼叔把我母亲的漂亮归结于她是一个孤儿。换句话说，归结于我母亲是被人遗弃的私生女。酒鬼叔说，他这么说丝毫没有亵渎我母亲的意思，因为在他看来，世界上最漂亮的女人，无不来自私生界。他说他们单位原先有个唱戏的，也是个私生女，漂亮得一塌糊涂，在《红灯记》里扮李铁梅，上台一亮相就给一位造反派头头挖走了。酒鬼叔扼腕叹息之余，向我细细地解释私生女她为何就漂亮？他以那个戏子为例。说她是她父亲三十五岁时，与一个十八岁的黄花大姑娘偷情的产物。他说三十五岁的男人最成熟，智力已经达到人生的顶峰。为了说明这个问题，他又转而阐述起但丁同志的"拱门理论"。他称但丁为同志，他说但丁同志把人生视为一个拱门，并将人均寿命定为七十岁，他经过

75

研究发现,人在三十岁到四十岁间,正处于拱门的拱形,而三十五岁则处于顶点。这也就是说,三十五岁时,男人的心智才完全成熟,正好站在这个顶峰上。他说十八岁的女人身体最棒,三十五岁男人的心智最成熟,他们一场忘我的激情过后,一个漂亮又聪明的女婴就这样诞生了,长大了能不成为人世间的尤物吗?我自然听得一头雾水。但瞧着酒鬼叔如此坦诚地和我谈论这些,套用他的话说,像哥们儿似的,我的心情能不激动吗?

只是现在想来非常可笑,酒鬼叔向我阐述这一"美女制造理论"时,我才六岁。他跟我谈个什么劲呢?他完全是对牛弹琴嘛。这也难怪老墙门上的麻雀们,听了我们的谈话,一个个歪着头瞧我。唯一的解释,就是我是我母亲的孩子,这个孩子的母亲非常漂亮,令他眼界大开,恨不能一眼就把她"吞"进去。我知道酒鬼叔和我走得近,无疑是冲着我母亲这个美丽女人来的。

酒鬼叔常来我们家,向在客厅里糊洋火盒子的母亲吹吹山儿①。酒鬼叔天上晓得一半,地上晓得全部;山儿吹得人要多开心有多开心,我和母亲常常笑声不断。为什么唐僧去西天取经,孙悟空必须在路上捉妖精,而猪八戒可以在高老庄谈恋爱?他都能说出个道道儿来。悬空八脚,酒鬼叔的话总是来无影去无踪,间或还唱上一两句山歌或地方小曲,曲罢,长声长气地喝上一口酒,嗞——啊——!那"嗞!",嗞得非常滋润;那"啊!",也啊得非常美妙,叫人不能不对他那把紫砂茶壶产生无限的遐想,那

---

① 吹山儿:杭州方言,聊天。

真是潇洒过神仙哪！

母亲也喜欢他来坐坐。酒鬼叔一来，我们家里就充满了春天的气息。有一种花你看不到它，但我们笃信它的存在。这种花就叫开心，是酒鬼叔送给我们的。酒鬼叔也跟我母亲谈起那个戏子，但和对我谈的完全两样，他只说那个戏子漂亮，有一副好嗓子。接着他就说我母亲比她还漂亮，嗓音也好。他听过我母亲无意间的哼唱，就要求我母亲现场唱唱看，让他再听听她的音质到底如何。母亲红着脸，不好意思唱，在酒鬼叔再三再四地恳求下，她才小声地唱了起来。她唱的就是那首《听我来数九州》。听罢，酒鬼叔猛拍自己的大腿，激动得差点把自己拍残废了。他说我母亲就应该到文化馆去工作，唱戏绝对叫座，演《红灯记》，李铁梅的角色就是我母亲的；演《红岩》，江姐的角色就是我母亲的；演《沙家浜》，阿庆嫂的角色就是我母亲的……随后，他把现在主演这些角色的女人们，骂了个狗血喷头、体无完肤、一无是处，都是些什么东西呵！他说他有这个责任和义务把我母亲推荐到文化馆去，就算是对革命文艺工作负责嘛。他拍完大腿又拍胸脯，说他说话算话，对此他将不遗余力，死而后已。他说得像要去坐老虎凳似的，笑得母亲眼泪水都流出来了。我看我母亲笑，我也就跟着咯咯地笑。

他叫我们不要笑，千万不要笑。他说这不是笑的事情，而是做的事情。他说，每个人的一生只要抓住一次机遇，命运就全然不同了。他说到三十年代初，曾经有一个农妇，已经生过两个伢

77

儿了，逃难逃到大上海。她租居的那条街上有爿照相馆，照相馆的老板见她漂亮，就要免费给她拍几张相，条件是她的照片允许他挂在外面招徕客人。那个农妇二话不说就答应了。农妇放大了的照片在照相馆挂出去不久，上海电影制片厂的导演就找上门来了，要见这个农妇。这个农妇因此成了电影演员，几部戏一演，就在大江南北红得发紫发黑。她就是大明星上官云珠，这个人米师母你应该听说过吧。照酒鬼叔的说法，我母亲就只差有人把她放大的照片挂出去了，要不然，她也早就大红大紫了。现在，既然让他碰上了，那他当仁不让要做这个挂我母亲照片的"照相馆老板"了。

母亲听他说得这么滑稽，又"咯咯咯"地笑个不停。我趴在酒鬼叔的背脊上，一心想要他教绝招，可以学了到伢儿堆里去显摆，称老大，所以我一直追问他。这个下午，直到我母亲大笑三遍之后，酒鬼叔终于神采飞扬地对我说，好啊，小淘气，让我想想看，教你点什么好呢？来点有文化的吧。竖起你的小耳朵，给我听好了：

日你哇得个娘，

娘家姓金，

金华火腿，

腿上搭药，

药性过度，

肚皮膨胀，

胀出洞宫，

工人造桥，

桥下有水，

水上有船，

船到杭州，

周吴陈王，

王先生做梦，

梦见日你哇得个娘

……

　　母亲好笑地说，这也叫有文化？酒鬼叔说，米师母，这你就不知道了，大俗才大雅，民间自有大智慧哪！文化这东西并不见得越文越雅越酸就越好，鲁迅先生在他的文中，骂了句日你妈妈的，粗鲁不粗鲁？哎，可它就是有文化！所以说文化这东西……我母亲说，好了好了，徐老师，那就有劳你多教教米子呵。酒鬼叔说这个自然，你跟我还客气个啥！这话说得，好像他是我父亲似的，理应履行教育儿子的义务。说着他还伸出手来，抚摩了一下我的脑袋。他说我们米子蛮聪明的，将来肯定会有大出息的。母亲笑了。她说，徐老师真会说笑，他才多大啊。酒鬼叔脸一板道，这怎么叫说笑呢？老话说三岁看到老，何况米子都六岁了，是不是？我都能看到他两辈子的出息了。母亲又笑了。酒鬼叔问

79

我会了吗？我残缺不全地念了几遍，他就拍拍我的脑袋说，行了，可以去现炒现卖了。我高声一句"好嘞"，就精神抖擞地冲出家门，去找伢儿们显摆了。

就在酒鬼叔对我母亲发起文化攻势时，黑叔却对我们家很"冷"。他总是低头进，低头出，从不拿正眼看我母亲；在墙门里碰见了，我母亲跟他打招呼，他却把头低得更低了。唯有酒鬼叔拿他取笑时，他才瓮声瓮气地还击他三个字："嚼舌头！"酒鬼叔笑他是个农民，走到哪儿，黑渣掉到哪儿。而黑叔他也看不惯酒鬼叔那张嘴脸，整天嘴皮子翻上翻下，乱飞唾沫，比女人还不如。

但黑叔对我却很好，有一回黑叔踏着三轮车去量米，他把我和"白蒲枣"也捎上了。他在街上买了一只松花糕，一折两半，一半给我，一半给"白蒲枣"。那真是好吃啊。那糯米糕上满是嫩黄嫩黄的松花，吃起来不但糯，而且清香扑鼻。我和"白蒲枣"都吃得很慎重其事，心里十二分地爱惜它，右手捏着糕，左手并住五指，作碗状，小小心心地承接在下巴底下，嘴一咬，那黄莹莹的松花就悄然无声地落下来了，落在了我的手心里；等吃完右手上的松花糕，再细细地舔左手心里若有若无的松花。我长到这么大，还是第一次吃到这么好吃的东西。我们吃的时候，黑叔就告诫我别学酒鬼叔那种女人相，男子汉大丈夫要顶天立地做大事，将来好好报答你母亲。他说，你母亲不容易啊！随后他又说了不少酒鬼叔的坏话，我这才清楚他对酒鬼叔的看法。

黑叔对我们家的"冷"，白奶奶早就看不过去了，有一天她叫住了黑叔，她说，冬师傅，老太婆想求你一件事。黑叔用手一扳刹车，停住了三轮车。他坐在车上，问白奶奶说，白大婶，您有啥事体？白奶奶说，也不是我的事情，我是看米师母可怜相，一个人的煤饼票怎么够用？大家前邻后舍的，能帮帮她就帮帮她。黑叔坐在车上，高高地朝我们家望了望，他对白奶奶说，我一时三刻也不能答应您什么，我看吧，好不好？白奶奶说，有你这句话，我就先替米师母谢谢你了。黑叔说不敢当，便用脚一踩刹车，那刹车反倒扳开了。他把三轮车踏到对面楼下，用铁链子一锁，就上楼去了。

　　一天下午，黑叔到平海路口的国营西湖电影院和大学路上的省图书馆送完货，绕了一大圈，特地转回墙门来，往我们家掷进来一小袋煤屑屑。他掷了东西，也不叫我母亲。我母亲是听到声音出来的。他只看了我母亲一眼，点了一下头，就将三轮车头一别回店里去了。快得连我母亲想说声谢谢都来不及。母亲站在家门口，呆了一会儿，才醒过来，赶紧把煤屑屑倒进一只破面盆里，和了水，然后捏成一颗颗煤球，晾在厨房里的一块旧木板上，让它们阴干。我母亲之所以不敢晒出去，是担心"两座大山"看不顺眼，无端地生出些是非来。第二天，黑叔把那只黑黝黝的袋子要回去了。

　　又过了七八天，也是一个下午，黑叔第二次往我们家里掷进来一袋煤屑屑。但他刚出墙门，不料我们家门口一黑，倏地蹿进来一个人。这个人不是别人，她就是黑叔的老婆"两座大山"。她一脚踏住我母亲拎的那袋黑东西，双手一叉腰，牛眼大瞪，在爆出"嘿！嘿！"两声冷笑之后，冲我母亲吼道：天下哪有这么便宜的事情！

母亲傻呆呆地望着这个气红了眼的女人，脸色白一阵青一阵的。

小　满

这时候在我们家门外，还有一个女人，发出了幸灾乐祸的笑声。她骂了句"狐狸精"，就偷偷地溜走了。而这一切黑叔始终被蒙在鼓里，他每过十天半个月，就偷偷地往我们家里掷一袋煤屑屑。但他前脚刚走，他老婆后脚就踅进我们家。她用脚踢踢那袋东西，然后就向我母亲索取五分或一毛钱。没有二价。她说多少，我母亲就给她多少。母亲觉得这样更好，她也就用不着为此担惊受怕了。母亲捏好煤球后，就亮亮堂堂地晒到门外靠墙的青石板上，这样干得也快，晒一两个太阳就可以收进来烧了。只是对于黑叔，母亲还是很过意不去的。她买了包"旗鼓"牌香烟，找了个机会，偷偷地塞给他。黑叔不抽烟。他不要。母亲想自己真糊涂，怎么连黑叔抽不抽烟都搞不灵清呢？她说，要不，你拿去打打①？黑叔见她一脸的懊悔，就老实地接住了。那包烟，黑叔一直带在身边，他也不拆封，没有人的时候，他就掏出来放在

---

　　①　打打：杭州方言，分发。

鼻子底下，闻闻，他喜欢闻这包香烟的味道。

老墙门的夏天绿意盎然，爬山虎是一种自强不息的植物，它们挂满了风，一墙墙地摇动着；壁虎爬行其间，卑微地生活。我们盼着壁虎从斑驳陆离的老墙上掉下来，但它就是不掉。海子和猫儿拿了竹梢击打它们，一只壁虎被他们打断了尾巴。那尾巴掉在青石板上，就像一条小泥鳅在蠕动。我们连忙捂住自己的耳朵，纷纷逃离迫害的现场，听白奶奶说，壁虎的尾巴是神奇之物，断了之后会突然飞起来，飞上天，追着叮人的耳朵，然后像声音一样钻进我们的耳朵里，那样我们就成聋子了。我害怕地逃回家，见酒鬼叔正坐在我们家里。这天我母亲披着长发，里面着一件像月白背心剪去了一大截的胸衣，外面是件的确良衬衣，被汗渍湿了，有着显山露水的性感。母亲显得很激动，因为她刚随酒鬼叔去过区文化馆。我猜测母亲之所以披着长发，是因为出去见老馆长的缘故。在我们家我看到了同样兴奋的酒鬼叔，他破天荒地没有手托茶壶，右手一个劲儿地做着鱼儿张嘴喝水的动作，示范着老馆长见到我母亲的眼部动作，咔嚓咔嚓地眨巴眼睛。他说他的眼睛简直直了，目光犹如射线。酒鬼叔一再地向我母亲肯定，有戏！肯定有戏！不一会儿，"小六六"来喊他了，是她妈妈让她来喊的。但酒鬼叔在打发女儿之后，并没有起身离去。过了一会儿，"洋葱头"就火烧眉毛似的赶来了。我们听到她在天井说的话。她骂酒鬼叔烂屁股，见到狐狸精就挪不动步了。但她见了酒鬼叔倒又不响了，只是两眼恨悠悠地盯着酒鬼叔，半晌才问他的米呢？接着又添了句话，这里是米家，又不是米店。

酒鬼叔竟四平八稳地站起来，像赶苍蝇似的朝他的女人挥挥手。女人乖乖朝外走，酒鬼叔直起身后，却没有走，他看到我母亲头上有根草，就伸手将那根草摘除了。这个细微的动作，让母亲倏地红了脸。酒鬼叔笑笑，他细白的手指夹着那根枯草，在母亲眼前亮了个相，随即就让它飘落在地上。那边，"洋葱头"气得脸一黑一白的，她扑过来要跟我母亲拼命，但酒鬼叔脸一黑，一把拎住了她的衣领，吆喝道，你敢！"洋葱头"双手乱舞，双脚乱踢，但酒鬼叔毫不松手，一直把她拎出了我们家。

从此，"洋葱头"就落下个毛病，每天有几个时间段，比如午后，比如夜快边等；她就会冷不丁地冲进我们家来。她不敲门，也不告诉我们她进来做什么，就推门而入，张东望西，有一回甚至跑到卧室里，跪在地上朝床底下张张，把我母亲气得半死。她张完了，也不说啥，就自顾自地走了，和进来时一样，连个招呼都不打的。

母亲气过之后，就留了个心眼，有一回她又冲进来，母亲拿起扫帚把她堵在了家门口。但"洋葱头"的臭嘴让母亲望而却步，好像这儿是她的家，而不是我们的家。她咬牙切齿地对我母亲说，你敢不让我进去，我就把你的×毛都拔光！你相不相信？母亲宁可信其真，就放她进来了。这时候酒鬼叔就在我们家里，他躲在我们家敞开的房门后面，下面垫了一只小凳儿。"洋葱头"蹦进蹦出，转了好几个圈，也没有发现门背后的丈夫。看着这对活宝在自己家里捉迷藏，母亲又好笑，又好气；她想你们玩你们的，我还是继续糊洋火盒子吧，后天得交货呢。

有一次在店里，黑叔掏出烟盒来闻，不小心让同事们看到了，他们毫不客气地搜出了他的香烟。"旗鼓"牌香烟，对于当时的工薪阶层来说，是挺不错的烟了。见者有份儿，他们每个人都点了一支抽，但谁也抽不了两口，就愤然丢在了地上。"啐！啐！"他们猛吐，却无法吐掉嘴里的怪味。他们骂他是恶人藏臭货。这包烟早被他汗湿了，霉得不成样子了。黑叔并不因此而深感歉意，反而犟头犟脑地冲他们怒吼道：谁要你们动我的烟的！

黑叔生气地走出煤饼店，他闻了闻剩下的那半包烟，又小心翼翼地塞回衬衣口袋里。

后来，我母亲曾经问过黑叔，我们刚搬来不久，他为何那么冷，对我们爱理不理的。黑叔咧咧嘴憨厚地笑了，他说他哪敢不理我们啊？他是害怕看到我母亲的眼睛。我母亲说我的眼睛怎么啦？有那么凶狠吗？黑叔说不是的，不知为什么，我一看到你的眼睛就会发抖，就是人不抖心也会抖的。母亲说那你现在还怕我看你吗？黑叔点点头，却又连忙摇摇头。母亲好笑地问，你到底是点头还是摇头？黑叔坚定地摇摇头。母亲就盯牢他的眼睛看，他坚持不了三秒钟，就又慌乱地低下头去。

母亲笑了，还说不怕呢！那你低什么头啊？

酒鬼叔一直为我母亲的事情奔波着，他每次奔波归来，首先就到我们家，乐呵呵地对我母亲说，快了快了。有几次夜已经很迟了，他还兴冲冲地跑来告诉我母亲新动向。母亲并不把这件事放在心上。因为她认定这是不可能的。她听酒鬼叔说这些事情，就像听一个与己无关的笑话，听到有趣之处就笑个不停。酒鬼叔问她笑什么？我母亲不肯说。她不想当着他的面否定这件事，那就等于否定了酒鬼叔的奔波与劳累。酒鬼叔却非要她说不可。但我母亲光笑不说。两人正争来争去之际，门外起了动静。我母亲和酒鬼叔顿时就静了下来。我母亲朝他扮了个鬼脸，酒鬼叔竖起食指印在唇上，朝我母亲嘘了一声。"啪!"地一声，客厅里的灯儿熄了，整个家顿时沉入漆黑的夜色中。但那黑沉到了底，随即又苏醒过来，借着西窗的灯光，就渐渐地能看到东西了。

敲门声一阵紧似一阵，咚咚咚! 咚咚咚! 门外"洋葱头"的喊声也一阵紧似一阵，她说她知道酒鬼叔就在我们家里，要他死出去。她叫嚣着，说酒鬼叔再不出来，她就一把火烧了这房子。最后她大骂我母亲不要脸。是个烂人×!我不知道是不是这句话，刺激了我母亲，她整个人一歪，就倒向了酒鬼叔，两个人相拥在一起；我看到酒鬼叔亲了一下我母亲。母亲轻轻地啊了声，一把推开了他。敲门声和骂声忽然消失了。母亲在黑暗中蹑手蹑脚地走到家门口，耳朵贴着木门板，探听着外面的动静。外面什么动静也没有，静得可疑；母亲撩了一下挂下来的几缕头发，朝酒鬼叔摇摇头，表示他老婆很可能就候在外面。

熄灯是一种不明智的行为，这让我母亲和酒鬼叔陷入了一种尴尬的境地。现在如果让酒鬼叔出去，万一让"洋葱头"撞见了，那他们俩没什么也变得有什么了。一个男人和一个女人黑灯瞎火，能有什么好事吗？如果不让酒鬼叔出去，在这暧昧的氛围里，还不知会发生什么呢？

这天夜里，酒鬼叔是什么时候离开我们家的？怎么离开的？他有没有被候在外面的"洋葱头"逮住？以及在酒鬼叔离开我们家之前，和我母亲黑灯瞎火地做了什么？或者压根儿就没做什么？我都一概不知。真的，我是一概不知。我只知道在这以后的日子里，我母亲常常忘记关门，我们都睡下了，但我们家的门却没有插上门闩。有一回，我夜里起来小便，又一次发现我们家没有关门，而且母亲也不在家里。我到墙门外面尿了尿，回到家里，我把家门闩上了。但我没有去床上睡，我怕母亲回来时叫不醒我，就坐在客厅里等母亲回家。我不知道母亲是什么时候回来的，反正我坐在黑暗中等待了很久很久；母亲终于回来了，她推了推门就愣住了。我听到动静，连忙给她开门。我打开门时，她眼睛瞪得老大老大的。她说米子，你怎么还不睡啊？！我哭着说，我要等妈妈回来。母亲一把抱住我，抱起我，一路小声地说着对不起对不起对不起……从那以后，我母亲的记性又好了。从此，她再也没有忘记过关门，她还叫铜匠师傅在门上安了把锁。

1976 年 9 月 11 日下午，天气闷热，广播说有雷阵雨，但外面太阳好得出奇，护城河畔知了们的叫声，并不比盛夏逊色，人动不动就出汗。女侦探"洋葱头"又一次冲进我们家。她进了我们家的卧室，像在自己家里一样。她观察最仔细的，要数我们家的床了，床上床下张了张，还伸手在箕席上抹了抹；她发现有两根手指头黑了。她先是一愣，随后喜出望外，嘴里啊啊着，转身就冲了出去。我一直弄不太懂，我母亲为什么要让她进来呢？她有什么资格在我们家大摇大摆地进进出出呢？母亲为什么连自己的家都把持不住呢？就说这天吧，我们听到"洋葱头"蹿出我们家后，就咚咚咚地冲到对面的楼上去了。

"洋葱头"找到"两座大山"的家里时，她的两根手指头始终保持着黑黝黝的原貌。她把其余的手指头弯了下来，只挺着这两根，非常醒目地伸到"两座大山"的眼前，晃了晃，又晃了晃。"两座大山"吓了一跳，以为她要挖她的眼珠子。"洋葱头"拼命地叫她看：你看呀，你看呀。"两座大山"只张了一眼，很不以为然，黑手指有什么好看的？她们家别的颜色可能不多见，但黑色却是最常见的，而且多得让她感到讨厌。她对于"洋葱头"拿这玩意儿来故弄玄虚，很不高兴，就自顾自洗起那一脚盆脏衣服来。

当然有看头了。"洋葱头"腔调怪异地说，第一，你们家冬师傅从一点光景进了那个卖×货的房子里，直到两点钟才出来，有个把小时呢？冬师母啊，你想想看啊，一个小时能做多少事情啊，说得难听点，儿子都有两个好生了。第二，这黑黝黝的煤灰应该是你们家冬师傅身上的吧，你猜我是从哪儿抹来的？说出来怕气死你！我是从那个女人的床上抹到的。冬师母啊，你想想看，你想想看啊，那个女人的床上怎么会有你老公身上的煤灰呢?!"两座大山"一听,哪还用得着再想想看啊,她猛地将手中在洗的衣裳甩进脚盆里,拔脚就咚咚咚地冲下楼来了。

这也难怪,自从她第一眼看到我母亲起,"两座大山"就把我母亲视为天敌。因为我母亲的出现,宣告了她靠两座大山般的烂奶在墙门里风光无限的时代结束了。那时候全国人民还很少使用文胸或奶罩,上海产的"古今"牌文胸,还是有地位的女人或上海宝贝们的时尚用品,一般老百姓习惯贴身穿半件月白汗背心,借以掩饰。所以那时候天下的乳房,基本上处于纯天然的状态。我母亲与"两座大山"乳美之高低,墙门里的芸芸众生自有评判。六月里乘凉,男人们闲着也是闲着,无事就谈谈女人家身上的东西。他们认为"两座大山"乍一看果然气势澎湃,颇具震撼力;但经不起推敲和品味,奶袋像水鸟的嗉囊那样耷拉着。水鸟在水里捕到了鱼,就把它存放在嗉囊里。而我母亲的乳房是精致饱满的发糕奶,盘儿不大,但坚挺,乳头微微上翘,从衣服外面望过去尖尖的,走起路来跳跳的,非常迷人。

对此,"两座大山"一直怀恨在心,这天经"洋葱头"那么一挑拨,她哪里还有什么脑子呀,就像日寇的轰炸机那样叫嚣着直冲我们家。紧随其后的是"洋葱头",她也亢奋地咿呀着。她们超常的言行,立即吸引了不少街坊邻居,纷纷跟过来看热闹,就像粗糙的手纸堵塞了下水道那样塞在我们家门口,观看"两座大山"和"洋葱头"围攻我母亲。"两座大山"一口一个"烂人×!"她一只手扯住我母亲胸口的衣襟,一只手拔我母亲的头发。她说她要给我母亲吃耳光。"洋葱头"在边上跳起跳倒，鼓动她动手。我母亲一只手也扯住对方的胸脯，另一只手则挡在自己的眼前，准备阻挡"两座大山"从她胸前撤下来的右手。这只手是"两座大山"用来揍我母亲耳光的。

突然母亲的脚弯头被什么东西戳了一下，她蹲了下去。"两座大山"趁势将我母亲掀翻在客厅的地上。晾在那儿的洋火盒子被压扁了一大片。我母亲尖叫起来，我的盒子呀！为了不使自己辛辛苦苦糊好的洋火盒子被压坏了，我母亲情愿一动不动地躺在地上，任凭"两座大山"骑在她身上，作威作福。

"你个烂人×！""两座大山"叫嚣着，手掌结结实实地扇在我母亲的脸上。"啪！啪！啪！……""两座大山"左右开弓，把我母亲打晕了，她先前还左摇右晃着脑袋，这会儿连躲闪都不会了，竟直愣愣地盯着"两座大山"，由她打过。母亲小声地说，你打死我算了，我也不想活了！"两座大山"打得性起，一把撕开母亲身上常青色的的确良衬衣，小纽扣噌噌地爆飞了。她又抓住我母亲的月白汗背心的圆口领，用力一撕，吱——！我母亲的月白汗背心被一撕到底，并被她向两边扯开了。我母亲的胸口顿时无遮无拦，白花花的一片。"两座大山"羞辱着我母亲。我母亲死死地闭着双眼，拼命地挣扎着。突然，"两座大山"身子一仰，将自己的上衣也撕开了，从里面呼地滚出那两坨波浪汹涌的大乳房来。她朝围观的人展示着吼哮着：啊！你什么货色？敢说比我厉害！我母亲的双手趁势死死地横在胸口，两粒硕大的泪珠滚出她哀怨的双眼。可笑的是"两座大山"突然败天败地地号哭起来,好像千古的悲伤击中了她的心肺。左邻右舍好像大戏看到了尾,这才过来劝的劝,拉的拉,把"两座大山"像拖死猪似的从我们家里拖走了。其实他们要劝要拦,一开始就可以这么做了,但他们不,他们习惯坐在城隍山上看火烧,谁都不肯率先出来呛一声,主持一个小小的公道。

母亲双手捂住胸口,直愣愣地坐在地上,不会动了。

她吃足了耳光的脸颊,像刚剥了皮的红心番薯,那么鲜艳红润。

听说了事情原委的围观者,无不好奇地在我们家的簟席上东摸西抹,却不见自己的手指头发黑。于是,就有人把这个责任推到"洋葱头"的身上。白奶奶赶到我们家时,市面已经散了。我母亲见到白奶奶,就"哇!"地扑在她的怀里大哭起来。白奶奶一边怒骂着"两座大山",怒骂着"洋葱头";一边像哄伢儿似的轻拍着我母亲的后背,劝她想哭就哭一场吧。

那一天母亲比死都难过,她嘤嘤地哭了半宿。

"洋葱头"发动了一场赐给他人的风暴,自己却偷偷地走了。她以为神不知鬼不觉,不会有她什么事。然而苍天有眼,这天夜快边,酒鬼叔从文化馆回来,听说"洋葱头"带着"两座大山"到我们家大闹,他脸孔一抹,脸色比死猪肝还要黑三分,他只横了老婆一眼,就噔噔噔地跑来我们家了。但他吃了闭门羹,白奶奶把看热闹的家伙们赶走后,我母亲就把大门一关,躲在房里哭得好伤心。酒鬼叔只听得见我母亲若有若无的哭声，却无法进得门来。因为随他怎么喊，怎么叫，怎么赔不是，怎么求我母亲原谅，我母亲就是不开门。她伤心透了，她不知道此时此刻如何去面对酒鬼叔？酒鬼叔在我们家门外发了会儿怔，脸色时黑时白，飘忽不定，他突然车转身，又噔噔噔地跑回家了。

　　酒鬼叔再次出现时，他已手执一把薄刀，在他家门口的荷花缸沿上，霍霍地来回磨着，他边磨边吼着，你这个十三点女人，今天我非把你劈了不可！但天下就是有不怕死的女人，"洋葱头"明知山有虎，偏向虎山行；她听酒鬼叔说要劈她，便自觉地从家里冲了出来，要让酒鬼叔劈。她吼得比酒鬼叔还凶，她说你劈啊！你这个孬种，今天你不劈你就不是个男人！这话点了酒鬼叔的穴道，他最忌恨别人损害他的男子汉形象，酒鬼叔顿时恶从胆边生，高高举起了磨得锃亮的薄刀。"洋葱头"临危不惧，她歪着头，奋勇向前，朝酒鬼叔的刀子亮出她雪白的脖子来，她再次发出邀请：你劈啊！你这个孬种！但文化人毕竟是文化人，酒鬼叔将"洋葱头"猛地一推，劈下来的薄刀突然转向，将荷花缸里的荷花乱劈一气。劈得一片狼藉之后，酒鬼叔一扔薄刀，就疯疯癫癫地大笑着，奔出了墙门。

　　这天再晚些时候，酒鬼叔抓着一瓶北京"二锅头"回来了。这下，酒鬼叔成了真正的酒鬼，他边走边喝酒，并在天井里哈哈大笑，说完了，一切都完了。这边早已准备了扫帚的"洋葱头"，突然从家里冲出来，像赶一只苍蝇那样将酒鬼叔赶出了墙门。酒鬼叔不知是"二锅头"喝高了，还是咋的，他没有往始版桥直街上逃，而是直冲过了马路，下了河埠头。他这种特别的逃跑方式，吸引了很多人赶出来看热闹。大家都以为酒鬼叔想不开了。但是没有，酒鬼叔的水性很好，他踩水过了护城河，轻松地爬上了对岸。而被水域阻隔的"洋葱头"，则站在河埠头，在距离酒鬼叔最近的地方，拼命地挥舞着扫帚。但除了气愤，她又能把逃之夭夭的酒鬼叔怎么样呢？

酒鬼叔爬上岸，对"洋葱头"，对我们做了个鬼脸，并潇洒地坐在那片空旷的铁路上，他边喝酒，边教我们一首全新的童谣。这首童谣，我想是他现编的：

祥林嫂，奶奶有大小；
一座横河桥，一座菜市桥。

我是这一天才知道酒鬼叔的尊姓大名的。他叫徐祥林。童谣里所说的祥林嫂，你可以理解为鲁迅先生笔下的祥林嫂，也可以理解为他老婆"洋葱头"；但如果《祝福》中的祥林嫂奶奶没有大小的话，那就肯定是说他老婆了。因为"洋葱头"的奶奶确实有大小。我虽然没有看见过的，但在八卦墙门里却是不争的事实，无须说明什么理由。有的女人的奶奶天生就有大小，就像有的女人的眼睛天生就有大小一样；上帝就这么造你，你有什么办法呢？

这首童谣后来在杭城街头广为流传，"洋葱头"这个祥林嫂，为此还大大地骄傲了一把。

酒鬼叔将这首童谣作为下酒菜，肯定非常可口。隔了老远，我们还能听到他呷一口酒后，所爆发出来的啊啊的品味声。我们叫喊着酒鬼叔，让他再来一遍。酒鬼叔就朝上举举酒瓶，又高声地念着他的童谣。站在河埠头的"洋葱头"，听得鼻子都气歪了。她突然发力，将手中的扫帚向酒鬼叔掷过去，但毕竟力道有限，扫帚还没有飞到对岸就一头坠进了河里。她急吼吼地走了，回墙门了。我们继续在河边等待，照她离去的情形看，估计她将采取新的行动。比如回家找些薄刀、榔头等适合投掷的家什，或者干脆扛支气枪来射击。但是我们期待了半天，仍不见她。大人们纷纷喊着伢儿回家了，我们也听厌了酒鬼叔的童谣，离开了河边。

那天的黄昏非常短暂，短暂得就像酒鬼叔劈了"洋葱头"一记耳光那样，"啪"地一记就过去了。天色暗下来后，河那边也安静了下来。这天晚上，我们都支着耳朵，想聆听酒鬼叔畅饮归来，接受"洋葱头"再教育的动静。但令人失望的是，直到我们睡熟了，墙门里还是安安静静的。酒鬼叔根本就没有回家，他躺在一根废弃的铁轨上，满天的星星数了没几颗就睡着了。

母亲哭累了，她七走八走走到一片花草丛中，忽然听到一朵花轻轻地喊她的名字。母亲站在那朵喊她的花朵面前，惊讶地朝花蕊张望，突然一个头重脚轻，她尖叫着掉进了花心里。那儿香雾弥漫，母亲感到一股暖流紧紧地裹住了她。好舒服呵！她低头一看，发现自己泡在一座温泉池里，如岚的水雾中，人影恍惚。温泉有个古怪的名字，叫彼得堡温泉。怎么会有这么奇怪的名字呢？她问边上的那个人。那个人不是别人，他就是学富五车的酒鬼叔。这温泉名就是他告诉她的。酒鬼叔说，就是此堡彼得的意思。母亲说，那跟温泉有什么关系？酒鬼叔说，还是这个意思，此泉彼得的意思。正说着，母亲发觉自己身上光溜溜的，什么也没有穿。她看到了自己浑圆的乳房，形态特好，坚挺如玉，但摸着却柔软无比；樱桃般小巧精致的乳头，受到泉水的刺激，向上翘翘的，从而带动了整只乳房的上扬趋势，非常迷人。她再看酒鬼叔，身上也是光溜溜的，但大家一点也不难为情。她给酒鬼叔搓背，酒鬼叔也给她搓背。酒鬼叔老笑老笑的，给她搓完了背，又叫她转身，继续给她搓"背"……母亲感到很热，汗哗哗地流；在酒鬼叔的搓动下，越来越热的她整个人滑向了泉底……随后的梦境就有些乱了。母亲在梦里喊着热，一觉醒来已出了几身汗。

第二天清晨，我们家里就弥漫着奇异的芳香，仿佛伸手抓一把空气，轻轻一挤，就能滴出迷人的香水来。

毕竟是喝惯了水中兑酒的人，一瓶原汁原味的北京"二锅头"，就把他打倒了。酒鬼叔躺在那条废弃的铁轨上，倒头就起呼噜，天做被盖地做床，初升的上弦月挂在了树梢上，高不高，低不低，恰好把他清照。谁知道夜半时分，酒鬼叔睡得正香的时候，一列货车从这条貌似废弃的铁轨上疾驰而过，将他切为三截：头部和双手一截，身子一截，两条腿又一截。空旷之地，血流成河，惨不忍睹；第二天我们去铁路上瞧时，那儿的枕木和护轨的石子都是红的。

如果酒鬼叔活着的话，我想他看到自己这个死法，肯定会说这样的死，就很有毛主席他老人家的诗意，并像著名电影演员李默然那样声情并茂地向我们吟咏起《念奴娇·昆仑》来：……而今我谓昆仑，不要这高，不要这多雪；安得倚天抽宝剑，把汝裁为三截，一截遗欧，一截赠美，一截还东国，太平世界，环球同此凉热！

酒鬼叔的追悼会，开得非常隆重，由区文化馆和杭州铁路局联合召开的。"洋葱头"阴沉着一张死人脸，没有一滴眼泪。她得到了一笔数目可观的抚恤金。"小六六"将由铁路局抚养到十八周岁。十八周岁后，只要她愿意，她还可以进铁路局工作。酒鬼叔死后，但凡有人提起他，"洋葱头"就恶狠狠地顶一句，死得好！搞得人家一脸尴尬。所以只要有"洋葱头"在场的地方，大家都闭口不谈酒鬼叔。

这畜生，死得好！"洋葱头"总是这样骂她死去的丈夫。

酒鬼叔的死，让"洋葱头"变得异常的萎靡不振，又异常的精神抖擞。缩在家里，她苍老得像一棵枯树根；一旦走出家门，又摇身一变，变成一只斗不败的黄毛鸡。她对我母亲的诅咒，已经从偷偷摸摸转到面对面的针锋相对，她见一次骂一次。任何恶毒的语言，只要世上有，她都敢骂在我母亲的身上。

那时候，我只知道"洋葱头"非常非常恨酒鬼叔，但到我们读初中时，"小六六"偷偷地带我们到她家里，给我们看了两样东西，令我们非常震惊。"小六六"给我们看的第一样东西是酒鬼叔的骨灰盒。里面是空的。没有酒鬼叔的骨灰。空盒子被她母亲用来存放照片了。他们家的照片，大大小小的、黑白彩色的照片，全存放在这只特殊的盒子里。"这是一座露天家庭坟墓，它使一切往事变得一目了然。"[1] 它是那样的抓心，我仿佛闻到了它散发出来的永恒的气味。第二样东西是酒鬼叔的茶壶，那把被他的手抚得跌跌滑[2]的紫砂茶壶。"小六六"揭开盖子，一股酒香扑鼻而来。但我们看到里面塞满了糊糟糟的东西，听"小六六"说，这就是酒鬼叔的骨灰，她母亲用"二锅头"浸泡着。这也就是说，正如酒鬼叔所愿，他被埋葬在白酒里。

从此，我相信爱可以深到恨的程度。

芒　种

自从酒鬼叔称我母亲是撑起他眼皮的那根火柴杆起，墙门

---

① 见1999年诺贝尔文学奖得主君特·格拉斯的代表作《铁皮鼓》（漓江出版社出版，1998年1月第1版）第42页《照相簿》一节。

② 跌跌滑：杭州方言，滑溜溜。

里就流传着这样一种说法，说我母亲支使我去城站找父亲，其实是一个幌子，她是为了支开幼小无知的我，好在家里与别的男人幽会。我知道母亲不是这样的人，但听到大人们这么议论，心里还是痛痛的。我那时候就想，如果父亲在家，"两座大山"和"洋葱头"敢这么污辱我母亲吗？人们会这么中伤我母亲吗？这样想时，我想找到父亲的迫切感就更加强烈了，城站也跑得更勤了。

功夫不负有心人。1977年5月27日的夜快边，我带回来一个身背大皮包的男人，他说他是我父亲的朋友，他说他知道我父亲的下落。他说他的口袋里装着我父亲的信。他说他叫张波（我父亲在信里也是这么称呼的）。他见到我母亲，就喊嫂子好，并从口袋里摸出一封信来交给她。他说这是大哥叫我带来的信。我母亲接信的手一直在抖。她做梦也想不到在潮王大酒店没有收到的信，竟在这个陌生人的手中。

那两天，我母亲一直偷偷地摸出信来读，以便让自己确信这一切都是真的。

小丫

吾妻：见信叩安！

吾一切皆好，请勿念。今张波兄有难处，欲在杭待段时间，你就让他住在家里吧。吾托其带去现金250元，请查收。外面工作难寻，钱也难挣，望谅。米子好吗？你好吗？吾这边还有些事情要处理，完毕后就回杭州。

夫有为草字
4 月 20 日

　　钱不在信里，张波叔等我母亲看完信后，便从他的皮夹里数出二十五张 10 元面值的纸币来，交到我母亲的手上。二十五张当时最大面值的人民币，对于我母亲来说，已经是一笔巨款了。她几时攒到过这么多钱？她心想，这还叫"工作难寻、钱也难挣"啊？我父亲正是饱汉不知饥汉的苦了。张波叔又说我父亲很快就会回来了，母亲更觉喜从天降，笑得嘴巴都合不拢了。第二天一早，我母亲悄悄地去清泰街上称了两斤喔喔奶糖，谎称是我父亲托他叔从北京带来的，在墙门里分了分。张波叔就这样在我们家住下来了。

　　对外，我母亲称，他叔，从北京来。

　　张波叔的到来，可以说极大地鼓舞了我们家的士气。他向人们证实了我的父亲果真在北京，而且找到了一份很不错的工作。要不，我母亲会这么喜气吗？听张波叔说我父亲还得过十天半个月才能回家，所以那几天母亲就不再叫我去城站了。我整天领着墙门里的伢儿们，在护城河畔打打杀杀。我又成了他们的头脑，也是"解放军"的首长，指挥"解放军"追截台湾派来的"特务"，我们拳打脚踢，台湾特务却不许抵抗。那是多么快乐的日子啊，我的头发里沾满了泥巴，衣服也常常被撕破，脸脏得跟猫脸似的，但母亲永远是笑眯眯的，永远说我乖。我们家的餐桌上天天香喷喷的。晚上，张波叔喜欢抿两口。我们也喜欢他抿两口。张波叔是个典型的文化人，抿两口酒，人就兴奋，话就滔滔不绝，就妙语连篇。这样的夜晚，我们就早早地关了门，围坐在饭桌旁，听张波叔讲北京，讲我的父亲。他说我父亲好酒量啊，他放在我父亲那里，小指头一个。我父亲那个豪爽，世间少有。他说我父亲在北京的三里屯，什么都干，抬石头，做建筑小工，运输队装卸工，有什么做什么。生活很节约，什么都省，就想攒下钱来。他说他太想我们了，因为太想，所以就想在北京多挣点钱，就可以堂堂正正坐火车回家了。他说坐趟京杭列车得不少钱哪！他本来是跟他一起回来的，车票都买好了，但临走时又被事情拖住了。母亲问他是什么事，要不要紧？他说当然要紧了，但具体他也不太清楚。他总结说，这就叫人在江湖，身不由己。但他又说，凭我父亲的才干，应该很快就能解决的，很快就能南下的。我父亲曾经对他说过这样的话：等这次回杭州，他就再也不出来了，守着老婆儿子热炕头，幸幸福福地过日子。那该有多好啊！

张波叔每每说到这儿，我母亲早已泪流满面了。我知道，那是幸福的眼泪，喜悦的眼泪，是有了盼头的眼泪。这时候母亲总是借故离开餐桌，去厨房偷偷地擦眼泪。但无论她怎么擦，她的眼里总是闪烁着泪光。她泪光中的双眼，却异常地明媚，光芒四射。我知道，有一个声音在她的心底久久回响：说不定明天，我父亲就回到了杭州。我之所以知道，是因为我的心底，也同样回响着这个声音。这个声音让我们突然离遥远的父亲很近很近，近得就像一个在门里，一个在门外；只要一打开屋门，就能相见。但谁能打开这扇门呢？

我没有忘记将那幅肖像画拿给张波叔看，问他是否像我的父亲？张波叔端详了一番，又想了想，说，一眼看上去真的很像，但仔细看，却越看越不像。他说我父亲的脸没有这么胖，要瘦，要长，颧骨很看得出来的。他说这幅画之所以像，就像在眼睛上。他说我和我父亲的眼睛简直一模一样。说着就伸手摸摸我的头皮，又说，眼睛是心灵的窗户，你将来也会像你父亲那样，成为一个顶天立地的男子汉。要好好报答你的父母，他们这一代人不容易啊！

过了几天，我母亲就向张波叔讨我父亲在北京的地址。她说她想给我父亲去封信，告诉他我们家的新地址，这样他回来就可以少走很多弯路。她说这几天她一直在想这个事。张波叔听了，也说这是个好主意。趁现在有为兄还没有动身，赶紧写吧。不过，说到我父亲的确切地址，他就有些犯难了。因为我父亲居无定所，三天两头换工作，基本上处于打一枪换一个地方的生存状态。听他这么说，我母亲一脸失望，但张波叔随后又说，不过我们可以多寄几个地方，包括他工作过的地方，以及朋友们的家里，请他们去找一下有为兄。

随着张波叔的话锋一转，我母亲又一脸灿云了。

接下来的几天里，我母亲写了不少信，确切地说，是抄了不少信。因为那些信的内容却是一模一样的：

夫君有为：

　　安好！

　　见纸如面，泣盼汝归。吾家已于大前年迁址，新址如下：始版桥直街62号，八卦墙门内，南楼104室。邮编310009。见信后请速归，家里非常挂念。并及时来信，告之。切记。

　　祺！

妻小丫顿首
5月3日

那天上午，张波叔让我带他到城站附近的文化用品商店，他买了二十个信封和两刀信笺纸，还给我买了一支铱金笔、一本硬皮笔记本和一瓶蓝墨水。因为这年的秋天，我就要去上学了。随后我们又去城站邮电所，买了与信封相同数目的八分钱邮票，张张是少数民族的民居图案。回到家里，张波叔就坐下来写信封：

100000 中国北京三里屯×××号楼建筑工地，米有为兄收。

100000 中国北京朝阳区安贞里四区向阳货运站，米有为兄收。

100000 中国北京崇文区小兴隆街甲×××号，×号楼×单元×××室，宋念先生转米有为兄收。

100000 中国北京东皇城根南街北洼路××号×××室，罗升旗先生转米有为兄收。

……

张波叔冥思苦想了三天，终于开出十八个地址的信封来。这些信封，随后被装进信笺，被母亲用饭子糨糊小心翼翼地糊住封口，贴上邮票，及时投到城站邮电所门口的邮筒里。绿色邮筒上，写明了开箱时间，上午是11：00，下午是4：00。母亲总是赶在这两个时限前，把信投进去。第三天当张波叔一边流着汗，一边苦笑着拍拍自己的脑袋，抱歉地对我母亲说，这下真的想不出来了。母亲双颊红扑扑的，她笑道：这已经很多了。的确，对于母亲来说，这不是一重保险，二重保险，三重保险，而是十八重保险了。只要其中有一封信到我父亲的手上，万事就大吉了。

完成了这件事，母亲像完成了一件天大的事情，她对张波叔说，明天天气好，我们游西湖去，你看怎么样？张波叔说当然好了，我包里还有只照相机在，明天我给你们拍几张，一定漂亮。

第二天果真是个好天气。春和景明，烟柳如梦，正是西湖春浓时，来自北方的张波叔从未见过这等春色，童心未泯，像个大男孩似的笑啊跳啊叫啊，逗得大家哈哈大笑。那时候西湖上的游人不多，一路上三三两两的，刚好适合游人们细细品味的心情。不像现在，即使老冬天游客也多得像闹蝗灾似的满天飞，一脚踏出去踩的是别人的脚后跟，两眼所望的都是密麻麻的后脑勺。令人遗憾的是，西湖已不再是我们心目中的西湖，杭州也不再是我们心目中的杭州了。这些年，她从一个清纯的西子姑娘，因被达官贵人们干多了，而迅速沦落成雍容华贵的天下俗妓：你瞧，雄壮伟岸的新雷峰塔，多么像一根粗暴地插入她体内的男性生殖器！而头重脚轻的吴山城隍阁，就像一位大头无脑的阔少，正虎视眈眈地盯着这位稚妓。一年一度的所谓的世界焰火大会，更是淫棍们的帮凶，大有不将她践踏成街头烂妓誓不罢休的劲头。最可笑的是，时代精英们打开她的下体，植入了一根高科技的人工阴道——西湖地下隧道，这果然极大地提高了她的接客量，也终于把她折腾得连纯粹意义（自然文化遗产）上的妓女都不是了。再说杭州这座历史悠久的文化古都吧，自从频繁地举办了地摊式的西博会后，迅速从王室贵族退化成为刚从一亩三分地里走出来的暴发户，身上除了有几个臭钱，什么都丢失了。城市越来越新，越来越肤浅，越来越呆板划一，没有建筑个性，没有历史个性和文化个性，它除了傻逼样的崭新，它还有什么呢？什么也没有。这座东方神秘的古城终于干涸了，丧失了它固有的历史气息、人文地理气息和古城建筑气息。可以断言，以现在的速度，再过十年二十年，杭州将不再是杭州，你以任何一座平地而起的现代化城市来命名它，都将是恰如其分的。

不说了，还是回到二十多年前的那次春游吧。张波叔脖子上挂了只四四方方的笨重的海鸥牌照相机，他喜欢在我们面前倒着走。从断桥开始，他就给我们拍照了。他的嘴里老是啊啊地欢呼着，每啊一声，就表示他看到了一处好风景，要给我们来一张。其实西湖处处是风景，他怎么拍得过来呢？母亲劝他悠着点，好景还在后头呢。我们走白堤，到平湖秋月，上中山公园，来到"西湖天下景亭"小憩：水水山山，处处明明秀秀；晴晴雨雨，时时好好奇奇。张波叔一边念着对联，一边连声称好！他对孤山与俞楼情有独钟，梅妻鹤子的隐士生活令他神往。随后我们过西泠桥，到岳王庙，再回到苏堤上，走六桥于薄霭柳烟之间：跨虹、东浦、压堤、望山、锁澜、映波。张波叔站在桥上看风景，步移景移，令他大有相见恨晚之感。他就是在东浦桥东的一棵柳树下，执意要给我母亲拍那张照片的。张波叔坚持要母亲解下发髻，母亲红红脸，最后还是解了。苏堤上有几个杭州大妈，挎着篮子，执着绣花剪子，挑马兰菜的挑马兰菜，挑荠菜的挑荠菜；张波叔情不自禁地凑上前去瞧瞧，一脸羡慕的神情。他看她们既像除草，又不像除草，就问我母亲是怎么回事？母亲告诉他她们在挑菜。菜？他又好奇地张了张她们的竹篮里，分明都是草嘛。苏堤上的马兰菜和荠菜还真不少，看不到的人自然看不到，看得到的便不时有菜跃入眼中。母亲这边拔一株，那边拔一株，告诉他，这种是荠菜，那是马兰菜；并告诉他杭州人是怎么个吃法，引得他直流口水。他给杭州大妈拍了一张照。母亲叫他不要浪费胶卷了。我们走南山路，去净寺，就觉出有几分荒凉的感觉，如庐隐在三十年代所说的，"出了净慈观（即净寺）又往前走，路渐荒芜了"。这在今天是不可想象的。我们走到"柳浪闻莺"时，我的脚都直了。尽管张波叔驮过我，母亲也抱过我，但我依旧脚酸得不想动，直到张波叔说去冲照片，我才有精神走路。

张波叔来了十天半个月，还没有离开的意思，有天下午"白蒲枣"把我叫到她家里，"两座大山"就问我那个人是你爸爸的弟弟？我知道不是，所以我说不是，我们姓米，他姓张。她说那他是你们家的谁啊？我说叔叔呗！她又问我，那你叔叔睡哪儿啊？有没有和你妈妈拉拉手，说说话啊，是不是和你们睡一起啊？我看着她的眼睛，她的眼神告诉我她在使坏，她们都在使坏，我就"呸"了一口，然后拔腿就跑下楼来了。后来，她们再拉住我时，我就喊妈妈。大声地喊。我一喊她们就松手了。她们也就奈何我不得了。大家住在一个墙门里，她们也不至于对小伢儿怎么样。

张波叔睡在我们家的客厅里。来的那天，他就自己动手，在客厅里理出一个角来，打了个地铺。我母亲坚持不让。让客人睡地铺，有失礼节，杭州人习惯说"有福之人住大屋，无福之人滚地铺"，这说出去是要让前邻后舍笑话的。但张波叔说他喜欢。他是真喜欢。这我也看出来了。我也喜欢在地铺上打滚，如果不是母亲百般阻挠，并暗示我有尿床的劣习，我非要睡地铺上不可。他除了偶尔在天井里走走，帮我母亲拎桶水，劈点柴之外；白天基本上就坐在客厅的地铺上，看他的书。他的大皮包里除了几件换洗的内衣外，就是书了。那几本书厚厚的，像老青砖那般沉重。我印象最深的是他那时候常翻的一本书，封面上的图案很恐怖，右边是个戴着三眼花翎礼帽的骨骼（象征死神），身佩长剑，手持一根权柄的指挥棒，大踏步地向前；左边也就是死神的身后，是一支庞大的军乐队，紧跟其后，演奏着大概是法籍意大利作曲家吕里弥留之际所作的《带着罪孽去死》的音乐吧。我对这本书印象之深刻，以至于到我读书识几个字后，马上就知道了那本书的书名，就叫《名人死亡录》。

看书看累了，张波叔就靠在墙上，先闭一下眼睛，用手挤捏一阵子鼻梁，然后睁开眼来，随手从床里边摸过烟盒，抽一支含在嘴上，但不马上点，歇歇，又夹在手上，不好意思地问我母亲说，嫂子，我抽支烟？母亲总是报以甜美的微笑。他随即又把烟含在嘴上，点燃了。他又舒服地靠在墙上，边抽烟边欣赏着我母亲糊洋火盒子。他本来是想帮我母亲一起糊的，但我母亲不让。她绝不让客人做这个事。张波叔透过烟雾，静静地欣赏着劳动中的我母亲。他常常有点呆，神情傻傻的。他在心里骂我的父亲。他骂我父亲身在福中不知福，是个混球，家里有这么优秀的女人，自己却整年在外头。他真是天底下最混的混球了！

黑叔照常隔段时间捡一袋煤屑屑到我们家里，张波叔就打烟给他，黑叔笑笑，说我不会。张波叔就替我父亲，或者替我们谢谢黑叔。黑叔就说谢什么啊，大家都住在这片屋檐下的。张波叔就说，大家都像你这么想就好了。我母亲听出他话里有话，瞪了他一眼。张波叔就收了口。黑叔说罢你忙你忙，连忙退了出去。不一会儿，"两座大山"就过来收钱了。张波叔看不惯，但我母亲叫他不要插手，他就耐耐性子又在地铺上看书了。

有时候我们家里也会来个刘叔王伯的，张波叔也打烟。他的烟不错，叫恒大。那时候最牛的中国人，就抽这个牌子的烟。所以街坊邻居们一抽"恒大"牌香烟，就猝然生出一种伟人的感觉来，就像法国著名作家莫泊桑一染上梅毒，就不无傲慢地说："我得了梅毒，而且是货真价实的梅毒，不是无关紧要的小便热，也不是尖锐湿疣。不，不，都不是，而是梅毒，就是导致弗朗索瓦一世①死亡的梅毒。我因此而感到自豪，因此而可以傲视一切，尤其是蔑视资产阶级分子。"这些前邻后舍，抽着张波叔的烟，就和他聊上几句；问问他，这么好的天气，怎么不出去走走呀？张波叔就笑笑，默默地摇头。他们是冲着香烟来的，抽完一支烟后，不期望抽第二支的，就说"你忙，你忙"就出去了。那些生性贪婪的，继续为第二支烟而在我们家磨蹭着。没有人来的时候，张波叔就看书，做笔记。但更多的时候，据我观察，张波叔常捧着书发呆，愁眉不展地冥思苦索着，好像满是心思。

他从不讲自己。他的年龄，职业，工作单位，家庭情况，以及他为何南下，有何难处，准备在我们家待到几时，他不说，一个字也不说。我母亲自然不会去问的。她相信他，只要他是我父亲的朋友，他愿意住多久就住多久。她甚至不肯收张波叔一分钱。无论张波叔摆出多大的道理，她就是不收他的钱。她说你要付钱可以，那你去住旅馆好了。

---

① 弗朗索瓦一世：法国国王。

108

墙门里的人都在猜，但他始终是一个谜。

我母亲在家里洗澡时，张波叔就带着我到护城河边散步。在那丝绸般的晚霞里，几只麻雀掠过水面，回到墙门的屋檐下。张波叔跟我讲北京。我不但喜欢听，而且喜欢叫上"白蒲枣"一起听。"白蒲枣"叫上她哥哥，海子又叫上墙门里的伢儿。我们一起站在夕阳里，听张波叔讲天安门城楼，讲人民英雄纪念碑，讲故宫，讲八达岭长城……

有一天，张波叔说北京城外有一大片森林，森林里有只野猪，是大王。每次森林里聚餐，野猪喝了酒就发酒疯，要其他小动物闻它，并如实地说出感受之后，才能离开。第一个上前闻的是小老鼠。小老鼠嗅觉灵敏，老远就闻到野猪身上的恶臭味，它大胆地说，大王，你身上好臭啊！野猪听了非常生气，我是大王，你竟敢说我臭！野猪一脚就把小老鼠踩死了。第二个上前闻的是小狐狸。小狐狸很狡猾，它屏住呼吸，假模假式地闻了闻，装出一副赏心悦"鼻"的样子，嗲声嗲气地说，大王，您的身上好香呵！野猪听了依然非常生气，他知道自己身上臭，心想我是大王，你竟敢当面欺骗我！野猪一扬头，就用长长的獠牙捅死了小狐狸。第三个上前闻的是小白兔。小白兔很聪明，它闻了闻野猪，坦然地对野猪说，对不起，今天我感冒了，鼻子塞住了，什么也没有闻出来。野猪听了很满意，就放它走了……

张波叔，森林里真的有野猪吗？我好奇地问。他抚摩一下我的头问，你说呢？

从此，每天夜快边，护城河边候满了小伢儿，就连梅花墙门和月亮墙门里的小伢儿也赶来了。他们都是来听张波叔讲北京，讲故事的。这也是我最最得意的事情。因为我有一个满肚子北京、满肚子故事的张波叔，而他们没有；所以我高兴，我就叫张波叔讲；要是有谁惹毛了我，我就不让张波叔讲。张波叔总是听我的话，我叫他讲他就讲，我不叫他讲他就不讲。我不让他讲的时候，他就像老外似的朝小伢儿们耸耸肩，表示他也无可奈何，不是他不肯讲，而是我不让他讲。

　　那段时间，在伢儿堆里，我做头脑做得很铁，海子和猫儿都不敢跟我争老大的位子。

　　天气渐渐地热起来了，墙门里的人们吃过夜饭，就习惯在天井里吹山儿，要吹到满天星光灿烂，或月到中天时，才肯回去睡觉。往年有酒鬼叔在，这时候的天井里就热闹了，他总是有说有笑，会逗会闹，爱乱吃大妈小嫂儿的豆腐，让大家跟着他开心。今年不同了，天井里有些落寞。这份落寞又让人想到他谈到他，谈到他的惨死与人生的无常。在大家唏嘘不已时，张波叔也跟着叹息了一声，他说有些事情是很难说清楚的，命啊。他就拿英国作家劳伦斯为例。墙门里的人哪里知道劳伦斯蟹伦斯的，只管听他信口开河；要是酒鬼叔还在的话，那就棋逢对手，这个夏天就热闹了。张波叔说劳伦斯四十七岁那年，在英国多塞特郡云山上购置了一间简陋的平房，隐居在山上写作。从暮春的某一天起，他注意到有一只小鸟每天在他的窗前飞来飞去，不停地啄他的窗玻璃。当劳伦斯在窗前移动时，小鸟也跟着他移动，仍不停地啄窗玻璃。这在英国被视作好兆头，就像我们这儿的喜鹊叫一样。一连三个多星期，劳伦斯被这只小鸟奇怪而又固执的行为，以及它啄玻璃时发出的"哒哒哒……"的声音惹烦了，他就把这事告诉了他的朋友。

过了几天，劳伦斯下山到伯温顿邮局寄稿件，他的朋友趁他不在家，背了一支卡宾枪，去帮他打掉那只奇怪的小鸟。这时候劳伦斯正骑着摩托车，以每小时九十公里的速度，在从邮局赶回云山住所的路上。不料当他驶过一个拐弯处，撞上了两个迎面过来的骑自行车的人，为了避开他们，劳伦斯急闪了一下，摩托车失控了。当他的朋友扣动扳机，子弹击中小鸟的头部时，劳伦斯正好从摩托车上摔了下来，脑袋撞在了山路上，死了。

天井里很静，只有张波叔深沉而又缓慢的语音，像细雨一般从发闷的空气中落下来，堆积在厚实的青石板上。张波叔说，劳伦斯就这样死了，他的死与那只小鸟的死是否只是一个巧合？还是有着某种神秘的关系？这就谁也说不清了。他再次重重地叹息了一声。对于街坊邻居来说，这样的故事是全新的，完全不同于以往任何一种乘凉话题。他们爱听。在后来的一段时间里，张波叔差不多就成了墙门里的说书先生了。每晚他就坐在我们家的门槛上，给天井里乘凉的人们讲故事。我知道他的故事都来自那本书。有一天趁他不在家里，我偷偷地翻了翻，结果从书中翻出一张钢笔画：一幅长发裸女梳妆图。

夏　至

有一天我母亲对张波叔说，他叔，你别老闷在家里啊，你出去走走嘛。母亲说这样不好，时间久了，你会闷出病来的。他笑笑说，嫂子说得是，可我要糊盒子你又不让，那家里有什么事……母亲笑道，家里没事，没你做的事！他想了想说，那我给家里搭个鸡棚吧。母亲说，那也好，我倒是想捉几只鸡养养了，生个把蛋，也好给米子补补。

张波叔顿时从地铺上立起身，精神抖擞地拍拍手说，好嘞。

潮王路那个老房子里能拆走的东西，我母亲都叫人拆了，当个宝贝似的，丁零当啷地都搬来了。有一些木头砖瓦铁皮油毛毡什么的，七东八西，都是不成气候的边角料，但是摊开来一片，收拢来一堆，还很占地方。搬来了也没啥用，就又宝贝似的堆在我们家门口的墙边上。据说有了这堆东西，夏天蚊子都多一半；尽管墙门里的街坊邻居嗤之以鼻，但母亲还是舍不得扔掉。想不到今天终于派上用场了。张波叔打算用这些破烂搭个鸡棚。

文化人做事，就是不同，一个鸡棚竟让他画了三天的草图，最后才定稿；我想人家"老蜘蛛"给我画幅像也只要三个小时好了，一个鸡棚难道比它还复杂吗？第四天一早，张波叔就在家里找家伙，好在我父亲在家时就喜欢装修，老房子要维修个什么，也都是自己弄的，所以家里倒是拿得出几样工具来，像斧子、锯子、刨子、墨斗、榔头和老虎钳等，但有些像直尺、尖头老虎钳什么的，则是我去邻居家借的。母亲总是叫我，米子，你去问问白奶奶看，她们家有直尺吗？米子，你去问问刘阿姨看看，她们家有尖头老虎钳吗？于是我就咚咚地跑上跑下，像一条小狗似的在墙门里跑得欢。

从此，我就像吃屁狗似的叮在张波叔的屁股后头。只有他从书本上直起头来，摘下眼镜，用大拇指和食指挤压他的鼻梁时，我就会欢呼起来，去拉他的手。我知道，我们建筑鸡棚的时间到了。在这里，我之所以用"建筑"这两个字，是因为在我看来，我们家的那个鸡棚不仅仅是鸡棚那么简单了。随后我们家门口就出现了张波叔忙碌的身影。他锯啊，刨啊，凿啊……吱嘎吱嘎，沙沙沙，嘭嘭彭……他身上的白衬衫汗湿了，湿漉漉的胸前印出两枚男人平淡无奇的乳头，像梅花谢后的花托；他的脸上有了泥黑、砖红、木屑黄……被他的五花手搔得五光十色的。我喜欢他像皇帝喊重臣似的支使我：米子，你去把那把老虎钳拿来；米子，给我一枚钉子。不，不是短的，要长的，最长的那种。这让小小的我很有成就感，好像这个鸡棚是我和张波叔两个人一起建筑的。我们每天把那一大堆建筑垃圾摊开来，等收工的时候，又重新堆回去。它们好像并不见得少下去，但我们家客厅里的东西却越来越多了。那都是张波叔加工好的鸡棚零部件，它们基本上是木柱子，木梁，木档子，都被他刨得光溜溜的，手感很体贴。即使下雨的日子，他也有活干，他用刚刚在书本画过横线的铅笔，在一根粗壮的圆柱子上，下半截画上一条盘旋的龙，脚踩五彩云，口吐夜明珠；上半截画上一只展翅的凤，俊头俏尾，飞得春风化雨。龙向上腾，凤朝下啄，中间是一枚夜明珠；围绕着这枚夜明珠，龙凤相戏，栩栩如生。画完了一根，他又画一根；画完了四根，他就用凿子榔头轻轻地凿刻出龙腾凤翔的图案来。那份精雕细刻，让墙门里的任何人看了都怀疑他不是在搭一个鸡棚。

我喜欢看他把木头锯开，用刨子刨光，然后剔出新月般翘翘的檐角来。我们在天井里一蹲就是半天，就像两块一大一小的石头，沉默而又坚毅。天气一天比一天热，出汗一天比一天多；就一个宽不过一米半，高不过一米的鸡棚，让张波叔足足忙碌了一个多月。等到我们家鸡棚落成的那一天，墙门里厢沸腾了。这鸡棚的前后四根圆木柱子，高大庄严，龙凤呈祥；灵感来自大会堂。棚子正面开了一大两小的拱门，大拱门走鸡，小拱门可放鸡食；则模仿天安门城楼。棚顶酷似"三潭印月"的造型，古典高雅；完全得益于西湖春游。来看的人都啧啧称赞。白奶奶说这还能叫鸡棚子吗！住人都嫌高级。王小毛说话最下作，他说，这里面要养鸡的话，估计这鸡都能当"×"用了！这家伙什么话都说得出口。话虽直白，赤裸，倒也不失为实话。就是在我和母亲看来，我们家的鸡棚也实在太高级了点。那天王小毛的话又遭人骂了。这家伙特贱，一天不招人骂就浑身痒得慌，人一骂他，他就来劲了。他说，你们装什么正经呢？你当人的嘴巴是什么干净的东西呀，知道"人中"在什么地方吗？对了，在鼻子底下嘴巴上面，这儿才是人的中间！所以说，嘴巴是属于下身的器官，跟你的卵子是一路货！长见识了吧。王小毛和"两座大山"碰在一起，天井里就热闹了。"两座大山"就着个背心裤衩，在天井里大摇大摆，王小毛总拿她说笑，说她身上有块无量田，东起白膀湾，西到大腿边，南接三叉路口，北靠肚家门前。她听了也不恼，反而咯咯地笑道，听你说得这么热闹，租给你种好了？王小毛装作极度害怕的样子说，你这种老江湖，谁吃得消！他又说，难怪海子和"白蒲枣"不像冬师傅，倒像……你呗！"两座大山"接茬道：怎么，你小子吃过肚记做过忘记，想赖是不是?！他们比口水正比得热闹时，我母亲从家里出来了，王小毛的舌头顿时打了结，捋捋头发装派头。他斯文起来比斯文人还斯文，下流起来比流氓还下流。大家都说他像酒鬼叔，但我母亲说他不及酒鬼叔一个零头。酒鬼叔是上品的文化人，他啥品都不是。

我们都觉得鸡棚像座宫殿，都好到天上去了，但张波叔还不满意，他一有空，或者说一到换脑筋的时候，就又一心扑在我们家的鸡棚上了。我们家的鸡棚被他盖了拆，拆了再盖，盖了再拆，再拆再盖不断翻新，日益加固，越来越合理越来越美观。这座宫殿害得我母亲望"棚"兴叹，都舍不得捉鸡来养，怕把它弄脏了。

有一天，张波叔又准备进一步完善我们家的鸡棚时，对面楼上有个女人喊他了。那个女人说，他大叔，给我们家造一个行吗？张波叔头也不抬地说行啊，怎么不行呢？您东西准备得差不多了，就喊我一声。那女人说，材料是准备了一些了；他大叔，那你现在上来给瞧瞧，看够不？张波叔说行啊，我瞧瞧。张波叔噌噌噌噌地上了对面的楼房。在二楼的走廊上，他看到那个女人胸前的奶子像两门小钢炮，冲着他瞄叽瞄叽①的，屁股大过八仙桌，走起路来像湖蟹爬。这人他当然是认识的，就是常来我们家收煤屑屑钱的女人。他眉头一皱，情绪大减。但她笑得很灿烂，说，早就存了这个心了，所以叫老头子趁工作便利，捡了不少东西回来。张波叔转而一想，大家都是前邻后舍的，闹僵了不好。或许他可以因此而改善"两座大山"与我们家的关系。于是，张波叔的脸上又缓缓地堆出笑意来。

黑叔到宾馆、饭店或其他国营单位送货上门时，踏一辆四周拦着木板的三轮车，在杭城满天地转悠。这为他收集木头砖瓦铁皮油毛毡等各种材料带来了极大的便利。有了收获，他送完货，就绕道回一趟八卦墙门，把捡来的东西小心地堆放在他们家的檐头里，然后再回店里去。黑叔七捡八拾，更多的是向送货单位讨点废物，就准备了不少材料。张波叔看了看，说应该差不多了。他看看"两座大山"说，大嫂也打算养鸡啊？"两座大山"说，他大叔盖的鸡棚，就是不养鸡，看看也好。张波叔的脸扑地红了，说，大嫂过奖了。

张波叔又问，那大嫂你看什么时候开工？这话问得"两座大山"咯咯咯地大笑起来，声音脆得像醋熘嫩黄瓜，笑得她胸前两

---

① 瞄叽瞄叽：杭州方言，不断用眼睛瞟。

只冲天奶丢东又丢西，丢西又丢东，很扎眼。张波叔想不到这女人还有这么好的嗓音。"两座大山"说，大兄弟啊你可是真可爱，这又不是动土造大屋、娶媳妇嫁囡，要挑个黄道吉日？你要有空，现在就成。张波叔说那成，我就去取工具过来。

黑叔家的鸡棚还没有造成，张波叔就跑到"两座大山"的床上去了。这件事，除了"两座大山"本人，谁也说不清楚。照王小毛的话说，张波叔放着我母亲这样的大美人不搞，去搞那种破烂货！这个知识分子也真够糊涂的。他说男人啊，只要一勃起，三分之二的理智就丢了；早就晕头转向了，一个"扑隆咚！"就掉进那个无底洞里了。

王小毛说"两座大山"破烂，是一点也不为过的。这年夏天，还是第二年的夏天，我现在已经记不清楚了，反正是事后大家坐在天井里乘凉，议论到张波叔，"两座大山"不无得意地说，她哪里是要搭个鸡棚啊，她是想尝尝文化人是个啥滋味，并恬不知耻地说，啥文化人呵，一点也不顶事；我这边痒还没搔完，他那边早就完事了。

我还听人说，她之所以这样做，是想报复我母亲，或者说想和我母亲一比高低，她就是要把张波叔这个北京来的知识分子，从我母亲的身边拉过去。在这种心态的驱使下，她使出浑身的招数，终于把一身瘦骨的张波叔骗上了身。在张波叔兴奋、慌乱和口不择言的精神状态下，敏感的"两座大山"刺探到了异常的情况。这天下午，张波叔从"两座大山"的床上"收工"下了楼，她随后就神不知鬼不觉地直奔清泰门派出所，把张波叔告了。

1977 年 8 月 13 日夜晚，我们都在天井里乘凉，我母亲就坐在家门口，她也在听张波叔讲大头天话。那天张波叔的兴致很高，他正滔滔不绝地讲着一个法国贵族"三次死亡，三次进坟墓，又三次复活"的故事。他说法国有一位男爵夫人，在生头胎时难产死了，她的丈夫正好外出不在琴湖庄园里，因为盛夏天气炎热，人们就匆匆地埋葬了男爵夫人的尸体。第二天，当送葬的人群刚刚回来，男爵已经赶回家了，他叫人挖出尸体，并请来了一位外科医生做剖腹手术：死者腹中的男婴居然还活着！这个男婴就是法国贵族西维勒。

三十年后，在法国宗教战争期间，西维勒正在被天主教徒团团包围的鲁昂。鲁昂是位于法国西北部的一座中等城市，在塞纳河畔，依水而筑，距离首都巴黎很近。它向西是塞纳湾，出海即英吉利海峡；向东即巴黎，此城历来是兵家必争之地。西维勒正站在城墙上，一枚火枪子弹击穿了他的下颌，他从二十米高的城墙上坠落到壕沟的淤泥里，被误认为已经摔死了。夜里，他的尸体和其他尸体一道被埋在一个大坑里。由于尸体太多，埋尸体的人只来得及在尸体堆上盖了一层薄土。西维勒的仆人为寻找主人正巧经过此地，尽管尸体已经模糊难辨，但他还是凭着主人手上的戒指认出了他。他扛起主人的尸体，想把他葬到西维勒家族的墓地里。那可是法国的一支大家族，就像《红楼梦》里所描绘的四大家族那样显赫。途中，仆人觉得肩上的主人似乎还有生命的迹象，就将他送去了医院，医生对西维勒进行检查后声称，他已经死了。但仆人并未因此而放弃了信念，他背起主人来到西维勒家族世交的朋友家里，经过朋友和他五个昼夜的精心护理，第六天清晨西维勒终于睁开了双眼。

然而就在这一天，鲁昂宣布投降，天主教徒们将西维勒的朋友家抢劫一空，并把躺在病床上的西维勒连人带床一同从窗口扔了出去。他在院子里的厩肥堆上躺了三天三夜，任凭风吹日晒。而此时此刻，他的朋友以及他那勇敢的仆人已经惨遭杀害。所幸的是，另一个朋友来探访朋友家时，无意间发现了他，并将他救走，精心照顾到他痊愈为止。

西维勒后来当上了诺曼底议会参事，亨年八十岁。他的死因是：八十岁高龄的他在一位将他拒之于门外的年轻女子的窗前整整徘徊了一夜之后，得了胸腔炎而去世了。这一回他是……

大家都沉浸在十八世纪法国的异域风情之中，谁也没有发觉天井里忽然多了几个年轻人。他们如果穿上制服，就是那种你一看就明白的人。但这天晚上，他们打扮得像街坊邻居，散漫地逛到八卦墙门里。他们没等张波叔讲完故事，有三个人就一跃而起，如猛虎扑兔，同时扑住了张波叔，将他按住在天井的青石板上。张波叔右脸贴着青石板，左脸被一条有力的腿压住了；他的双手被迅速折到背后，"咔嚓！"铐上了锃亮的手铐。另外还有两个人，挡住了那些不明真相而围上来的人；他们高声道，警察！大家一听是警察，就坐在原地上，不敢乱动了。也有个别胆大的，就问他怎么啦？犯什么法了？这显然不是一个平头百姓该问的问题，所以也就没有人回答他。我好怕，赶忙逃到母亲的身后，躲了起来。我看到为首的那个人朝张波叔亮了亮那张纸，说，张剑波，你被捕了。

原来他不叫张波，而叫张剑波。他被押到墙门口时，停了停，转身巡视着夜色中惊魂未定的天井，迅速地移动着目光，他终于看到了我们。他的目光先停在我母亲的脸上，停了停，然后下移，又在我的脸上停了停，他眨了一下眼，浅浅地露出些许笑容，没有说话。他终于扭过头去，在门洞里一拐就不见了。但他那张从容微笑的脸，从此就烙在了我的脑海里。

张波叔被押走了。留下的两个警察来到我们家，为首的那个警察是瘌子，满脸金灿灿的麻子，大的像铜板，小的像芝麻，最小最小还有二两半。另外一个瘦高个，满嘴北方口音，他在我们家搜查时，经常看金麻子的脸色，像征询他的意见，但实际上我行我素，把我们家搜了个底朝天。我母亲一直怯怯地望着金麻子。这个人，我母亲是知道一点的。听人说他本是一个小流氓。只读过三年书，连自己的名字也不会写。他不喜欢捏笔，却喜欢捏棍棒刀枪，到处打群架。"文化大革命"一来，正中他的下怀，他带着山上派和山下派战西兴，打城厢镇，和萧山保皇派势不两立；棍棒头上出政权，再不久他就坐上了上城区革委会副主任的宝座。不久金麻子空手套白"蛇"，娶了个如花似玉的老婆。据说他脸上的麻子一发光，事情就麻烦了；金灿灿的麻子表明，他已经起了杀心。所以大家都怕看他的脸，和他争。"四人帮"倒台后，全国上下在肃清"四人帮"的残余，大家总以为这下金麻子就是不枪毙，也得上青海蹲监了。谁知他摇身一变，成了清泰门派出所所长。而人们所期待在他身上的报应，却让原革委会主任的白脸书生一肩挑了。原来，所有白纸黑字的罪行上，只有白脸书生的签名。另外，在"文革"后期，在一次派系激烈的斗殴中，金麻子救下了一位身受重伤的老右派。趁夜黑之中，他把他背走了，而且一藏就是一年多。谁会想到一个杀人不眨眼的造反派头头，竟暗藏着一个老右派！去年，老右派出山，官做得很大了，金麻子因保驾有功，竟然被赦无罪。大家自然就敬畏他，不得不感叹，运气好，不用起早；运气不好，掼一跤。像金麻子这种人，你还能说什么呢？人家胎投得好，前世修来的福啊。这些传闻早已在墙门里传得沸沸扬扬了，我母亲想不知道也难。

金麻子被我母亲哀求的目光搞得心烦意乱，他朝那个瘦高个说行了，就让他把张波叔的东西全取走了。但当时作为贵重物品的海鸥牌照相机，因为张波叔让我母亲藏在米柜里，所以没有查走。另外，那个瘦高个从地铺底下搜出一百元钱来，金麻子把它交给了我母亲。我母亲把钱收了起来，打算和照相机一起还给张波叔。

去年夏天，我和几个诗友一起出了一套《民间诗丛》。我在为我的诗集《我们是欠揍的一代》写序时，那是一个春雨霏霏的夜晚，橘红色的灯光映在窗玻璃上，就像玻璃的深处也坐着一个人，撑着一团橘红色的灯光，在沉思，在写作。这突然让我想到了张波叔，想到他给我们家建筑鸡棚的事情。当时的情景犹如就在昨天，历历在目；他抛开一切，魔魔怔怔地专注于建筑鸡棚。那一刻，我从他的身上领悟到了，建筑鸡棚的过程就是一个写诗的过程，一个获得生命快感的过程；他建筑鸡棚并不是为鸡住宿的，而是一种行为艺术、艺术行为。他是在这一行为中，逼自己把身体中的能量转化到建筑鸡棚上。我不知道他是不是爱上了我的母亲？他是不是用这种方式克制着内心汹涌如潮的情感？从他情愿爬上"两座大山"乱糟糟的床，而不愿意对我母亲有丝毫的冒犯来看，他是圣洁的，是个不折不扣的正人君子。

我不晓得母亲知不知道这份感情，这份真。总之她对张波叔很敬重。1998 年春天，张波叔通过他的儿子忽然从北京寄来了一封信。信很厚，他在信中说明了很多事情，他为自己欺骗了我们而深表歉意。那天我和母亲又一次谈论起他，即使知道了事实的真相，我母亲也依旧说他是个好人。顺便提一句，我在我的诗集自序中也表达了对他的敬意。因为今天，我已经懂得了如何去评判一个人；而我扪心自问，作为一个男人，我还远远不及张波叔来得坦诚、坚贞。

小 暑

张波叔被抓的那天晚上，母亲就呆鼓鼓的，神情恍惚得很，好像在我面前的只是她的躯壳，而她的灵魂早已不知飘到哪儿去了。那时候我还不懂魂不守舍是什么意思，以为她傻了，就慌忙扑过去，拼命地摇她，喊她。摇她喊她她还不醒，我就害怕地哭起来。家里像造反一样的乱，街坊邻居在金麻子打开我们家的门之后，潮涌而进、潮涌而出，不停地询问着我母亲：那个人是怎么回事？有几个人简直跟逼供差不多，非要我母亲对此说出个所以然来。我母亲怔怔的，哑口无声，她也浑然不知警察为什么把张波叔抓走。

倒是"两座大山"神气活现死了，她像个开国元勋，屁股后面跟了一大帮吃屁狗，听她十分夸张的讪笑，哈哈哈，哈哈哈……他们想从她的嘴里掏出点东西来，但她神秘得一塌糊涂，说话前东张西望，然后无言地用手指指天空，嘴里只发出"咦！咦！"的声音。大家于是仰头看天。天上星稀月明，乾坤朗朗；但是什么意思呢？"两座大山"还是指指天，还是"咦！咦！"有人就骂"两座大山"嘴里是塞满了屎还是咋的了？怎么就成哑巴了。终于有人说，是不是指北京？她点点头。又有人问，北京怎么啦？"两座大山"伸出手来，紧握拳头，先弹出一根小手指头，一；又弹出无名指，二；再弹出中指，三；最后弹出食指，四。大家等了等，只见那只肉馒头般胖乎乎的手，不再有什么动静了，就有人问四什么？接着有人噢了声，恍然大悟地说，你是说"四人帮"吧？"两座大山"点点头。大家这才明白张波叔和"四人帮"搭上界了，就都悻悻地回家睡觉了。

我母亲也听说了。她贼出关门地忙把家门关上，然后紧紧地抱住我，自言自语道怎么会这样呢？我简直透不过气来，就叫了起来，母亲这才松开我。这天晚上，躺在床上，母亲忽然和我说起我父亲来了。她说我父亲是个好父亲，我一生下来晚上都是他管的，他让襁褓里的我睡在他的腋下，我一有动静，他就会砰地坐起来，像装了弹簧似的。他给我换尿布，叫醒我母亲喂奶，他好像铁打的一样，从不感到困和累……有时候霸气得就像一头雄狮呵护着一头幼狮，碰都不让人碰我一下。母亲最后说，他现在也不知在哪儿？会不会出什么事呵?!

　　那天晚上我真该死，当我死沉沉地睡到大天白亮，睁开眼睛一看，家里家外都没有了母亲的身影。家里空空的，冷冷的，我不知母亲去哪儿了，我坐在床上哭了起来。等白奶奶来叫我去吃早饭，我才听说母亲去北京找我父亲了。她没有带我去，她一个人偷偷地跑去北京找我父亲了。她是个骗子！大骗子！我哪里还有什么心思吃白奶奶家的早饭，我冲出家门，冲到墙门外，站在始版桥直街上，朝北看了又看，好像我母亲刚走，还在路上似的。路上人很多，但我知道她们都不可能是我的母亲，我气愤极了，又发疯似的冲进墙门里，在天井里哭得要死要活，着地十八滚，我发狠地作践自己，我要让母亲难受，让她后悔没有带我同去。墙门里谁来劝我都没有用，谁靠近我我就往死里作，我就和天井里的青石板拳打脚踢；倒是没人来劝我的时候，我才"作"得安稳一点。但也不能谁都不理我，过一段时间，真的一个人也不理我了，我又发起毒来，捡了石块断砖砸自己家的门，砸不过瘾，就用自己的身子去撞。咣！咣！咣！……我撞累了，哭累了，作累了，像一团疲惫的烂泥，趴在我家的门槛上，睡熟了。

睡梦里，我还淌着泪。

从此，白天我就在白奶奶家吃饭，晚上和白奶奶一起睡到我们家里。白奶奶不放心别人来给我们看家。白奶奶管着一大家子，她有三个儿子在身边，大儿子白崇禧，二儿子白崇德，小儿子白崇福；另外还有两个闺女，大闺女白光，小闺女白毛女，都成家了，都有伢儿了。所以她儿孙一大堆，每顿饭大家都得轮流着上桌去吃。白奶奶永远围着她那条补丁加补丁的灰布围裙，天不亮就起床，不停地走动，不停地张罗，就为了儿孙们的三顿吃食，一身布衣。

其实，白奶奶的围裙也有解下来的时候。当她牵着我的手，把我带回我们家的时候，她关好门窗，就开始解她的围裙。她边解边喊，她的腰要掉下来了，掉下来了。白奶奶一解去围裙，整个人就矮了三分，刚才还笔直的背脊顿时像老虾公似的驼曲了，好像那条围裙是她的脊梁骨似的。她手扶着墙头进去，一直摸到床头板时，才重重地叹息一声，缓缓地坐到床上，然后将老身子一歪，倒在床上先躺一躺。白奶奶歪在我们家床上的样子，就像一把躺在灶头的僵硬而陈旧的铜勺。更像六月天被毒头太阳晒瘪了的老蚯蚓，一动也不动。半晌，我才听见她嘴里发出啊唷唷的喊声，曲折的身子也随之慢慢地活过来。我乖乖地爬上床，跪在白奶奶的身边，用小手或重或轻地给她敲背或敲腿。这是我常给我母亲做的事情。老实说，我乖的时候还是挺招人喜欢的。白奶奶嘴里发出咝咝的叫声，皱眉挤眼的，神情像痛苦极了。其实我知道，她心里舒服极了。有时候我故意敲得重点，白奶奶就夸张地喊起痛来，骂我：小子，你想敲煞我这个不值钿的老太婆啊！这把僵硬而陈旧的铜勺，这时候就精神了，就又行动自如了。她直起身来，扬言要剪掉我的"小麻雀"，一双老手一伸一伸的，装出一副说一不二的样子来。我才不怕呢，我咯咯地坏笑，白奶奶也眯眯地笑了。

白奶奶一开心，一双老眼就潮湿了。她自言自语地说，她有七八个孙子孙女，还没有哪个像我这么孝顺，尽心尽力地给她敲过背呢。白奶奶就人前人后地夸我，夸我是个好伢儿，懂事的伢儿。白奶奶被我的小拳头感动了，她用手一擤感动的鼻涕，然后找那条围裙擦手。白奶奶的那条围裙用途广泛，但已经老了，补丁加补丁了。白奶奶也老了，她身上的寿斑，就像漫山遍野含苞待放的寒梅花蕾，那么蔚为壮观。我们一老一小嬉闹一阵过后，白奶奶就会轻轻一拍我的小屁股，催我去小便。睡前撒泡尿，夜里不闯祸。这是她教育儿孙们学习生活的唯一准则。

多少年过去了，在我的印象中，白奶奶始终是那个系着灰布围裙的形象。

陪我在我家住的头天夜里，白奶奶问我床上怎么会有股香味呢?

我说那是我母亲身上的香气。我知道，我从小就知道，我母亲的皮肤里会透出来一股好闻的香气，确切地说是从我母亲的身体深处透出来的体香。像春兰、水蜜桃或桂花之类的香味道。总之好闻极了。白奶奶说这就奇怪了。她说这应该是女儿香呀！是女人做姑娘时才有的体香。姑娘一旦变成了女人，尤其是做了母亲，这股体香就会自行消失的。所以才叫"女儿香"。白奶奶说，你都这么大了，你妈妈怎么还会有女儿香呢？白奶奶又说，要不，你是你母亲捡回来的野孩子？白奶奶说完这些话，后脑勺往枕头上一搁，就呼呼地睡着了。而我，为了自己是不是野孩子的问题，足足想了一宿。我在黑暗中等待着白奶奶醒来，想问问清楚，真是这样的吗？但东方欲晓，窗户外渐次灰白起来时，我忽然心儿一松，睡着了。不久，白奶奶悄悄地起来，带上门出去了。这个裹过小脚的老太婆，又迈着优雅却痛苦的三寸金莲，去张罗这一天全家的吃食了。

我母亲离家去北京的第二天，我就平静了下来。那天我坐在护城河边的青草地上，整整坐了一天，流了一天的汗。我赤着膊，但还是流汗，身上的痱子像春天的野草一般疯长，尤其是脖子和胸口的地方，声势浩大，一阵阵地发痒。天气已经很热了，知了们叫得贼凶，但看不到麻雀儿的身影。白奶奶在她本该午睡的时候，一趟趟地跑来劝我，说我这样在外面晒太阳会中暑的，叫我赶紧回家去。但我像石雕铁铸的，对她理也不理。我就坐在那儿，面对着城站，面对着将人们从这里移到那儿的一列列火车。白奶奶在几趟劝说之后，在我身后重重地叹了口气，自顾自回墙门午睡了。

护城河西侧树也很绿，草也很绿，自生自灭的野花红的红，黄的黄；一群群花蝴蝶在那儿细细谈唱、舞蹈和男欢女爱，它们已吸引不了我的视线。我的脚边有一队驮着希望的小蚂蚁在奔跑，或者是搬家。它们无视我的存在，但我也不生气，没有像过去那样霸道地一脚踩上去。我只是偶然看它们一眼，因为我一直凝视着城站。我在心里对母亲说，火车把你运走了，却把我留了下来，没有一丁点儿商量的余地。为什么没有一丁点儿商量的余地呢？我在心里一遍遍地喊母亲，喊着喊着，眼泪就悄悄地喊出来了。

从小我就是一个爱流眼泪的男孩。他们说爱流眼泪的男孩重感情，不知是不是真的？二十多年过去了，那次"白蒲枣"突然回到杭州，我们在"根据地"酒吧喝得酩酊大醉，犹如一场虚幻的梦。第二天"白蒲枣"再次不辞而别，让她的出现与消失就像一把快刀，在我的心口又留下了一道深深的隐痛。那个夜晚，我写下了这样的诗句：

> 火车把你带走
> 把我的一辈子留了下来
> 我一生只活那么几天
> 其余时光就像火车开走之后剩下来的
> 空站台①

---

① 路也的诗句。

说实话，我在写这首诗的时候，更多的是想到母亲离家的那段时光，我在护城河畔呆呆地坐了一天的那个日子，以及我当时所切身感受到的那种找不到北的空虚。心里空空的，唯有穿堂风呼呼地刮过的声音。当然，我还想到了在我三岁时就将我们抛弃的父亲。自他1972年盛春离去之后，我们家就真正成了一座空站台。

　　从第三天起，不论白天黑夜，我都去城站等候父母亲的归来了。为此，我经常候不住白奶奶家的吃饭时间。白奶奶也不说我什么，只是给我盛一碗饭，饭上堆满了菜，留在收拾干净的饭桌上，等我回来吃。白奶奶说我父母亲不会这么快就回来的，我去了也是白去。但我不听，白去就白去，白去我也要去。我对自己说，他们马上就要回来了。

　　想到父母亲马上就要从北京回来了，我的心就像白奶奶家的窗台上开满七色的太阳花。它们清晨还只是花蕾，中午就鲜鲜艳艳地盛开了，到了黄昏就纷纷谢了。第二天便是另一茬太阳花的世界了。这与我当时的心情非常吻合。早晨我总是满怀希望，白天是焦急地等待，到了晚上，当墙门里的男女老少在天井里乘凉时，我失望地从城站回来。唉！灯色暧昧的车站广场，失望的等待让我突然悲哀起来。那悲哀就像一个巨大的哭，在我的体内，让我摸着它的痛，却无法大声地哭出来。

　　车站广场是凌乱的，那些本该找旅馆或到城站文化宫看通宵电影的旅客们，因为夏天的缘故，都滞留在广场上。他们找到适合的地方，或坐或躺，或嘴里啃着大煎饼，喝着凉水；或枕着自己的包儿，睡在地上闭目养神。有一个衣衫褴褛的大块头男人（这样的大块头在那个年头是非常少见的），在广场上巡视，他每走到一个旅客面前，就像洞悉一切地看看你，然后朝你高声道，你有什么事吗？一会儿他又问，你找我有什么事吗？他再停一停后，就冲你吆喝道，没什么事，回家喝茶去！说完他就去找下一个人了。除了开头有个把人感到意外和惊诧外，大家很快就习惯了他，广场上有这个人与没这个人一样，大家各做各的事。但当他走到我的面前时，他的眼神突然变得温和极了，他那张破棉絮一般的脸上，渐渐绽放出笑容来。他忽然改口说，儿子啊，我们回家去吧。我害怕了，拔腿就跑，我跑到他看不到的地方，躲了起来。

　　这个晚上，我不想回家睡了，我觉得在城站广场比在家里离我的父母亲更近，我在几个孤独而又疲倦的旅客之间，在售票大厅檐头下的水泥地上，找了个地方躺下来，过夜。我侧着身，曲体，静静地睡着了。后来听白奶奶说，这个深夜因为我没有回家的缘故，八卦墙门里乱死了。白奶奶和黑叔他们几乎把墙门里所有的男人都发动了，四处寻找我的下落。白奶奶深感自身的责任重大，流了大半宿的眼泪。后来是"白蒲枣"带着黑叔在车站广场上找到我的。"白蒲枣"把我摇醒时，我揉了揉发涩的双眼，还以为自己睡在家里呢。从此，白奶奶就再也不让我夜里去城站了。吃过晚饭，"白蒲枣"和白奶奶的几个孙子孙女就像吃屁狗一样叮着我，烦死人了。

半个月后的一天下午，我母亲回来了。这时候我正在城站游荡，"白蒲枣"就气急吼吼地跑过来了，告诉我说，你母亲回家了。我不信。我说我在城站都没有看见，你怎么看见的？"白蒲枣"说，你别管我是怎么看见的，反正你母亲已经回到家里了，是一个满脸麻子的男人送她回来的。就是那天的那个金麻子？我问。"白蒲枣"说是的，就是他。这么说是真的了。我赶忙跟她跑回了家，结果真的看到了我的母亲。她又黑又瘦，像猴似的；又像北京猿人一样深陷着双眼，神态呆滞，看我时目光恍恍惚惚的。我发疯似的扯她的衣裳，我问爸爸呢？你不是去找爸爸了吗？母亲像个聋子，居然听不到我在说话；又像个哑巴，盯着我一声不吭。

我看到了母亲背后，那个站在我们家客厅里的男人，约莫四五十岁的样子，"白蒲枣"说得没错，他满脸的麻子，金灿灿的。他古铜色的皮肤，看上去像又硬又粗糙的牛皮，估计一般的蚊子无法叮进去。不知为什么，当我第一眼看到他时，我就有这个怪念头。他恶狠狠地抽着烟，好像跟烟有仇似的。他看到我走进门来，就举起夹着烟的手，直直的，挥了挥，对我母亲说，小丫，那我走了。

他走路的方式非常特别，左脚走一步，然后把右脚拖上来，身体往后摇一摇，左脚又匆忙地往前走一步，再把右脚拖上来……这让我和"白蒲枣"惊诧不已。后来我读古龙的小说，读到《边城浪子》，读到傅红雪时，一下子就想到了这家伙。他比我母亲大十多岁，却要我叫他金叔。这家伙走起路来，丝毫不受别人目光的影响，他目不斜视，坦荡荡地只顾自己往前走。他出门而去。我母亲这才突然想起什么似的转过身来，对着空荡荡的门口说了声：谢谢你，金所长。

母亲搂住我，眼泪就像长江决堤般汹涌而出，把我吓坏了。我不知道这半个月里，母亲，在北京，在那个狗日的三里屯，不知遭遇了什么？是不是我父亲又出什么事情了？他为什么不跟母亲一起回家呢？在母亲的哭泣中，我什么也没有问，只是默默地陪着她流眼泪。

晚饭后，我们静静地坐在黑暗中。屋子里渐渐地明亮起来了，西窗外就是车站，远远近近的灯火照射进来，比十五的月光还要亮呢。我面对面地骑在母亲的大腿上，双手捧住她玉藕般的脖颈；母亲的双手则箍在我的背后，她看着我的眼睛说话。笛声嘈杂的车站，反衬了家里的寂静，母亲俯下身来亲亲我的脸蛋，用她精致的鼻尖拨拨我的小鼻子。而一向好动的我最不喜欢这份寂静，一双小手又偷偷地逗留在母亲的胸前，将上衣的纽扣一颗颗地从扣眼里退出来，抚摩着母亲那两座像沉睡的村庄般的乳房。我的抚摩让母亲惊慌失措：要死了！米子你在做啥啊？男子汉羞不羞呀！我就发狠地低下头去，像铁榔头那样一下一下撞击她的胸脯，撞得她嘴里哟哟地叫。或许是我撞到了母亲的伤心处，或许是别的原因，总之，这个夜晚一定有什么东西把我母亲撞痛了，她哗哗地流下了眼泪，来势大过钱塘江潮。我慌了，小嘴一瘪，也哇哇地哭了。母亲一把把我揽在怀里，我们抱头痛哭。

现在想来，和母亲一起痛哭流涕是一桩多么幸福的事啊。我们畅哭之后，母亲搂着我，我头枕在她的胸间，依偎着两座沉睡的村庄，在娓娓的语流中，轻轻地起了鼾声。

第二天清晨，我醒来时母亲还在熟睡，我看到母亲沉睡的脸庞上那些闪烁的泪光，就知道了父亲在她心中的位置。但他为什么不回来呢？他不是去打工的吗？他不是说要给我们幸福的吗？他咋还不回家呢？或许就是这个清晨，是母亲的泪光让我在心底，暗暗地埋下了对父亲的怨恨，埋下了这怨的种子，恨的根。因为在我看来，都是他造成了我母亲的痛苦与不幸。

大　暑

听母亲说，那天天快亮时，警察又来把她带走了。她走的时候，看我睡得那么熟，就没有叫醒我，而是去敲了白奶奶家的门。母亲把我交给了白奶奶，同时往她的围裙袋里塞了二十块钱。我母亲也没有告诉白奶奶她要去哪儿，只说要出去一下，离开几天还不定呢，想把我托付给她。白奶奶满口答应了，她对我母亲说，米师母你放心好了，快去快回。母亲就硬塞给她二十块钱，说让她费心了。白奶奶执意不肯收，但我母亲匆匆走了，她一出墙门，就被一辆吉普车接走了。那两个人将她带到城西北郊区一处设计保守的建筑群前，这时候天大亮了。

在青山绿水间，建筑群庞大而又孤独。据说这儿是林彪在江南搞的"五七一"工程的残址之一。林彪想造毛泽东的反，结果反丢了自家的小命。在高耸四合的围墙中，外貌古色古香的建筑群沉浸在黎明时分的静悄悄中。一排排结构完全相同的楼房，像军营，也像公墓。他们带她进了其中的一幢楼房。进这幢楼前，母亲看到房子的山墙上钉着块搪瓷牌，有个白底红字的10。房子外貌仿古，里面却粗糙，尽管刚用白灰粉刷过，但墙面颇有艺术感的颗粒状说明还是堵毛墙。一股浓郁的石灰味扑鼻而来，大家轮流打了几个喷嚏。楼梯很阔，可以同时走五六个人，他们盘旋而上。母亲注意到，每个楼层的楼梯口都站着一个荷枪实弹的穿制服的人，看上去假得像木头人，其实是真人。他们爬到七楼顶层，左拐，又走了五十米左右才停了下来。

我母亲被关在最东头朝北的一个七八平方米的房间里。房间里有一股难以名状的臭味，像有只死耗子腐烂在墙角落的暗洞里似的，气味一阵一阵地传出来。她坐到铁架子木板床上，出了好一会儿神。但她双肩以上的部分好像空缺了，就像一个死人，根本想不来事情。不知过了多久，她房间的门突然被打开了，进来两个陌生的男人。这两个陌生的男人很容易区分，一个抽烟，一个不抽烟。抽的那个老抽，而且抽得很特别，别人的烟夹在食指和中指之间，但他把烟夹在中指和无名指之间，第一眼看总觉得别扭，第二眼看才有惊人的发现，他的右手只有四根手指头，本来长食指的地方只剩下一个疤了。这个惊人的发现让母亲不免心里一惊，并好奇地想：以他的职业而论，这是个致命伤，没有食指，紧急关头他拿什么扣动扳机呢？但现在这个疤就像第三只眼，在他的嘴边狡黠地窥视着我母亲，让抽烟者的沉默有了撼人的力量。不抽烟的就像一株被七月流火晒瘪了的旱地植物，枝枯叶黄，有着一张灰蒙蒙的苦大仇深的面孔，年纪不详，总在三十岁到五十岁之间。母亲没有琢磨这两个陌生的男人，她没这个心思，是这些印象自己蹿到她脑海里的。

母亲随即被带到了地下室。

那是一间宽敞又明亮的地下室，在他们打开天花板上的八支日光灯之后。没有窗户和阳光，地下室照样亮得透透的。母亲注意到天花板上还有一样东西是致命的，那就是好几千瓦的探照灯。我们都叫它"小太阳"。据说这种探照器材具备了令人恐惧的亮度，人被它一照，要不了多久，就会头晕目眩，神志恍惚，案情就像竹筒倒豆子似的从犯人嘴里乖乖地倒了出来。

我曾经在一本书中，读到过希特勒在"二战"期间，为了逼供，发明了一种折磨人的图案刑具，即让人住在四周墙壁上绘有大小S形线条图案的狱室内，昼夜用强烈灯光照耀；被囚禁者只要睁开眼，就会晕眩而无法忍受。那天，母亲也不由得东张西望，看到四墙也是刚粉刷过的粉白。她一进这个宽敞而又亮堂的地下室，人就僵了。这里面的陈设是固定的，一排霸气的台子把偌大的地下室切割成一头大，一头小，大头这边紧挨着台子有三把靠背椅子，小头那边紧贴着墙是一只凳子。母亲清楚自己的位置，乖乖地坐到凳子上，双脚放平，双手平放在膝盖上。她一坐到凳子上，身子就开始不听话地哆嗦；她的身子和她的内心有些脱节，她的内心却异常的平静。

他们和我母亲面对面而坐。"四指"坐在右边，"旱地植物"坐左边，让中间的椅子空着。那是主审员的位子。"旱地植物"准备了纸张笔墨。那支笔在他手指间就像孙悟空玩如意棒似的舞得团团转。母亲一直斜视着地下室门口，等了好一会儿也不见人进来，她就开始走神了。突然"四指"喊了声"701！"母亲不知道"701"是啥东西。后来才想起"701"不正是自己住的房间号吗？这不就是在叫她吗？"四指"又喊了一声"701！"姓名？这不就是审问吗？她感到意外，他们没有打探照灯，居然不要她头晕目眩，胡说八道。她尽管从未到过这种地方，但自觉地报出了自己的姓名，年龄，工作单位，政治面貌，家庭成员，家庭地址……

她从"四指"的吸烟声和"旱地植物"沙沙的书写声中，听到了内心一片轰隆声，那是心跳的声音。她的内心越来越轰鸣，越来越急促，她知道实质性的提问就要来了。谜底就要揭晓了。她揪心地等待着，就想马上知道为什么抓张波叔？为什么把她也抓来了？

但"四指"突然沉默了。

地下室里一片死寂，"四指"点烟。母亲开始大面积地流汗，她的裤带全湿透了。"四指"又点烟。母亲抹了一把脸，手都湿了。"四指"点上第三支烟。母亲的防线被沉默的时间撕破了，整个人像一坨烂泥耷拉在凳子上。这时候地下室里突然响起了"四指"的声音"701！"你和张剑波是什么关系？母亲愣了半天，才想起张剑波就是张波叔，她说，他是我丈夫的朋友。

他怎么会躲到你家来的？

是儿子在城站找他爸爸时碰见的。

什么时间？

三个月前。

具体是哪天？

4月底，我想一想，是……4月25日或者26日，就这两天吧。

那你怎么知道他就是你丈夫的朋友呢？

他身上有一封我丈夫写的信。

那信呢？

给我搞丢了。

怎么搞丢的？

生煤炉了。

那么，知道信的内容吗？

知道。

说！

我丈夫说："今张波兄有难处，欲在杭待段时间，你就让他住在家里吧。外面工作难寻，钱也难挣，望谅。米子好吗？你好吗？吾这边还有些事要处理，完毕就回杭州。"

就这些？

就这些。

你说张剑波是你丈夫的朋友？

是的。

什么时候交的朋友？

我不知道。

知道他是哪儿人吗？

大概是北京人吧。

知道他是干什么的吗？

不知道。

那你怎么知道他要来的？

不知道。

你不是说是你儿子从城站接回来的吗？

我说了吗？那大概是我说错了，我儿子不是去接人，而是去找人，我丈夫出去四五年没回来了，我就叫儿子常去城站看看。

结果就碰到你丈夫的朋友？

是的。

这么巧？是不是你和你丈夫联系好的？

天地良心，我没有说一句谎话。

那你丈夫现在在哪儿？

听丈夫的朋友说，他在北京三里屯。

详细地址？

不知道。

他在那里干什么？

我不知道。他出去打工，有什么做什么。

那你还知道什么？

我什么都不知道。

他口袋里怎么会有你丈夫的信呢？

我也不知道。

你不是说他有什么难处？是个潜逃犯吗？

我可没有说。

那信上是怎么说的？

我丈夫说："吾一切皆好，请勿念。今张波兄有难处，欲在杭待段时间，你就让他住在家里吧。吾托其带去现金二百五十元，请查收。外面工作难寻，钱也难挣，望谅。米子好吗？你好吗？吾这边还有些事要处理，完毕就回杭州。"

你刚才好像没有提到钱的事情？

我……我……

说吧，你还隐瞒了什么？统统说出来！

我知道的全说了。

但有关你丈夫的那个朋友的情况，你还没有说。

我说了。

什么难处？他有没有在你家藏了什么东西？

没有。

好好想想吧，就算不为你自己，也为你的儿子想想。我可以明确地告诉你，张剑波在北京的来头还不小呢！

啊……

"旱地植物"叫我母亲过目、签字，我母亲突然发现自己虚脱得连站立的力气也没有了，头有三倍那么大，一拎一拎地痛。她扶墙站了好一会儿，拼命地跺脚，过了好一会儿才消除这折磨人的麻木。她并没有仔细看"旱地植物"的记录，她的眼睛哪看得见东西呵，她哗哗地翻到最后一页，歪歪斜斜地签上三个字：张小丫。我母亲以为这样就可以走了，谁知这时候从门外进来一个人，是个女的，瓜子脸，柳叶眉，丹凤眼，嘴巴咧开，笑嘻嘻的。她手里拎了一只录音机，走到中间的位子，然后把录音机放在她面前的台子上。原来中间这个位子是给她留着的。正式的审问现在才开始啊。她侧头问"四指"可以了吗？"四指"说可以了。"笑嘻嘻"对已经老老实实回到座位上的我母亲说，好，现在我们来做个游戏，我说一个词语，你听到这个词语肯定会联想到别的词语，就脱口而出，不能思考，不能超过一秒钟，听明白了吗？母亲说听明白了。她说那好，我说一个你说一个，直到我叫停时你才停。她揿下录音机的录音键，然后说了声开始：黄瓜？——西瓜。北京？——杭州。春天？——清晨。火车？——大炮。丈夫？——有为。这儿？——那儿……她们两个人就像穷

140

秀才对科似的报了一大串词儿，才听到她说好了，并关了录音机。母亲说歌曲。她笑了，朝母亲摆摆手。母亲这才明白她说好了是指游戏结束了。她朝"四指"说了声可以了，就起身先走了。

随后"四指"和"旱地植物"把她押回房间。他们走出地下室，沿楼梯盘旋而上，当我母亲回到七楼的走廊上时，她发现外面已是夕阳西下，天空如焚，归鸟在不远处的青山之上潮起潮落，鸟鸣声声。母亲想不到她在地下室已待了七八个小时了。有那么久吗？地下室真是个不分昼夜丧失时间的地方。她问自己，他们骂她了吗？没有。他们打她了吗？也没有。但她在地下室里却像死过了一回一样疲惫不堪，身心俱毁。她死人一般地躺在铁架床上，感觉到了死一般的舒服。她连晚饭都不想吃，就昏沉沉地睡过去了。

这一夜都是梦。梦里老是有直升机嗡嗡嗡地飞来飞去，她的脑子在梦里也像塞万提斯笔下的风车没日没夜地转动，又沉又痛。当高高的窗口有了微弱的亮光，她被满身的痒痛蜇醒了。她一摸身上，到处都是蚊子叮过的肿块。成群结队的蚊子在飞舞歌唱。这些花脚的山里蚊子，不但个儿大，而且叮起人来也十分鲁莽；它们大概已很久不见人了，母亲的出现让它们天天像过节。你瞧一只又一只蚊子像轰炸机一样逼近她的脸面，它们嗡嗡的尖叫声像锥子一般钻痛了母亲的脑子。到了后半夜，母亲索性坐了起来，把手摊在膝盖上，放松，让它们叮。她心说，叮吧叮吧，

141

如果你们不想活的话，你们就叮吧。那两只吵死吵活的蚊子，果真像饿狼一般扑上来，像商量好了似的一只叮她的右脸，另一只叮她的左脸。母亲让它们叮，让它们静下心来开始吸她的血。她知道贪婪中的家伙是最愚蠢的。它们做梦也想不到她那两只手心向上摊在膝盖上的手，会同时落在她自己的左右脸上。异"手"同声：啪！声音自然不轻，应该有两只蚊子来不及做梦就永垂不朽了。但母亲仔细地检查了脸上和手心，居然没有蚊子的尸体，也没有那种湿漉漉的手感。它们肚子里灌着她的血，早已逃走了。愚蠢的不是蚊子而是母亲自己。要不它们还能叫阴谋家吗？

连日来，母亲被山里蚊子整得够呛，精神萎靡不振。二审时，母亲坦白了是她把父亲的信吃掉的。她吃信不为别的，就是为了那二百五十元钱，她怕被人知道后，说不定就当资产阶级的尾巴给割了。

"四指"问为什么第一天不说？

我不敢。

那怎么今天就敢了呢？

我觉得你们并不是为了钱，才把我带来的。

那你知道为什么被带来吗？

我猜是因为张波。

……

二审就到这儿。"四指"的脸阴得拧得出雨来。"旱地植物"让母亲签字。她看也没看，熟门熟路地在最后一页签上了大名。

那个笑嘻嘻的女人又出现了。今天她带来了一副扑克牌。她叫我母亲过去，隔了台子和她面对面站着。她说我们来做个游戏吧，我发一张牌，你就看着我发的牌报一张，比如我发的是一张黑桃8，她边说边动作，母亲瞧见台子上的黑桃8，就报黑桃8。她说不，你唯独不能报的就是这张牌，你必须报除这张牌以外的五十三张中的任何一张，要跟牢我发牌的节奏，不能思考，听明白了吗？母亲点点头。她把台子上的那张黑桃8收了起来，洗牌。然后她说开始吧，就往台子上发方块10，母亲报黑桃2。她发黑桃K，母亲报红桃5。她发方块4，母亲报黑桃Q。她发红桃6，母亲报红桃9……她越发越快，母亲越报越快，直到她发第三十二张牌（梅花A）时，母亲慌不择口地报了梅花A。她就说今天就到这儿吧。

"四指"和"旱地植物"又押我母亲回房间。

母亲悔不该让张波叔写这些信，这些信非但没有找到我父亲，反而招惹了那些警察。那天抓张波叔的警察中，就有两个北京来的，他们按那些信的落款地址，顺藤摸瓜找到八卦墙门，找到了他。是她害了张波叔，也可能害了我父亲。还有，她更不该把我父亲的那封信吃进肚子里。那天后半夜，当张波叔交代出我父亲的那封信后，就有两个警察又扑到我们家。我母亲怕那二百五十元钱被人知道，就在警察敲门时，匆匆把信吞了。吃进肚子当然安全了，但这让她事后很难说清楚，因为那些警察根本不相信她因为这个原因而把信吃了。他们拘留了她这么多天，就是要她交代信的内容。那封信有什么不可告人的秘密？

父亲的信母亲看过很多遍，全信她能倒背如流，但正因为这样，让警察更怀疑它的真实性。母亲为此吃足了苦头。张波叔当天晚上就被押去北京了。不知他们有没有去找我父亲，我父亲有没有出事？他怎么还不回来呢？

接着是第三次审讯。第四次审讯。第五次审讯……

我母亲一天天地消瘦下去，她被逼得快要发疯了。这天，我母亲发觉脑子里有三粒石子，在骨碌碌地滚动，发出单调而又空洞的声音。这声音让她心烦意乱。她摇头，用双手拍打脑袋，她要它们停下来，别再滚动了。但是不能够，它们一直在她的脑子里滚动，就像三粒骰子滚动在兰花瓷碗里。我母亲叫喊着，她冲到房门口，双手抓住门栏栅，将自己的脑袋砰砰地往门上撞，唯有这份撞击的疼痛，让她感到舒服。突然，"四指"和"旱地植物"出现在门口，"旱地植物"打开牢门，"四指"对我母亲说，你可以走了，外面有车送你回去。

我母亲愣住了，脑子里的石子突然不响了。她看陌生人似的望着"四指"和"旱地植物"，那双清纯如泓的眼睛轻轻地闭上了。我母亲突然变成了软体动物，猝然瘫倒在地上。"四指"和"旱地植物"连忙把她扛到床上。"四指"掐了下人中，"旱地植物"端来了清水，喂了几口，我母亲才苏醒过来。她看看两个人，挣扎着起来，要跟他们去地下室。"四指"说不用了，根据赵警官的测谎试验，他们相信她是诚实的，她确实不知张剑波的任何情况，所以决定放她回去。"旱地植物"连忙将我母亲扶起来，他说她不该待在这种地方。

我母亲下楼时，跟跄了一下，"旱地植物"连忙扶住她。他问她怎么样？母亲说没什么，谢谢。"旱地植物"执意扶着她下楼，母亲轻轻地靠着他，一直走到底楼，出了那幢楼房。她再次向"旱地植物"表示感谢，他才不无遗憾地松开了手。母亲缓慢地行走在太阳底下，不一会儿就满身汗湿了，这是虚汗。她走到高高的围墙门口，再回回头，看见"四指"和"旱地植物"站在楼底下，目送着她离去。母亲一低头，出了墙门一拐，他们就看不到她了。

再行路边，停着一辆吉普车，紧贴在高高的围墙外。我母亲从里面一出来，吉普车的喇叭就嘟嘟地响了；接着就听有人喊，小丫，在这儿哪！

金叔后来经常到我家来探访我母亲，向她问一问张剑波的消息，我父亲的消息。他来了也不坐椅子，就坐在我们家的门槛上，吧嗒吧嗒地抽烟；不一会儿功夫，就在我们家的门槛上留下一堆小山丘似的烟灰。他叼着烟跟没叼似的，吸烟的同时照样可以说话，喝水。听他自己说，他每天只划一根洋火，早晨坐在床上点燃第一支烟后，就不用再划第二根了；他一支接一支地抽，直到晚上他抽着抽着就睡着了，他老婆才帮他拔掉烟，揿灭在烟灰缸里。他说起这些事来，就开心地哈哈大笑。对了，他笑的时候也是叼着烟的，眼睛微微眯着，以便减弱烟雾对视力的影响。

他脸上的麻子因为笑而不断颤抖，越抖越红，越抖越亮，抖得我的心扑通扑通地乱撞，我就怕他跟墙门里的人所说的那样，金麻子一抖，就起了杀心。

我讨厌这个瘸子，总有一天我要把他的另一条腿也打瘸了。

第三章　秋东风·晒煞湖底老虾公

立　秋

　　我母亲回来后的第二天，就去厂里领活，结果被叫去厂长室。厂长姓高，矮个子，脸特长，轮廓线几乎与他高挺的鼻子及耳朵成平行了；光看脸，他很像一只德国短腿猎犬。但他是个老好人，平生最怕欺侮别人，尤其是女人；所以他见到我母亲后还没有开口，脸就红了，自己已经委屈得快要哭出来了。他说小丫啊，大叔对不住你……母亲一听腔调就什么都明白了。她现在已不同于以往了。她现在是一个在拘留所待过的、家里窝藏过逃犯、丈夫下落不明的女人了！我母亲从拘留所一回来，她就觉得墙门里的人不对劲了。但你也不能怪中国老百姓都是见风就是雨的小人，他们实在是被层出不穷的运动吓破了苦胆。我母亲冲老厂长粲然一笑说，高伯伯，你这是帮了我一个大忙呢，我们那边有个厂子早要我去了，我就是舍不得这儿……"德国短腿猎犬"一惊，又一喜，说，是真的吗？那就好！那就好！我这就带你到财务那儿结账。母亲说高伯伯您忙，我自己去就行了。"德国短腿猎犬"把她送出厂长室门口时说，那好，小丫有空来玩呵！母亲回头笑道，我会的。母亲结了账，快步走出这家街道小厂向东的大门。跨出大门的那一刻，她流下了眼泪。

法国女作家玛格丽特·杜拉斯在她的代表作《情人》中，说到她贫穷的母亲时，是这样说的："她是让贫穷给活剥了的母亲，或者她是这样一个女人，在一生各个时期，永远对着沙漠，对着沙漠说话，对着沙漠倾诉，她永远都在辛辛苦苦寻食糊口，为了活命，她就是那个不停地诉说自己遭遇的玛丽·勒格朗·德鲁拜，不停地诉说着她的无辜，她的节俭，她的希望。"① 而我母亲不是这样的。我母亲同样是一个让贫穷给活剥了的母亲，但她是恬静的，她吃着馊粥霉菜，遭受着白眼，真的要给贫穷活剥了，但她什么也不说，依旧笑微微的，像吃了什么补药似的，什么也不舍得告诉别人。

在她失业的日子里，我母亲捉了六只半大鸡来养。我想是这样的。因为有一天，我家宫殿般的鸡棚里，忽然就住进了六个小主人。这六只二毛还没有长齐的半大鸡，它们紧贴翅膀的腰间露出一块光溜溜的红皮肤来，是鸡这种漂亮家禽一生中最为难看的时候。三只长脚杆的是小公鸡，三只矮脚杆的是小母鸡。小公鸡在美丽绝伦的宫殿里，总是一派居高临下的样子，它们还真以为

① 见法国女作家玛格丽特·杜拉斯的代表作《情人》（漓江出版社出版，2003年2月第1版），第32页。

自己是国王呢，常常去欺侮那些小母鸡，把它们逼到鸡棚的角落里；它们把小母鸡惹毛了，小母鸡就发疯似的啄它们的头皮，痛得小公鸡满鸡棚地逃，但啄红了眼睛的小母鸡依旧不屈不挠，满鸡棚地追。看它们打架是一件很有趣的事情。另外，用剪刀把鸡草剪碎了，丢进去喂它们，也是非常好玩的。

所谓鸡草，就是各种青草的草心中最鲜嫩的部分。鸡喜欢吃，吃了就长身体。鸡长好了身体，人就可以吃鸡了。母亲说等养到过年，就杀一只给我吃。母亲说完话就背起竹箩，又去割鸡草了。她沿着始版桥直街向南而行，护城河两岸轻黄浅绿映照着清流，一棵杨柳树上有一对麻雀被她惊走了，噌！噌！一只往南逃，一只向北飞。真是的，大难还没有临头就各奔东西了。

望江门外一股异乎寻常的气味让母亲充满希望，她找到了气味的来源。那是一个城市的生活垃圾中转站。到处都是垃圾，在阳光下五光十色；勤奋工作的苍蝇们，等母亲靠近时惊得满天纷飞，它们蓝绿色的身子在阳光下反射出虹光，让母亲双眼发花。她后退了几步，沿垃圾场走了大半圈，最后不得不放弃刚才的想法。刚才她一闻到气味，就想从垃圾堆里掏到比青草更好的鸡食。她离开垃圾场，继续往南，把满天飞舞的苍蝇群，以及垃圾腐败的气味，还给了那一片斑斓的阳光地。

母亲来到了钱塘江堤上。大江滔滔，金鱼银鱼在极目处如织闪烁；凹凸有致的石驳坎在阳光下，反射出阵阵热浪。母亲看到一处石驳坎的中央，有不少枯枝烂叶的青菜。她小心地爬下石驳坎去，平静而又辽阔的江面，依然让她脚底发软。母亲仔细地挑了些带点绿色的菜叶，捡进竹箩里。过了很久，或许没有多久，母亲的背上发热，头也有些晕了，有种不祥的感觉令她胆战心惊，她忙小心地攀着凹凸的石头，爬了上来。到了江堤上，母亲拍拍胸，松了口气。这些捡来的菜帮子，母亲打算喂给鸡吃的；但到家里洗了洗，她发觉人还是可以吃的，于是就落进了我和母亲的肚子里。

小鸡是快乐的。它们在宫殿里吃喝拉撒睡，茁壮成长。它们的快乐让我很快乐，让我母亲也很快乐，但让我们墙门口里的一个人很不快乐。有一天，她突然如河东狮吼，骂我母亲是个贼骨头，偷了她们家的东西。

这只河东狮我不说大家也猜得出来，她就是"两座大山"。大家都知道她的嘴不是嘴，而是噪声制造器。每天天不亮，她挖开眼睛就骂人，一直骂到夜快边；天黑了她继续骂，再骂到睡觉为止。她主要是骂黑叔，谁也搞不清她为何骂丈夫？为何天天骂？或许就为了骂而骂吧。其次是骂墙门里的女人。她与任何女人（包括"洋葱头"，她们俩是合久必分，分久必合的一对活宝）为敌，眼里都是刺，嘴里嘀咕嘀咕地响，像老尼姑念经一样，整句话你听不清楚，但句中的个别单词，像畜生、狐狸精、贼骨头之类的，就很容易跳进人们的耳朵里。她唯有和外面的男人打情骂俏时，才和颜悦色，笑声朗朗，这时候倒不失为一个风趣幽默的女人。可是这天下午，母亲割鸡草回来时，她突然像一团巨大的雪球似的从楼上滚下来，冲到我母亲面前，骂我母亲是个贼骨头。我母亲是个连吵架都不会的女人，她因为被人骂作贼骨头而羞辱得红头涨脸，额头爆满了汗珠；她恐慌地张东望西，在寻找我的身影；她以为是我拿了楼上人家的什么东西。其实不是的。"两座大山"骂贼骨头，是指我们家的"宫殿"里的那六只小鸡。照她的说法，这六只小鸡，是黑叔掏钱买了送给我母亲的。我母亲说哪有这种事体的？她是托冬师傅捉了这六只小鸡，但钱是我们自己的，怎么成了他掏钱了呢？这事可以问冬师傅。

　　"两座大山"叫我母亲别装蒜了，别装得跟个老处女似的，自己还不知道自己干的好事？你张×这么痒，不好撒把盐擦擦的！你叫老死鬼偷了家里的钱，去给你买小鸡，而且一买就是六只。你的本事还真大呀，你把自己的男人赶出门，专门勾引别人家的男人！你真是好本事呀！你个贼骨头，你偷我们家的鸡呀，你偷了鸡还不够，还想偷我们家的男人呀？你个狐狸精！你个卖×货……

　　我母亲被她骂得一脸霜白，却不知道如何还嘴，空张着嘴巴。这时候我就在边上，我恨死"两座大山"了。我恨她骂我母亲，骂"白蒲枣"，骂黑叔。初生的牛犊不怕虎，我突然低头冲了过去，我使出全力，嘭地一声顶在她的肚子上；她后退了几步，被天井里高出来的青石板，或是别的什么东西绊倒了。她像一只四脚朝天的癞蛤蟆那样躺倒在我们家门口。她索性就不起来了，双手拍打着石板，呼天抢地地哭骂起来，像哭死人似的。

我母亲赶紧把我拉进门去，把我和她关进家里。她抱住我，整个人不停地颤抖。她也不知道要骂我，就一脸茫然地望着我。门外的哭骂声起了变化，其中夹杂着小鸡们惊慌的尖叫声。我们趴在门缝里，却看不到她在如何虐待或折磨我们家的小鸡。就听见有人喊，米师母，你们家的鸡给人抱走了！我们听到了，但母亲不敢开门去争，我要出去，母亲又不让。我母亲真是没用。要是父亲在家，别人敢这么欺侮我们吗！

这天晚些时候，黑叔又偷偷地把我们家的小鸡还回来了。

我有些看不惯黑叔的作派，做什么事情都偷偷摸摸的，本来没什么也变得像有什么了。我还记得我们搬家那天，母亲在第一车把我带到八卦墙门，她就让我站在一位老大爷的身边，叫我千万别走开。百忙之中，母亲叫了他一声大叔，请他照看我一把。这位老大爷，人很瘦，脸色不光黑，而且发青。其实，母亲叫他大叔是叫大了，他只比我母亲大两岁，属虎；但在生活中他却像老鼠一样畏缩，我一站到他的身边，他就眼神不定，两只眼睛如同采蜜的蜜蜂一样忙碌，不安地左顾右盼。好像我们之间有不可告人的秘密似的。我当时就想，这么大个人了，他难道连一个伢儿都紧张吗？他就是黑叔，一个一看就知道因为性压抑而造成内分泌严重失调的中年男子。尽管那时候我还不懂什么叫性压抑，但我能感觉得到他的内心世界。

事情还远远不是黑叔所想象的那么简单。第二天没等天亮，"两座大山"就又把六只小鸡抢回去了。这回她骂得更凶更猖獗，骂得墙门里没有一个人听不见的。到了傍晚，黑叔又准备将小鸡归还时，他被候在那里的"两座大山"逮住了。她骂他是个吃里爬外的老东西，狗！说她家里的金山银山都给他搬空了。"两座大山"七骂八骂还不解恨，就和黑叔扭打了起来。很难相信，一个男人还打不过一个女人。但事实就是如此，黑叔被女人抓破了脸，脸上、脖子和身上都是血印子，手背上还有牙齿咬过的牙印子。最后她骑在黑叔的身上，把他的鼻子打歪了，鼻血流到黑叔的嘴上，咸咸的。

我们家的小鸡因此而在楼上待了些时日。有一天，黑叔身上的乌青块褪去了，他再一次偷偷地将小鸡送还给我们，对我母亲说对不起。这一次"两座大山"吵得更凶了。她赤脚从楼上追下来。她叫黑叔去死，骂他没有用的东西，你怎么还不去死呢？黑叔在她的骂声中离开了八卦墙门。"两座大山"恶毒的目光追着黑叔骂道，你个老翘辫子，你敢走出这个墙门，就不用回来了。她从空荡荡的墙门口收回眼睛后，回过身来，做了一件大家都意想不到的事情。

她从我们家的鸡棚里抓出一只小鸡，一扭小鸡脖子，"咔嚓"一声，将断了脖子的小鸡，扔在鸡棚前面；又抓出一只小鸡，照样鸡脖子一扭，又是"咔嚓"一声……咔嚓！咔嚓！咔嚓！咔嚓！……六只小鸡顿时都咽了气，它们歪着脖子平静地躺在宫殿般的鸡棚前。她为此而得意地冷笑道，我让你偷！我让你偷！不要脸的贼骨头！就在这个时候，黑叔突然又蹿回来了，他看到惨

154

死在女人手下的小鸡们，整齐划一地躺在青石板上，嘴里倒抽了一口冷气，愣住了。女人又骂他道：你不是去死了吗？你还回来做什么！黑叔像是被她骂醒了，跑过去，推了那辆送煤饼的三轮车，匆匆忙忙地踏出了墙门。

黑叔出墙门时，擦了一下刚打酱油回来的"小六六"，"小六六"拎在手中的酱油瓶，"啪"地掉在了青石板上。瓶子碎了，酱油溅了一地，把她的两只裤管都染红了。"小六六"吓得大哭起来。但黑叔头也不回地消失在夜黑之中。第二天我们还能清晰地看到那摊酱油的渍迹，像鲜血一样鲜红，蹲下来闻闻，却有着鲜血所没有的香味儿。

这天深夜，我被母亲的叫痛声惊醒了。在西窗照进来的灯影里，我看见痛苦呻吟的母亲，她整个人像一条桥虫，先是把身子缩成新月状，突然又拉长身子，双手颤抖着，在她自己身上摸索着、寻找着体内的那份病痛，试图将它赶出来；但没有用，病痛在她的身体深处为所欲为，大肆侵吞，让她更加痛苦，更加无措。她的呻吟变得更大声更凶猛了。我母亲在床上拼命地打滚，身子迅速弓起又拉长……也不知过了多久，突然之间，我母亲停止了呻吟，没有了辗转，什么也没有了。她直挺挺地僵在了床上。夜色中只剩下了香气，满屋子的香气就像山岚塞结了山谷一般，沉甸甸地飘来荡去。母亲她怎么啦？她死了吗？我害怕极了。我爬过去扑在母亲身上哭了起来。

母亲身上盖了条薄毯，被她拉到下巴上，捂得严严实实的。

母亲的脸因为高烧而潮湿了，两眼有些呆，但看人时又很亮。她疲惫地望着我，问我怎么啦？又做噩梦了？我摇摇头，我说妈妈病了，我不要妈妈病。母亲摸摸我的头，扯扯我的小耳朵说，乖，妈妈的病没事，在床上打几个滚就好了。我嗯了声，但我不信有这样的病，只要打打滚就好了。母亲说真的，出一身汗就好了。

母亲的汗真香，我贪婪地呼吸着，如痴如醉地睡着了。

一天夜快边，几个退休老工人在贴沙河里钓鱼，其中一个留山羊胡子的老头儿，他的渔钩被水底的什么东西钩住了，拖不动。他拖拖放放，放放拖拖，钓鱼线差点绷断，渔钩还是一点不放松。可以肯定，他钓到的不是鱼。可能是本塘"大王八"、老树根或湖石什么的。这时候是初秋，是秋老虎最凶的时候，"山羊胡子"剥了汗衫就下了水。他顺着钓鱼线一路摸下去，河水没到他脖子上了。他的手忽然碰到了圆咕隆咚的东西，一摸是只自行车的轮子，他的鱼钩就绕在了钢丝上。他惊喜地回过头来，朝岸上的同伴喊，有一辆车子！岸上的同伴就喊，那你拉上来啊。他扎了个猛子，潜入了深水中。突然他蹿出水面，惊慌失措地往岸上逃，好像屁股后面有鬼在追他似的。岸上的同伴问他怎么啦？他也不吭声，在水里跌倒爬起，再跌倒再爬起，直逃到岸上才一脸苍白地喊，有鬼啊！

鬼你的头啊！同伴们嘲笑道。

真的，那鬼骑着车子，袖子一晃一晃的。"山羊胡子"说得神乎其神。

同伴们不信，其中一个说，我倒要看看鬼是什么样子的。他招呼了几个人，一齐下了水。他们从水里弄上来一辆三轮车。"山羊胡子"说得不错，三轮车上坐着一个大胖子。他的两只脚被绑在踏脚板上，他的两只手也同样被绑在把手上。所以，尽管他胖得不堪重负，但他还是牢牢地骑在三轮车上，低垂着大脑袋，好像正在埋头赶路似的。他被推上岸后，身上到处都在流水，他的鼻子、耳朵和嘴巴，他的袖子、衬衫下摆和裤管里，都流淌着污浊的河水，间或有不懂事的小鱼小虾小鳗儿随流而出，掉在河滩上，扑通扑通地乱跳。

忽然有人惊叫道，这不是煤饼厂里的老冬吗？

因为天气或在水里待久了的缘故，他整个人已经变形了，本来非常瘦小的黑叔竟变得非常的肥大，白白胖胖的，头有过去的两三倍大，肚子也鼓得厉害，像座山似的。"两座大山"赶到那里时，金叔已经带了所里的两个警员老李和小王，在那里做了他们该做的一切。他们把黑叔从三轮车上解了下来。让他趴在河滩上。黑叔的嘴里咬着一把灰不溜秋的水草，在不停地淌着河水。他的眼睛异常巨大的睁开着，像是要拼命地看清楚什么似的。大家自觉地让开一条路，都纳闷地望着来到河滩边的"两座大山"。因为人们第一次看到她闷声不响地走路，她紧闭着平日那张如百子炮仗噼啪不停的嘴巴。她穿过人群，然后扑通地往黑叔身边的地上一坐，就再也没有响声了。大家竖起了耳朵，期待着她的哭唱，期待着她把自己对死者的不舍，对死者不辞而别的怨恨，对死者一生的幸与不幸的盖棺定论，用一种特别的歌唱方式表达出来。但是她没有，这个身材高大的大胸脯女人，甚至连一点点哭泣声都没有，她只是把嘴巴抿得紧紧的。大家把黑叔抬回了家，"两座大山"也起身跟了回来。

从此，她就成了一个半哑巴，八卦墙门里也因此而变得异常安静。

母亲关起门来，哭了整整一宿。她觉得是自己害死了黑叔。她不该托黑叔从太平门直街捉来六只小鸡。如果没有这六只小鸡，黑叔也不至于惨到这个地步。黑叔的尸体在冬家的门板上挺了两天。"两座大山"领着海子和"白蒲枣"守了两天。但她不哭不笑不说话，也没有眼泪。她的脸上一副沉思的神态，好像在思考一个多么重大的问题。这种神情把大家都吓坏了，白奶奶一趟趟地跑去劝她，冬师母，你哭啊，哭不出来，喊两声也好的，千万别憋在心里，要憋出病来的。

但"两座大山"像块胖木头一样坐在黑叔的左边，眼睛死死地盯着黑叔的嘴巴。她已经给黑叔换过两套衣服了。黑叔被抬回家后，她就把黑叔身上的湿衣服换了。可是到了半夜里，黑叔身上的衣服就湿透了，袖口又开始滴水了。于是，"两座大山"又给黑叔擦身子，勉强找出一套干净的衣服给他换上。她也不清楚这些水是从何而来的。有人建议往黑叔的嘴里塞茶叶，就不会有水流出来了。于是，"两座大山"找出茶叶罐子，用筷子撬开黑叔的嘴巴，往他嘴里塞茶叶，塞得满满当当的，然后再合拢嘴。但到了第二天中午，黑叔突然活了似的，他要开口说话了。在冬家吊唁的亲友们，瞧见黑叔抖擞着下颌，嘴巴渐渐地张开来，都吓得四奔了。唯独"两座大山"静静地坐在黑叔身边，望着他张开嘴来，但他什么也没有说。他已经无话可说了。

"两座大山"生气地捏住黑叔的下颌，她说你给我闭嘴，闭嘴！但她无法阻止黑叔的嘴巴一动一动的，从嘴里吐着白花花的泡沫来。因为天气的缘故，在河里浸泡了一两天的黑叔，身体开始腐烂，开始臭了。尸臭引来了成群结队的绿头苍蝇，源源不断地往我们墙门里赶，叮得四周的白墙上乌鸦鸦的一片。大家都捂住了嘴，劝"两座大山"赶紧把黑叔火化了，但她死也不肯。"两座大山"发现黑叔的衣服又湿了。她发疯似的回房去给他找衣服，但家里再也找不到一件像样的衣服了。她挑了一套破衣服又要给黑叔换，人们拉住了她，喊着她的名字，叫她醒醒。黑叔的衣服没有湿，真的没有湿。他们要她去摸黑叔身上的衣服，说不是好好的吗？不是干的吗？但"两座大山"摸在手里，却是湿的，她说都滴水了，你们还说干的？你们为什么要骗我？你们这些骗子！

黑叔的死因，墙门里的人推测了三种可能。

1. 谋杀：因为他的四肢被绑在车上，但是原因呢？

2. 自杀：因为六只小鸡的清白问题而被他老婆纠缠不清，愤而投河？

3. 替身：因为王五淹死在贴沙河已经有些年头了，他也该找个替死鬼去投胎了？

处 暑

黑叔死后没多久，在一个热得让人发昏的午后，在护城河畔，海子突然向我大打出手。当时我在那儿干什么，我已经记不得了，只记得我突然受到重物的撞击，人就跌倒在了地上。就像"两座大山"骑坐在我母亲身上那样，当海子骑坐在我身上时，我才明白这是怎么回事。海子像他母亲一样胖鼓鼓的，个子也比我高出一个半人头。我不知道他从哪里来的愤怒，总之，他的面孔可怕极了，像要吃人似的。他歪着癣斑明显的花脸，平白无故地骂我是小偷。说我们家偷了他们家的东西。我说你有病啊，我们家偷你们家什么东西了？他说不出来。他就用左手按住我的脖子，右手一下一下地劈我的巴掌。我知道一个人的巴掌是不能让人随便劈的。这让我很气愤。我要他拿出证据来，我们到底偷他们家什么东西了？他说他们家的东西我们都偷……这时候我已经积攒了一股力量，我猛地一滚，将海子掀在地上。我连忙爬起来，但海子也不慢，他几乎和我同时爬了起来，并一把揪住了我。我连退了两步，一蹬脚，就朝他扑了过去。但他太高大了，他拎起手朝我脸上就是一拳，我的一只鼻腔流血了。妈的，才一只啊。他这样骂时，我用手抹了一下，抹到一条血水。他又补上一拳，这下两只鼻腔都流血了，我知道，但我又用手抹了一下，这次是两条血水。他还说这次便宜我了，下次要我好看！

我想我已经很"好看"了，我找不到可以塞鼻腔的东西，就赶紧躺在地上，头使劲地朝天仰。我才不像那些胆小鬼一样，动不动就哭，动不动就往家里跑，再说家里也没有人。海子一走开，"白蒲枣"来到我的身边。我不理她，她看我满脸是血就害怕得哭了。听到她的哭声，我的心软了，就叫她去摘两张葫芦叶子来，结果她摘了两张南瓜叶子。她不知道南瓜叶子上的毛是刺的，而葫芦叶子的毛就不同了，是柔和的。但我还是将就了，尽管很不舒服，还是搓了两个小绿团，把鼻腔死死地塞住了。我用嘴巴呼吸，但我马上又害怕起来了，因为有一股甜腻腻的东西流向了我的嘴里。我知道，那是我的鼻血。"白蒲枣"跑到河边，把她小小的花手绢弄湿了，然后跑回来替我擦脸上和嘴边的血迹，一擦，我的血就跑到她的花手绢上去了；她就又跑去洗花手绢，这样跑了好几回，我的脸上干净了，她的花手绢也干净了。我至今还记得她的湿手绢擦在我脸上的感觉，凉飕飕的，舒服极了。

那天"白蒲枣"的花手绢在护城河里漂洗了很久，她让花手绢在河水中漂啊漂的，她的身旁则是散播着浓郁香气的野月季丛，红的红，黄的黄。我被她哥哥打成这副样子，她好像挺开心的；那么小一块花手绢，她有那么长时间可以洗。

这年秋天，海子不知从哪儿弄来了一支洋火杆枪，就是用自行车链条、铁丝和牛皮筋制作而成的手枪。它的威力很大。拥有这支手枪的海子，经常带领小伙伴到河边、田野上去，寻找袭击的对象——癞蛤蟆。从枪中射出去的洋火杆，在一蓬烟之后，能够轻松地插入癞蛤蟆皮肉，痛得那些可怜的癞蛤蟆满身渗出乳白色的毒汁来。海子他们因此而狂笑不止，他彻底征服了墙门里的那帮小伢儿。他们追随着他，纷纷从家里偷出一盒盒洋火，献给海子。

从这时候起，我和墙门里的小伢儿玩不到一道了；我的孤独，只有"白蒲枣"知道。

不知为什么，黑叔一死，我母亲就病倒了。她整天病恹恹地躺在床上，时不时地发出一声柔而韧的叹息。但是有一天，金叔这家伙像个恶霸那样强行敲开了我们家的门。当我母亲披头散发出现在门口时，他用古怪的目光打量着她，愣了半天，才莫名其妙地说了一句话。他说樱桃只红十八天。樱桃只红十八天，还是二十天，这和病中的母亲有什么关系呢？我从母亲口中得知这句话时，金叔已经不在人世了。不然的话，我肯定要问问灵清的。但现在，即使我有十种二十种猜想，那也不过是我的猜想而已。这家伙所说的樱桃只红十八天，到底是什么意思，也只有他自己知道了。他每次来都牛×哄哄的，那天也是，那天他到我们家，告诉我母亲太平制钉厂在招看机工，问她去不去？我母亲说去的。她说她正在为工作犯愁呢。他说那就好，你明天去找他们厂的齐厂长，就说是我叫你去的。这话说得，就好像齐厂长是他孙子似的，只要一报金爷爷的名号，一切就搞定了。但事实上就是如此，第二天我母亲还没有抬出"金爷爷"，对方就问她，你是小丫吧？说他正在等她呢。就这样，我母亲成了一名太平制钉厂的看机工，一直做到她病重为止。她的工作很简单，就是站在制钉机旁，睁大了眼睛看着那些钉子被一枚枚地造出来。一根铁丝从机器的那头通进来，咔嚓！铁丝被切断，转身，一头打成伞状，另一头被刀剔成锥状，然后被机器吐出来，啪地掉进接在下面的木板箱里。母亲的工作就是看住这一切，她也像一枚铁钉子被死死地钉在机器上，一切正常，屁事没有；如果出现什么异常情况，就拉闸，即切断电源。小毛病，自己动手；大问题，赶紧叫老师傅来处理。

制钉厂就在煤饼厂附近，上下班时，母亲必须从煤饼厂的门市部前面经过。生产蜂窝煤的机器声很响，轰隆轰隆的，像电影里的日本鬼子放小钢炮；人还没有走到门市部前面，早就听到了那放炮般的声响。等走到那里，母亲总是忍不住要朝里面看一眼，她会想那个站在机器边的人，应该就是黑叔吧。于是，她就在心里对那个人说：冬师傅，你好。

这在我母亲早已成了习惯。她每次去上班，走到煤饼厂门口时，就说，冬师傅，你到了。下班回家，又经过煤饼厂门口，她就说，冬师傅，我们回家了。于是她就和黑叔一起回家了。所以很久以来，对于我母亲而言，她都是和黑叔同进同出的，黑叔就在她的身边；如果遇到阴雨天气，她甚至能够听到他轻手轻脚的脚步声，和他特有的无声的微笑。这也是为什么我母亲比任何人

163

都喜欢阴雨天气的缘故吧。这样的日子里，她甚至能看到黑叔躲闪在她身后的影子，但她并不感到害怕，只觉得自己行走在街上，因此而有了安全感。

我讨厌看到金叔，就像我讨厌看到他脸上的麻子，讨厌看到他的瘸腿一样。不知为什么，他一来我们家，我就把他树为敌人。我对自己说，我父亲的敌人，也就是我的敌人。总有一天，我要把他的另一条腿也打瘸了。但我依旧害怕他，害怕他的麻脸，害怕他的瘸腿，害怕他嘴上的香烟，害怕他身上任何一点与常人不同的地方，仿佛这些地方都被施了魔法，轻易就能置人于死地。我们墙门里夜里大人吓唬哭闹的孩子，惯用的一句咒语就是：再哭，我叫金麻子来把你捉去！哭闹的小伢儿一听"金麻子"三个字，就乖乖地闭上嘴睡了。所以金麻子一来我们家我就拔腿逃走了。我躲得远远的，我在直街上，我在城站，我在墙门之外的某个地点，胡思乱想着自己如何见风就长，一夜之间长成大人，然后如何如何替我父亲铲除这个敌人。这种种思想，使我更加害怕见到他，有一次他来时，我正准备逃走，他却突然叫住了我。我害怕极了，我知道这个流氓出身的派出所所长，肯定摸清了我的种种敌意，现在就要向我下手了。我情不自禁地颤抖起来。他也发现了，他说你这个孩子，你抖什么呢？我说我冷。他哈哈大笑起来，冷？现在才几月啊，你冷什么呢？是啊，这时候才初秋，我冷什么呢？但他并没有深究，而是从口袋里摸出一把糖给我，说是昨天去喝喜酒喝来的。这一把糖后来我和"白蒲枣"研究了很长时间，总算搞清楚是没有毒的，最后我们把糖块吃了，糖纸全归了她。"白蒲枣"那时候爱好收集糖纸，七十年代，穷人家的孩子没有糖吃，收集糖纸也是好的。

金叔第二次来到我们家时，他就开门见山地对我母亲说，对别人我也是劝合不劝散的，但今天是个例外，我来就是来劝你"报失"的。所谓"报失"，即由我母亲——这个当事人——向派出所申报我父亲失踪，要求当地派出所作失踪处理。什么意思？我母亲一时没有反应过来。什么意思？金叔大声地反问道，你丈夫都出去五六年了，至今下落不明，你说什么意思？金叔这么一反问，我母亲就急了，心一乱，她就不知说什么好了。他便催促她说，还是去"报失"吧，"报失"了，你就可以单方面解除婚约，重新嫁个人。我母亲听他这么说就更急了，脸一层层地黑下来，她问谁跟你说我老公失踪了，我要重新嫁人了？金叔说你还这么年轻的，孩子又小，老这么拖着也不是个办法，得有个男人来帮你一把，你说呢？这家伙把话说得越诚恳，我母亲就越气急，她的眼泪都被气出来了。她对这个瘸子说，我老公不是失踪，他是出去打工了，他会回来的。她说三四个月前他还让人带来一封信呢。金叔说是吗？那信呢？你拿给我看看。我母亲说，我把它吃了，你管得着吗？金叔说，这不还是没有吗？唉！小丫呀，这不是我管得着管不着的问题，我是不忍心瞧你过得这么苦，你应该过一种全新的生活，真的。我母亲听了就发疯似的嚷嚷着不要他管。但金叔依旧笑嘻嘻的，说，我都替你感到可惜。

我母亲说，谁稀罕你的可惜。我母亲她肯定是气疯了，也不知哪来的勇气，居然抄起家中的扫帚就打人。而流氓出身的金叔竟被逼无奈，落荒而逃，也是破天荒头一遭吧，他边退边对我母亲说，那这样好了，我再给他五年时间；再过五年，如果他还不回家的话，那我拖也要把你拖去"报失"，你等着瞧吧。他说完这句话，就一瘸一拐地走出我们家，头也不回地走了。我母亲高举着扫帚嚷嚷着，你做梦吧你！我们家不欢迎你来。这等于是向全世界宣布，从此以后，她绝不让他跨进我们家半步！但这家伙压根儿就不把我母亲的话当回事。过了十天半个月，他又牛×哄哄地走进我们家了。

　　说他牛×哄哄，是因为他一来就向墙门里的人大谈特谈他在"文革"时期的那段"英雄史"。那时候举国上下对"文革"唯恐避之不及，聪明人都把自己说成是"文革植物人"似的，不作为，个人历史清白得一塌糊涂；唯独就他傻×兮兮的，还当这些事是金呢，拼命往自己的脸上贴。他说他那时候很傻，也很聪明，居然给他想出许许多多奇怪而又好玩的想法来。有一次他想，既然祖国山河一片红，红是革命的颜色，是正义的象征，那么在我们向共产主义前进的道路上，就不应该红灯停绿灯行，而应该是绿灯停红灯行，这才英明伟大与正确嘛。第二天他把这个主意跟革委会主任郑愚民一说，姓郑的拍案叫绝，问他是怎么想出来的。这姓郑的是个白脸书生，写东西特别本事，沙沙沙沙，下笔如有鬼，两个小时就是一篇万言书哪，把"红灯行绿灯停"

的必要性、重要性以及深远的历史意义，都一二三四甲乙丙丁地阐述得一清二楚三明四白了。完了，他掏出"南瓜柄"来，红血血的大印一盖，就得嘚嘚地送上去邀功了。可惜，这事后来被上面否定了，要不，现在的交通规则刚好倒个个儿呢。

我边听边想，这家伙今天出了墙门，就让他瘟鸡笃头，走到十字路口瞎搭糊涂地也来个红灯行绿灯停，叫大汽车撞了。"咔嚓"另一条腿就断了，省得我再花力气了。从此，这家伙就是想来我们家也来不成了，除非像癞蛤蟆那样着地爬。这样想时，我就兴高采烈，好像真有此事，那我就不战而胜了。

但几天之后，这家伙又像傅红雪在边城似的，在我们墙门的天井里闲庭信步了。这世上的事情说怪也真怪，结巴的偏喜欢说话，瘸腿的偏喜欢走路，瞧着这家伙在我们家门前晃荡来晃荡去，我就觉得我和母亲的脸面都让他丢尽了。但他依旧肆无忌惮地走路，肆无忌惮地抽烟，肆无忌惮地讲"文革"逸事，说自己当时有多聪明，又有多笨。莫邪塘中学摊派右派指标时，因为右派人数不够，校长刘长贵头痛不已。有天他在路上碰到金叔，就大叹苦经。金叔说这有何难的，你这般这般这般……不就行了吗？刘校长一听果然是个好主意。第二天下午，他就召集全校教师开会，落实上面派下来的右派指标。等到两三点钟，金叔不早不晚地来到了学校，他让传达室的老王去把教师李国文叫来。老王一见警察要找李国文，还以为他出了什么事呢，就跌煞绊倒地跑去学校会议室叫人了。他敲了敲会议室的门，小声地喊：李国文老师，有个警察找你。李国文就这样莫名其妙地被老王叫出来了。两人匆匆跑到传达室，传达室里哪有什么人呵，空荡荡的，连个鬼影子都没有。老王也愣住了。李国文朝老王脸一黑，说老王啊，这种时候你开什么玩笑呢?! 他急匆匆地赶回会议室，但已经迟了，他当仁不让地戴上了右派的帽子。

这种事情，他说他在那个时候可没少干。我听了就在心里高唱报应歌：善有善报，恶有恶报，不是不报，时间没到；时间一到，统统报销。我希望这个十恶不赦的家伙，喝水噎死，做梦梦死，爬楼跌死，过河淹死，出门撞死……反正一句话，怎么着都是一个死。

说到死，这家伙还真的死过一回。那是 1969 年初秋，武斗最厉害的时候，杭州的造反派头头们得知萧山的保皇派非常猖獗，金叔便自告奋勇，联络杭州几个区的山上派和山下派，大家联合起来攻打萧山保皇派的堡垒。那时候的造反派动不动就拉山头，搞帮派，你是山上派，我就成立山下派，大家干过，这个世界谁怕谁啊! 但 9 月 11 日凌晨两三点钟，金叔他们在红太阳广场聚集了七八百人，由三辆东风牌大汽车开道，向萧山发起了总攻。每辆大汽车上，都架着高音喇叭，在不停地播放歌曲《咱们工人有力量》；高昂的歌声，虽说不一定响彻云霄，但绝对响彻了人心。一路之上，不断有人加入前进行列，当队伍行至钱塘江大桥时，革命的队伍已近千人了。他们有的头戴藤帽，肩扛大铁棍，全副武装；有的短裤短衫，脚穿木拖鞋，纯粹是赶去看热闹。他们无不扯着嗓子高喊：咱们工人有力量，嗨，咱们工人有力量！他们雄赳赳气昂昂地杀向萧山。这场面何其壮观，一眼望过去，萧杭公路上，乌压压的一片。这一天比以往任何时候都亮得早，三点多，不到四点天就亮了，不到五点就出太阳了。大家都欢呼不已，啊，太阳最红，毛主席最亲。很多人都说这是个好兆头。五点钟的太阳又大又红又亮，这说明毛主席在指引我们向前进！其实稍微有点年纪的人都知道"早红甭出门，晚红晴千里"。这意思是说今天是个雨天。果然，当他们走到西兴路口时，也就早晨七点光景吧，天就黑下来了。保皇派在道路上设置了路障，革命的队伍在西兴路口遭到了强有力的阻拦；但他们的力量更强大，把敌人打得屁滚尿流，边打边往西兴老街逃去。革命队伍乘胜追击，长驱直入，谁知保皇派在西兴老街埋伏了大批人马，双方顿时短兵相接，搅成糨糊状。杭州方面当时非常轻敌，以为自己是战无不胜的，就大大咧咧地开进西兴老街，见招拆招，逢人砍人，打算杀退拦路虎后，一路直捣城厢镇保皇派的老窝。想不到的是，他们刚一深入西兴老街，巷子深处就蹿出了全副武装的敌人，他们手持铁耙、榔头和木棍，将金叔他们分而食之。金叔那时候冲在最前面，发觉自己四面受敌之后叫苦不迭，拼命地叫大家撤，但谁还撤得了呢！

这家伙右腿的膝盖骨就是在这次武斗中被人用铁榔头砸飞的。当膝盖骨像瓜子片一般飞出去时，他并没有感到疼痛，他只是好奇地揭起本来包住膝馒头的皮，看到白花花的皮下组织，非常缓慢地渗透出点点梅花状的血珠来，接着就呼呼地大冒出来。一股剧痛随后就到，他大叫一声倒了下去，昏死在西兴街头，血流了一大摊。

这时候天黑到了极点，比夜还要黑，突然一声震天响，天际开裂了，倾盆大雨倒了下来。这一切来得那么突然，西兴东门头的一间老屋遭了天火烧，在风雨之中升起了熊熊的火焰。无论是造反派还是保皇派，都被这场不期而来的雷阵雨打得落花流水。一场派别之争，就这样无疾而终了。或许这就是天意吧。

金叔醒来，已经是五天后的事情了。照这家伙的说法，那时候他要是醒不过来，也就这样去了；而且这个可能性很大。因为雨水的缘故，他的伤口一直在流血，如果富家父女迟几个小时救他，他将因为失血过多而暴死街头。但他是幸运的，遇到了富家父女。在他们及时的抢救和精心的照料下，他在昏迷了五天之后，终于醒了过来。有了意识的那一刻，他感到了右膝深处的疼痛。他发现自己的膝馒头被缝合了，外面敷着黑糊糊的膏药。他能感觉到膝盖骨的存在，这才心安地睡过去了。再次醒来时，他看到了一张甜甜的笑脸。有个女孩守在他床前，她说你终于醒了？

金叔问，我这是在哪儿？她说在我们家里。他又问那你们家是哪儿？她眨巴眨巴眼睛，说，还能在哪儿，西兴镇呗。金叔扭头努力朝女孩的身后望去，他没有看到任何人。他问家里人呢？她一脸苦恼地说爸爸去挨斗了。他说是你爸爸救了我？她说是的。那天伤了很多人，也死了很多人；我爸爸救人都救不过来了。他努力笑了笑，说，但你们救了我。不久，金叔知道富先生是个老右派。他就问女孩，你知道我是谁吗？女孩摇摇头。他说，我可是一个造反派，你爸爸为什么要救我呢？她说我爸爸是个郎中。他问是郎中就一定要救人吗？她说是的。他接着问那他是怎么找到我的膝盖骨的？她摇摇头说，这个，我不知道。几年之后，金叔才知道富先生并没有找到他的膝盖骨，而是从他家的狗身上取了块作替代的，终究不是原配的，没什么用，像一个摆设。

这个女孩就是铃子。

三个月后，金叔的伤养得差不多了，他打算回杭州了。这天清晨，铃子的父亲照例出去挨斗，结果批斗会闹成了武斗会，一支从东岳庙上下来的年轻人，与批斗会上的造反派打了起来。铃子的父亲，为了给一个伤员包扎伤口，结果被一把锄头敲开了头。他死在了东岳庙的山脚下。父亲一死，女孩像是傻了一样，金叔便以"特殊亲戚"的身份，操办了老郎中的后事。一直等到断了七，金叔才向女孩提出来，他要回杭州了，并问她将来怎么办。她说她也不知道。不过，她想跟他回杭州。他说我都快四十岁的人了，你跟我去做什么呢？她说她也不知道，在这个世界上，她除了父亲，就认识他了。金叔说你先好好想一想吧，到富先生的周年祭日，我再来；那时候你再作决定，好吗？

第二年秋天，金叔就把她带回了杭州。

金叔多是白天来我们家。他来了，母亲就给他泡一杯浓茶，放在我们家的门边上。因为金叔喜欢坐在门槛上。他就坐在那儿独自抽烟，喝茶，看墙门里的人们进进出出，然后把他抽剩下的烟屁股揿在我们家门前的青石板上。他走后，那青楞楞的麻石板上，烟屁股就像一片乱砍滥伐后的森林。

一个被称为"流氓"的男人，一个腰间别着枪的派出所所长，居然坐在一户平头百姓家的门槛上，这情景在八卦墙门里还从来没有过。大家就用有色眼睛看我们家，对他也敬而远之。"两座大山"和"洋葱头"更似小鬼见了阎王，进进出出都"哑板"① 了。金叔成了我们家常客后，街坊邻居才渐渐地走近他，有胆大的托他办点事，只要他力所能及，金叔总是爽快地答应下来。于是，大家又开始传颂他的好了，甚至敢开他的玩笑，说他是我们家的看门狗。他听了也不生气，反而转过头来问我母亲，好不好？母亲问他什么好不好，金叔说做你的看门狗啊，你要不要？母亲就惊呼道，罪过人的。

我现在想来，金叔来我们家的目的有两个，一个是要给墙门里的鸟人们一点颜色瞧瞧，别以为我们孤儿寡母的好欺侮。另一个是为了我母亲的"解放"。在他看来，我母亲的那个丈夫是很有问题的。他弄不懂我父亲为何要离开如此美丽的女人。这个问题我母亲也说不清楚，我就更说不清楚了。他们的婚姻如果正如我母亲所说的那样是美满的，那么我父亲出去挣钱挣到哪儿去

---

① 哑板：不会叫的知了。

了？莫非漂洋过海去了"美帝修"不成？金叔就是要我母亲解除不幸的婚约，像我母亲这样的女人，再找一个好老公是不成问题的。他总说，小丫啊，你需要有个男人扶你一把。

有一天细心的母亲终于发现，金叔总是每隔十天，来一趟我们家。尽管他每次来，再也不向我母亲提"报失"的事了，也没有逼她重新嫁人；但他好像在提醒我母亲，那个诺言，以及距离实现诺言的期限又缩短了十天。当然，有时候金叔也有意无意地朝我母亲扳手指头，然后半开玩笑半当真地说，还有四年零七十三天呵。还有三年零一百天呵。还有两年零八十天呵……我母亲已经不再生他的气了，也并不把他算计着的日子当回事，在她看来，让她"报失"是根本不可能的事情。

她总是笑着说，金叔，你还是省省吧。

1982 年 9 月 26 日下午，我母亲那天上白班，下午三点半下班。她下了班，先在单位里洗了个澡，然后准备回家。当她刚走到厂门口时，就撞上了金叔。我母亲问这么巧啊，厂里出什么事了吗？她以为他是来办事的。金叔说没有，他只是路过这里，顺便看看她，下班了吗？我母亲说下班了。金叔说那行，我们一起走吧。于是，金叔和我母亲一起出了制钉厂。

两人走出没多远，金叔忽然想起一桩事情来，必须回一趟单位，他叫我母亲同去。我母亲说算了吧。金叔说小事一桩，去去马上就回的。我母亲还犹豫着。金叔说，想什么呢？等会儿一同回家吧。他已经有好些日子没吃我母亲做的麦饼和小米粥了。他这么说，我母亲就心软了，问，真的去去就回。金叔笑道，难道我还骗你不成。于是，我母亲跟随金叔来到了清泰门派出所。

清泰门派出所是由三栋两层楼房围成的"U"字形建筑物。走廊在前面，楼梯缩在"U"字形的两边拐角处。母亲随金叔来到二楼东侧的一个房间里。这儿便是金叔办公的所长室。但房间里相当简陋，两张办公桌并排靠在窗口边，桌子上摊满了乱七八糟的东西，一部在今天看来面目可憎的电话机，一只文具盒，一本台历，几支圆珠笔，零乱的回形针、大头针、图钉和烟蒂丢得到处都是，一只酱紫色的烟灰缸，它的四周全是飞扬的烟灰。我母亲进门就被房间里厚实的烟味熏呛了，她咳嗽了几声，脸红扑扑的，连忙开窗。开窗户时，她看到窗台上还放着一只老酒瓶，瓶里插着一枝不知是什么花的枯枝，花朵早已谢尽了。窗西边的墙角落里有一张蜘蛛网，网上粘着三五只死蚊子，在风中飘荡，它们好像随时会掉下来，但其实粘得很牢，飘啊飘啊飘个不停。为此，我母亲立马投入了所长室的清洁卫生工作。

母亲先将桌上的东西理了理，然后取了面盆要出门端水，金叔却叫住了她。他说小丫，你先别忙。金叔从一口公文柜里找出一张表格来，摊在她面前，说，你先把这张表格填了吧。我母亲不解地看看金叔，问，干什么？金叔狡黠地阴笑了一下，说，没什么，叫你填你就填嘛，你还怕我害你不成？母亲狐疑地接过金叔递过来的表格和绿壳圆珠笔。她一看表格，脸色就变了。这是一张失踪人口申请登记表。我母亲猛地抬起头，说，你……

174

金叔语重心长地说，小丫啊，我们有约在先，说好等他五年，现在五年到了，你就听我一句劝吧，把这事办了。我这也是为你好，你是早办早好，迟办迟好，总之是办了才好。

金叔说着，走到房间门口，将门上的暗销保险了。

不！我母亲尖叫起来，她抓起那张纸，撕了个稀巴烂，然后冲向门口。金叔挡在门口，他一把抱住我母亲。他喊了声小丫。他的喊声听上去很苦，好像他满嘴都是黄莲似的。他说小丫啊，我真的不想看到你现在这个样子！我母亲挣扎着。但金叔越抱越紧，他说小丫，你听我的，就"报失"了吧。这么多年过去了，他要还活在世上，早就该回来了。我母亲听了这句话气得浑身发抖，她也不知哪来的勇气，扬起手就恶狠狠地给了金叔一个巴掌。

"啪!"

金叔愣住了。我母亲也愣住了。金叔渐渐地松开了我母亲。他缓缓地离开了门口，回到自己的椅子上，坐了下来，点了一支烟。我母亲撤了门上的暗销，打开门，匆匆地跑了。一路上，我母亲的脸色一阵青一阵白的，他为什么要这么说呢？不会的，有为不会有事的。但我母亲越走越委屈，她走在始版桥直街上，向西一拐，蹲在护城河边的草地上，就呜呜地失声痛哭起来。

不知过了多久，忽然有一只手温柔地搭在她的肩上，他说对不起，都是我不好。

175

白　露

　　从我八岁那年见到金叔的那一刻起，我就对他恨之入骨。我一直盼着有一天我长大了，强壮了，就能收拾这个癞蛤蟆想吃天鹅肉的家伙。我要像折断一根枯柴那样，折断这个瘸子的另一条好腿。他凭什么在我们家拐进拐出的？我要让他双瘸，让他尝尝做人靠爬的滋味。我恨他。十三岁那年秋天，也不知为什么，我发觉自己突然不恨他了。他不但腿瘸，而且满脸麻子，但他堂堂正正做人，比那些缩头缩脑的男人做得亮堂多了。我甚至以他为榜样，要做像他这样的人。我的仇恨就这样突然改变了对象，我无可救药地恨起了我的父亲，从十三岁一直恨到十七岁，直到我结束尿床的第二年春天，我才释然。十七岁之后，我谁都不恨了。

　　但在十三岁到十七岁那段青春骚动的日子里，我对父亲的仇恨之深到了无以复加的地步，好像仇恨就生长在我的血液里，成为了一种血液中的毒素。那时候只要一想到他，我就会怒火中烧。那时候我已经很不愿意去城站了。我常常在街头闲逛，构想着这样的场景：将来有一天，等到我母亲百年之后，我就立即搬到另一座陌生的城市去居住。几年之后，那个人终于回来了，回到了杭州；但他已经老态龙钟，一身是病，他站在这座原先有家的城市街头，举目无亲，居无片瓦，最后不得不流落街头，倒毙在路边……就这样想想，我也非常开心，行走在人群中，常常流露出狡黠的阴笑来。

金叔吃了我母亲一记耳光的那个秋天，他忽然从所长的位子上下来了。为此，他还跟我们开玩笑说，男人被女人劈了巴掌是要倒霉的。我母亲问，为什么？金叔说，这就叫情场得意，官场失意。我母亲说，你胡诌个啥呀。金叔说，我说的是事实，这不，现世报了吧。原来，就在我母亲劈他巴掌后不久，金叔被免去了所长职务，任信访办主任。而这个信访办，就设在派出所的传达室。整个传达室就他一个人打理，所以他既是信访办主任，又是传达室管理员，还兼任全所的信件收发员。一个派出所所长掉价去当收发员，在别人看来固然是倒霉透顶了，但金叔不觉得有啥，依旧乐呵呵的，嘴里还唧格里格啷地唱着。他常常说自己大字不识几个，还能怎么样呢？知足吧，你！但我还是看到了他身上的变化。或许你乍一看，今天的金叔跟昨天的金叔没有丝毫差异，脸上的皱纹也不见得多一条，头发也不见得多白一根，但我能从他的身体深处透出来的气息，感觉得到他一下子苍老了十年二十年。这种感觉让我暗暗地同情起他来了。

诚如我刚才所说的，那段青春的岁月里，我突然将仇恨"嫁祸"于我的父亲了。每当母亲叫我去车站看父亲时，我就怒火万丈，一边磨磨蹭蹭地走向城站；一边就恶狠狠地想，让酒鬼叔做我的父亲，让黑叔做我的父亲，让金叔做我的父亲，让天下所有的男人做我的父亲……都比那个人做我的父亲来得强。一路上，我用弹弓弹着小石子，小石子一枚枚地飞入护城河里，激起一朵朵小水花。我还真的设想过，由他们中间的谁来做我的父亲好呢？如果是酒鬼叔，那我们家的生活会是怎样？如果是黑叔，那我们家的生活又会是怎样？……相比之下，我还是比较喜欢酒鬼叔做我的父亲。有了这个设想，我想这一下远在天边的父亲，应该感到痛苦了吧。于是，我就在心里对他说，那你就痛苦去吧，谁叫你不回家的！

我希望金叔常来我们家坐坐。他的出现使得我母亲在八卦墙门里的生活变得格外平静。"两座大山"和"洋葱头"离我们远远的。老实说，我也觉得母亲太苦了自己，我希望她在有生之年，真正能够得到些许的幸福和快乐。现在，我一回想起那些温馨的场景，我就仿佛看到秋雨打湿了母亲背后枯寂的天井，绵绵的秋雨让这座城市沉寂了下来。金叔坐在门口，手捧着茶杯，嘴含着纸烟，缓缓地讲述着"文革"中他所遇到的那些稀奇古怪的故事。有家文化单位，根据双手的白嫩程度来判断走资派；还有一家单位，有个十六岁的小伙子写了一句狗屁不通的诗（在你走近的脚步中，我听到了自己苍老的声音），就被批为右派，是本市最年轻的右派……母亲从工作中抬起头来，深深地看一眼他，好奇地问，有这种事？金叔得意地说我骗你作啥？那个时候什么事不可能？亩产都有上万斤哪，伢儿都能坐在水稻上呢。

1986年6月25日，这一天学校为我们这一届高中毕业生，举行了隆重的毕业典礼。为这事，学校已经准备了好几天，校园里披红戴绿的，像过节似的彩旗乱飘。很多优秀毕业生的父母亲被邀请参加毕业典礼，当然也欢迎自愿参加的家长。我母亲自然不在受邀请的行列，但我问过她去不去。我母亲摇摇头。这我就放心了。我之所以选择这一天离家出走，就是因为有过这个"插曲"，母亲知道今天是我的毕业典礼，她不会怀疑我走出去的。像往常一样，该上学校的时候，我背着已经破烂不堪的黄书包，离开了家，离开了我母亲。我独自来到了城站，沿着京杭铁路北上，去寻找我的父亲。

"背起行囊穿起那条发白的牛仔裤，装着若有其事的告别，告诉妈妈我想我想离家出游几天；妈妈笑着对我说：别忘了回家的路。站在门口想了好半天，鼓着勇气走出了家的门。还是回头看了好几眼，毕竟是独自离家出门。哦哦哦，那一年我十七岁！……"

这首平常被我唱得流里流气的台湾流行歌曲，这天我在沿着铁轨边走边唱时，居然唱出了眼泪。就此一别，几时才能再见母亲，再见"白蒲枣"。"白蒲枣"本来要送我的，但我不许。我讨厌别离时的伤感。我只是把我母亲托付给了她。我不知道今晚，当我母亲得知我离家出走时，她会怎样的伤心？我就怕母亲伤心，但我又渴望着这样的流浪。

对我而言，这是一次浪漫之旅。与其说我期待着把父亲找回家，倒不如说我更期待着感受一下父亲的流浪体验。远方一片神秘。这天之前，我还没有离开过杭城。我不知道远方是个什么样的概念？我的心因此而揪得紧紧的，我大踏步地走在铁轨上，有着一种全新的感受。列车从我的身边驶过，我的心也随之轰隆轰隆地震颤不已。

这天我穿了件文化衫，胸口有三个字：我烦了！脚下是回力牌白球鞋。这是我过去一直梦寐以求的球鞋，现在它已经不值钱了。同学们都穿"李宁"或意大利名牌了。但我就是喜欢它，它依旧富有弹性，适合去远行。早在三四年前，我和"白蒲枣"就从文化用品商店买来了《袖珍中国地图册》。定价是 0.77 元。这 0.77 元是我从城站捡旧报纸赚来的。这本地图册，由地图出版社编制出版，1973 年 10 月第 1 版。但说明上说，本图上中国国界线按照我社 1980 年出版的 1：400 万《中华人民共和国地图》绘制的。我和"白蒲枣"翻看这本小册子时，都感到非常纳闷，1973 年出版的东西怎么会按照 1980 年的地图呢？难道这些编辑们都是神仙，有着先见之明不成？我们为之开怀大笑。我们把小册子翻熟了，我就依样画葫芦地画下了我拟定的流浪路线：杭州—嘉兴—上海—苏州—无锡—常州—镇江—南京—蚌埠—宿州—徐州—济南—德州—沧州—天津—北京。我跑去商店里要求退货。那个画无头鸟的"专业户"瞟了一眼我手中的小册子，说都翻得这么旧了，你还想退？我说不退也可以，但你得说说清楚这是怎么回事？我把我们的疑惑说出来后，那个中老年妇女前翻后翻了半天，也说奇怪了，这怎么可能呢？最后她不得不承认，我们的问题她也解释不了。但她解释不了也不能退。因为这是出版社的问题，不是商店的问题。我们磨了半天，她显然被我们磨得头痛，不时地搔头皮，搔得"雪花"纷飞，最后不得不送我们一张本市地图，算是最好的"解释"。

我远行的黄书包里，自然装着这本《袖珍中国地图册》。天气好得很，阳光从上午七点钟就开始榨取我身上的水分了。从城站走到艮山门京江桥头时，我早就大汗淋漓了。我走到京杭大运河下，恨不得一头扎进去。我喝了些河水，又灌了一瓶水。走到石祥路上，我又口干得要命。我在西磨河里喝了个痛快，又灌满水。那时候西磨河还没有臭，河水非常清澈。老实说，从我离家的那一刻起，我的整个旅程就成了寻找水源的旅程，干渴始终伴随着我北上的步伐。

在西磨河边稍事休息之后，我感觉两条腿和刚才已经两样了，变得僵硬、酸痛而且沉重。重新回到铁轨上后，我前行的速度大打折扣。为了鼓舞自己的士气，我像六月里的知了那样歌唱："走在街上漫无目的不知向哪里去，买了戏票看了场电影，商店橱窗挂了几件出色的灯笼裤，如果穿在我身上，那一定十分美丽。站在橱窗看了好半天，摸摸口袋没有多少钱；只好把脸贴在玻璃窗，给老板娘做个大鬼脸。哦哦哦，那一年我十七岁……"不久，我的嗓子眼儿开始冒火了。一个习惯沉默的人，歌唱量总是有限的。后来，我将歌唱改成了默咏，在心里默咏着自己的诗歌。我那时候写的诗歌非常幼稚，自己却又非常自得，常常朗诵给"白蒲枣"听：

秋，突然裂开

在最成熟也是最甜蜜的部分

密布闪电纹的伤口

溢流着黎明的霞液……

　　"白蒲枣"总是眼睛瞪得大大的，望着我。我朗诵时，她就盯着我的嘴看。那神情好像我的嘴里能发出声音来，是一件非常神奇的事情。等我朗诵完，我问她写得怎么样？她才回过神来，朝我微笑地摇摇头。她摇头并不表示我的诗写得好或者不好，而是说她自己不懂诗。如果我再问，她就说我不知道诗的，或者说你不要问我了。但她喜欢听我朗诵。或者说，喜欢和我单独在一起。在放学的路上，我告诉她我又写诗了，这和地下工作者接上联络暗号是一个意思，我们就心领神会，一前一后来到贴沙河与铁路之间的那片树林里。这儿远离老墙门，远离人群，唯有几个钓鱼的退休老工人，偶尔在这儿垂钓。我们就在树林里朗诵，包括诗歌《我要去远方》，这首诗是我流浪回来后写的。我走在路上时，就开始酝酿一首长诗，但后来只写了八句，是我作品中最短的一首。

　　流浪第一天，当我走到临平站时，我再也走不动了。我的脚肿了，有些痛。我坐下来后，赶紧脱掉球鞋。这双回力牌球鞋，平常穿在脚上很舒服的；但走了一天路，我脱下来一看，却吓了一大跳。左脚稍微好一点，脚尖起了几个水泡；而右脚干脆一片血污，水泡都磨破了。我身上的汗血气息，很快就引来了成群结队的草蚊子。它们比天上的繁星还要密密麻麻，个儿大得像蚱蜢，一只只围攻着我，嗡嗡地直嚷嚷，大概在开大会，商量着如何将我扛走，储存在家里慢慢享用。但我都懒得动，就地一躺，四脚朝天，整个人瘫倒在临平车站的月台上，顾不得那凶残的蚊子，也顾不得火辣辣的水泥地烫屁股了。

昏昏沉沉地，不知过了多久，我从沉重的疲倦中清醒过来，坐起来，靠在一根水泥柱子上，点了一支烟。两元钱一包的杭州烟。我们叫它"蓝杭州"，因为烟壳是蓝颜色的，现在是外来打工者抽的。烟有些凶，不像云烟那么润喉，但提神。天色已晚，车站里除了进出口处有一盏昏黄的路灯外，其余地方都黑黢黢的。月台上清清冷冷的，也不见有人乘车。我无望地想，这么走下去，几时才走得到北京啊？而在此前，我曾以为只要自己一脚跨出家门，就是北京了。我的目光在黑暗中晃来荡去，依稀还能看到站里的几道铁轨，自然比城站少多了。但也有几节像棚屋的货车车厢，静静地停在那儿，望过去高高低低的，有的罩着雨布，有的没有。可以肯定的是，它们随时会挂上经过临平的货车，离开这儿，前往目的地。但不知它是去南方，还是去北方？我伸手摸了一下胸口。我身上有点钱，但这点钱不是用来买车票的。我将抽不下去的那半支烟在地上撅灭了，塞回烟盒里。我决定碰一碰运气，去哪儿还不是去吗？

我离开月台，横穿过七高八低的铁轨。爬上那些无遮无拦的货车厢是简单的，要知道我已经十七岁了。但天一亮，我将如何藏身呢？要藏就藏在有雨布的车厢里，问题是雨布绷得很紧，你根本无法将雨布掀起来，钻进去。我都试了一下，盖雨布的共有五节车厢，但一节也进不去。后来，我终于在第三节车厢，解开了绷雨布的绳结，钻了进去。货车里装的是一袋袋黄豆，我躺在袋子上，就想到安徒生写的《豌豆公主》。继而想到"白蒲枣"。不知她现在在做什么？她会想我吗？我又想到母亲，想到我母亲哭泣的样子，我就心慌，心里难过得要命。我想我母亲。糟糕的是，雨布底下闷得不行，我脱了球鞋，又脱了汗衫和长裤，但还是热，整个人像是从河里捞出来似的。我的短裤和屁股底下的黄豆袋子都湿透了。我甚至听到了黄豆受潮后开始发芽的细碎声。我被这股燠热搞得心烦意乱，感觉要窒息了。我没有等到货车开动，就爬了出来。我怕站警把我当成小偷，趁着夜黑悄悄地离开了临平站。

　　我向东走去。我相信命运掌握在自己的手中。

　　第二夜我是在桐乡乌镇度过的。我知道乌镇是大作家茅盾先生的故乡。我走到桐乡火车站时是下午两点钟，便萌发了去乌镇看一看的念头。我来到新华街，过车溪石板桥，走观前街，到了茅盾的故居。大门内侧，东是两株芭蕉，西是一丛观音竹，非常的宁静致远；隔着天井，相对应的是大厅走廊的柱子，上有一联：历观文囿泛览词林此地读书寻旧躅，伏处蓬茅系怀民物几人学道继前贤。探访过茅盾的故居，我又回到新华街，桥头有修真观戏台。戏台原本是修真观的附属建筑，但现在却成了修真观的象征，或者说就是"全部"了；历史就是这么的出人意料，次要的还健在，而主体早已化为尘土了。听了一位长者的介绍，我又去寻访梁昭明太子同沈尚书的读书处，那儿只剩下一块"六朝遗胜"的石坊了。编辑《文选》的萧统，大概是有史以来最好读书的皇室成员了。凡是他到过的地方，像杭州天目山、镇江南郊等地都有他的读书处。在"六朝遗胜"附近，我还看到了著名的唐代银杏。相传唐代有位叫乌赞的将军，为讨伐叛臣浙江刺史李琦，战死于车溪河畔，而化作一株银杏。这就是乌镇之名的来历。这棵大树距今已有一千多年历史了，像一位被子孙遗弃的老人，孤独地生活在逼仄一隅。走到西大街，也就是人们常说的明清一条街上，我又了解到不少乌镇的古迹和传说，被古人赞为"九天星斗栏杆外，两浙江山夕阳中"的东西塔，以及那个定风珠的故事，都非常美；分水墩的亭阁，和风水跑到南浔去的传说，也同样扣人心弦；姑嫂一条心，巧做小酥饼的好吃；六月里不馊，十二月里不冻的三珍斋酱鸡的美味……这儿的一块石坊就是一段历史，一块招牌就是一个故事，一座小桥就是一个传说。

这天我是在明清街西头的桥洞里过的夜。

从桐乡走到嘉兴，我又用了一天的时间。我特地去南湖看了看那条著名的红船。还在南湖买了一袋鲜灵灵的南湖菱，剥来生吃，鲜嫩又解渴。我在南湖边的草地上过了一夜。夜里做梦，和

"两座大山"吵架，差一点滚入南湖里喂了鱼。第四天清晨离开嘉兴站时，我遇到了衣衫褴褛的张老头。张老头说一口别扭的普通话。他有着一张饥馑的脸孔，脸上一把皱纹，头发白多黑少，嗓子沙哑，一路走一路唱着老歌。他唱的那些老歌，都比他年纪大；而他唱出来的味道，绝对是老歌的味道。我非常喜欢听。为此，我敬了他一支香烟，我们就这样熟悉了。他说他也去上海，于是我们结伴同行。我听从他的话，放弃了走铁路，改走国道线。

张老头是个鞋匠。他右肩扛着钉鞋掌的铁砧，铁砧上还挂着一只破皮袋，鼓鼓囊囊地塞满了东西，压在他的背脊上，随着他的脚步一拍一拍的；左手提了很大包东西，同样鼓鼓囊囊的，露出小折椅的四条腿和木质的雨伞柄。我看他右手握住的铁砧脚，也以同样的节奏拍打着他的胸口。那一定很痛吧。但张老头却若无其事地行走着，一边流汗，一边和我有一搭没一搭地闲聊，间或哼哼两句老歌。据他自己说，他是王泾浜人，因为今年春上老母亲去世了，才从上海回老家的；现在家里的事情都弄明白了，所以又回上海去做生意。他的回答令我感到匪夷所思，既然他是一个手艺人，那他至于穿得这么破烂吗？再说，从嘉兴到上海路也不远，路费不会很贵的，他犯得着靠两条腿走路吗？他又不像我是去流浪的，他是去做生意的，时间就是金钱嘛。但疑惑归疑惑，我还是一个字也没有问。我只是问他为什么非去上海不可？在嘉兴城里不一样做生意吗？他说不一定。他说他擦修补钉的都是皮鞋生意，嘉兴城里不行，生意太少，只有去上海做。他说大上海才人人穿皮鞋，生意才兴隆呢。我们走到半路上，我的球鞋破了，脱线了，他在一棵大杨树下，摆开架势，执意要给我补鞋。我很不好意思，因为我听他说只做皮鞋生意的。但他笑道，手艺人一通百通，皮鞋补得，别的鞋还补不得吗？说别的鞋子不修，不是我们不会修，而是价格太低修不出钱罢了。

我打了一支烟给他，自己也抽了一支。就在这个时候，我们看到前面走来两个中年男人，穿着同样的灰色中山装，有着相同的面孔，长脸细眼睛，两道粗黑的眉毛上有着无比辽阔的额头，特别亮堂，在六月的阳光下熠熠生辉。他们左手都拎着一只小油漆桶，右手握着一把刷子。一个在路南，一个在路北，往路两边的杨树上刷记号。他们既不是每棵树上都刷，也不按照树的高矮、曲直、粗细和树与树之间的间距长短来刷的。总之，在我看来，他们是在做一个非常随意的游戏，想给哪棵树做上记号就做上记号。但另一方面，我又不得不承认，他们做这件事是非常认真的，他们表情严肃，目光犀利，横看竖看，心中肯定有着某种标准和尺度，在衡量着这些树。他们旁若无人地经过我们的身边，向我们来的方向刷过去。等张老头修好我的回力牌球鞋，我们继续赶路时，我回头望望路上，那两个中年男人已经小成小黑点了。

我很好奇这些洁白的记号。我真想问问他们这么做是什么意思？这一天我们是在路边过夜的。第二天我们继续赶路，到上午八九点钟时，在路上碰到了一群砍树的工人。他们已经砍了一些树。我注意到他们砍掉的都是那些没有做记号的杨树，而那些身上带着洁白记号的杨树，却依旧高高地耸立在道路的两旁。在我们擦肩而过之际，我问其中的一个砍树工人，问他为什么有的树砍了，有的树不砍。他说他们也不知道，他们只知道砍掉该砍的树，这是他们的工作。至于什么样的树该砍什么样的树不该砍，他用手指了指天空，说，那是上面的事情。我觉得这真是一件好奇怪的事情。我问张老头怎么看？他笑道，这是上帝安排的。你瞧这些记号，也都是上帝做的。

望着被砍了的杨树旁边挺立着的一棵棵带有记号的杨树，我不由得把张老头的话当真了。这是上帝在暗中所做的记号，他要让这些有记号的杨树，在道路边忍受风霜冰雪，忍受雾雨雷电，去做一棵真正的树。我们人类是不是也和这些杨树一样？有的被砍了，夭折了，有的则继续做人，久经考验？那么，我父亲又属于哪一类呢？我对着树胡思乱想时，张老头兴奋地对我说，梅陇到了，我们就此分手了。我祝他生意兴隆，多多发财。别过张老头，我继续朝东去。这时候我也异常地兴奋，终于到上海了；我要到南京路和霞飞路上去，看一看我父亲当年挑过大粪的地方，或许能在黄浦江畔碰到他呢。

出发前，我就锁定了寻父之旅的第一站：上海。我在上海城停留了一个礼拜，贴了四张"寻父启事"。第一张就贴在上海西火车站。第二张贴在去崇明岛的轮船码头。第三张贴在汽车站。

还有一张贴在南京路的一个十字路口。在上海停留期间，我靠捡破烂维持生计。这项生存技术，在我十多年间城站寻父的过程中，早已十分熟悉。要不，我哪来的零钱到城站文化宫看电影，给"白蒲枣"买小手绢呢？我白天拾破烂，夜间还到外滩上走了走，感觉到处是人。一对对连体式的男女青年，让人瞧着肉麻。有几个身上穿得很少，脸上涂得妖精似的女人，在几棵树之间来回地走动，像在等什么人似的，看到我后竟问我道：先生，白相伐？吓得我赶忙逃走。

"寻父启事"是我离家前就写好的。我和"白蒲枣"几经琢磨后才定稿。主要是针对我父亲的形象刻画上，我们力求真实可信，让读者读到"寻父启事"后，就能对我父亲留下深刻的印象；在大街小巷上遇到那个人，就会眼睛突然一亮，哇，这不是那个"寻父启事"所寻找的男人吗！我们的"寻父启事"是这样写的：

寻父启事

今寻吾父，米有为。男。现年四十一岁。籍贯山东。民族汉。原家住浙江省杭州市潮王路114号，现已搬至杭州市始版桥直街62号。吾父于1972年4月18日离杭，外出打工，至今未归。据吾母张小丫回忆，吾父山东种草，身高1.78米，身材魁梧，长脸，颧骨突出，但五官倒像个五官，只是不爱剃头，头发乱蓬蓬的。出门时，带有一只长方形的牛津包，蓝颜色，有个商标是一艘白色军舰，大烟囱在冒白烟；上身穿什么，不得而知，下身只穿一条灰色卡其裤，经常一只裤管高一只裤管低，像个种田的农民。穿一双43码的黄帮球鞋。说话可能带山东（或杭州）口音，大酒量。腰、腿及胳膊等有多处伤痕，乃打工时所致。若发现符合上述特征的男人，请告诉他及时回家，家里人度日如年，盼他归来。如吾父见到此启事，不论在外成功与否，请立即回杭。吾母曾说过，在家千日好，出门半步难。一家人团聚，最苦也是甜；而父亲不在家，家也不成家。我们急切期待着幸福团圆的那一天。

儿，米子笔墨

1986 年 7 月 5 日

从上海走到苏州，我用两天时间，停留了四天，贴了两张"寻父启事"。从苏州走到无锡，我也用了两天时间，停留三天，也贴了两张启事。……天气一天比一天热，城市里的生活垃圾开始腐烂、变质，到处都是某种令人作呕的气味。我讨厌这种气味。白天行走已经变得十分困难了，我身上被太阳晒得又红又痛，皮不知脱了几层；但最难以承受的还是干渴，在路上，凡是我能够找到的水，都被我迅速喝掉了，但七月的太阳和空气又在最短的时间内，从我的体内哗哗地逼走了它们。我干渴，体内缺水。可以说，这一路之上，我只听到一个声音，水，水，水，水……为此，我改变了作息时间，白天找个地方躲起来，睡觉；夜快边开始，才沿着320国道向西北挺进。为了让自己不至于走着走着就睡着了，在夜间，我边走边想些提神的事情。我深思起酒鬼叔最后的沉睡来，他真的睡得连列车来了都不知道吗？或许他从沉睡中惊醒，猝然瞧见那列火车已经冲到他的跟前，他还会有什么样的反应呢？酒鬼叔是表现出前所未有的坦然？还是恐惧？他也害怕死亡吗？但有个"洋葱头"这样的老婆，酒鬼叔在死亡面前抑或是喜悦的？想当初，得知"洋葱头"就是酒鬼叔的老婆时，我怎么也不敢相信，根本无法把两者联系起来。但酒鬼叔居然说他们之间曾经有过一段美好的岁月，有过爱情，只可惜女人一结婚就"出气"了。我母亲不懂什么叫"出气"。酒鬼叔说，你想啊，一坛绍兴老酒出了气，还有啥味道呢？

走夜路，我想得最多的还是母亲。有一夜，我记得是走在从镇江到南京的路上，我拼命地想酒鬼叔去世前，"洋葱头"教唆"两座大山"来我们家欺侮我母亲的那个下午，我当时去了哪儿？怎么会不在现场？我为什么不能很好地保护我母亲？那天我到底在哪儿，说了什么或做了什么？我想了好几个晚上，但还是什么也想不起来。我怎么会想不起来呢？我的结论是：我之所以想不起来，是因为我把这一天从记忆中彻底抹去了。因为这一天不仅是我母亲的耻辱，也是我的耻辱。问题没有想通，南京却到了。

我在南京停留了十天，贴了七张"寻父启事"：火车站一张，汽车站一张，南京长江大桥上一张，总统府一张，中山陵一张，夫子庙一张，莫愁湖边一张。从杭州到南京，这一路上的城市，就它最大气最好玩了。唯一不好的印象是，我好不容易找到秦淮河，却发现它是一条臭水沟。接着我从南京走到蚌埠，再走宿州、徐州和济南。到济南前，我在泰安停留了两天，爬了爬泰山，高极了。随后我到济南玩了两天，睡在街头，被晚风一吹，忽然感觉到一丝丝凉意；屈指算来，竟已离家出走三个多月了……我突然不想往北走了。我摸出身上仅有的那点救命钱，买了张票，直接乘车回杭州了。

回到杭州，"白蒲枣"看我都看得傻掉了。我又黑又瘦，一身异臭，两只眼睛因为脱水而深陷，嘴角烂了，嘴唇白涂涂的，熬不住那痛痒，用舌头去舔，却越舔越痛，身上的皮肤硬得连蚊子都叮不动。她说我简直像一具木乃伊。至于我母亲百感交集之下，她抽了我一记耳光，当即就昏厥了过去。

秋　分

我流浪归来没几天，金叔就来看我了。他坐在门槛上，打了一支云烟给我。从前他不会这样的，他主动打烟给我，说明他已经把我当作大人看待了。经过三个月的野外"熏陶"，我差不多算是个老烟枪了。回到杭州，我背着母亲偷偷吸烟，所以接金叔的香烟时，我毫不犹豫，而且显得有些激动。我赶紧给金叔点烟。金叔斜靠在我们家的门框上，他那条好腿弯曲着，那条坏腿伸直着。他眯着眼睛，呼啦呼啦地抽烟，透过烟雾，望着我。他很快抽完了一支烟，又接上一支。接烟时，他又打了一支给我。他问我今后有什么打算。我摇摇头。我刚流浪回来，我还没有喘一口气呢。金叔又说，听你妈说，你诗写得蛮好的，还在什么刊物上发表过；可我告诉你，你那些屎啊尿的，当不得饭吃，还是出去找份工作吧，填饱了肚子，再折腾那些，你说呢？他把我所钟爱的诗歌贬作屎啊尿的，但我并不生气，因为他没有文化。他没有文化，还能跟他较个什么劲呢。瞧着他无知的笑容，我觉得他这个人本性不坏。要不，他能让老右派躲到西兴镇上的老房子里，而且一躲就是大半年。他又接上一支烟，继续对我说，听说"杭铁"在找养路工，你赶紧去报名吧。我说好的。抽完这支烟，他站起身来，往外走了两步，回头看我一动不动，他就有些不高兴地问，怎么还不走？

我惊讶地问，现在就去啊？他说那你要等到几时，等人家招满了你再去报名啊？他随即就骂我们这些读书人，脑子好像在门缝里挤过一样。我连忙带上门，和金叔一起出了八卦墙门。在虹桥前分手时，金叔又打了一支烟给我，他叮咛我说，米子啊，你现在是个大人了，要懂得把你妈肩上的担子接过来才对呵。我走上虹桥，回头看他背着双手，孤独地走在午后的始版桥直街上，身影一瘸一拐的，像个迟暮老人。我的心里顿时起了一阵感动，像和风吹过桥下的水面，波纹如织。我搞不懂这么一个人，怎么会被人叫作流氓呢？

无心插柳柳成荫，我顺利地进了"杭铁"，当上了一名养路工。我们墙门里的东东，也进了"杭铁"。他比我大两岁，没有读高中，所以赋闲在家好几年了，差不多都闲成一个社会问题少年了。这家伙出门西装革履，家里却乱得像狗窝。他也是养路工。但我们不是同个工段的，他们负责城站以南，到南星桥方向的路段；我们负责城站以北，到艮山门方向的路段。

　　不久进入深秋，天气下一遭雨冷一成，渐渐地就露出冬的意思来了。有天下午我休息在家，正在听摇滚音乐，楼上忽然传来白奶奶去世的消息。据说白奶奶去世前，是听到楼下的声响，她说吵死了。抱怨了几句后，就对她的二儿媳妇说，她要去睡一会儿，等会儿烧夜饭时别忘了叫她。但白奶奶这一睡，就不只是睡一会儿，而是永远地睡过去了。她睡下去时，并没有解下围裙。白家老三白崇德叫我去帮忙。我上楼，一眼就看到了白奶奶身上那条脏兮兮的围裙。我便向白家人指了出来，他们都说没注意。于是我就擅自替白奶奶解下了围裙。解的时候，我在心里默默地对白奶奶说，白奶奶，您老人家也该歇歇了。白奶奶的灵床安放在白家的客厅里，那三天三夜，来探望她老人家的人很多，八卦墙门里比春节还要热闹。白奶奶的三个儿媳妇和两个女儿，也都很会哭丧。她们哭唱起来一套一套的，一声声抑扬顿挫，转承启合，很会造势，闻声者无不泪雨滂沱，凄泣成声。白奶奶在天之灵，瞧见这般情景，大概幸福得尾巴翘上天了。

　　这是我有生以来所见过的场面最大的守灵。

白奶奶享年八十八岁，人人都说白奶奶好福气。

那天金叔在我们家吃晚饭。一碗新粥，两只烙饼，几碟清淡小菜，他吃得非常香。他非常欣赏我母亲的"斋饭"，说比吃山珍海味还要来得享受。他的这种感觉，让我母亲感到很幸福。或许我是吃多了，又不见一点荤腥，弄得跟吃斋似的，不觉得有什么好。吃过夜饭，我连忙给金叔沏茶，是西湖龙井，碧绿、馨香。茶叶是金叔带来的，我母亲珍藏在一只锡壶里。金叔放下饭碗，就点上香烟。他打了一支给我，我没有立即点上，而是先帮母亲收拾碗筷。

母亲在灶头洗涮时腼腆而又小声地对我说，你金叔今天不走了。我一时没有反应过来，不走了？母亲羞红了脸，低头只顾洗碗。我这才明白过来，就噢了声，我说好啊。我说我等会儿要出去，很迟才回来。母亲问今天星期六了？我说是的。她也噢了声。她知道每星期六晚上，我都去马市街的诗人朋友家里。我是"十二路诗社"的成员，这天夜里我们聚会，我们是一群只愁天亮不愁夜的疯子。十二路公交车，当时从艮山电厂到半山"杭玻"（杭州玻璃厂）。其实在半山，比"杭玻"规模更大，名声更响亮的工厂，还有"杭钢"（杭州钢铁厂）；但"杭玻"是市属企业，而"杭钢"是省属企业，所以市公交公司设立的路线站牌上，就只有"杭玻"而没有"杭钢"了。我之所以要说一说这个，是因为最初加入"十二路诗社"的诗人，都是"杭钢"人。"杭钢"是个藏龙卧虎的地方，在其上万人的职工中，有作家、

195

诗人、书画家、摄影家、音乐家、舞蹈家等。"杭钢"诗人们聚在一起，要成立一个诗社，想到大家都乘十二路公交车，就取名为"十二路诗社"。还有一本自编自印的刊物《十二路诗歌》。再后来，"十二路诗社"在杭州有了点声响，也吸收了不少不乘十二路公交车的诗人。家住马市街的朋友，就不是"杭钢"诗人，但他成了诗社的领军人物。

那个星期六的夜晚，我怀里揣着一刀诗稿，穿过大半个城市，来到马市街。朋友家住在二楼，过道上黑得伸手不见五指，第一次去他家时，走两三米的过道漫长得犹如过穿山的隧道。再次去就懂了，走到楼底下，先高喊何老师，等他打亮了楼上的灯，上去就轻松自如了。朋友家很小，除了外面一个厨房外，就是被朋友当作书房、卧室兼客厅的那一个大间了。我们去了，就自己找地方坐下来，或床沿上，或小凳上，或地板上，坐下来之后就尽量不变换位置，因为房间里被十几个诗人挤得满满当当，谁稍微挪一下位置都是一桩艰难的事情。朋友的妻子和女儿，在这个夜晚被赶回娘家去了。这个夜晚是属于我们这群臭诗人的。大家把自己最近写的诗稿拿出来，相互传阅，相互讨论，或者在下一次聚会时，再谈一谈彼此的见解。除此之外，我们挤在一起聊流派，聊语言，聊人生感悟，也聊生活，什么都可以聊：哲学、摄影、绘画、音乐等一切艺术。在这儿时间凝固了，我们想聊到多晚就聊到多晚。那天我回到八卦墙门时，大概凌晨三四点钟，但白家依旧亮着灯，有人在抽烟，有人在说话。

我的单人铺搭在客厅里，就是过去张波叔搭过地铺的地方。我悄悄地睡下了。屋子里花香弥漫，香气四处乱窜。我不知道是花香浓烈的缘故，还是在朋友家长时间漫聊的缘故，我兴奋不已，脑子像长了翅膀在夜空中飞翔，各种各样的思想、诗句和语言的碎片，就像顽童手中的小石片那样，呼呼地削过大脑的水面，激起浪花一朵朵。等到我迷迷糊糊有些睡意时，楼上开始有比较大的动静了，他们哭的哭，唱的唱，移动桌凳的声音像雷石滚过我的头顶。

　　第二天上午白奶奶出殡，金叔也在送行。金叔和我母亲站在一起。我们都站在墙门外，靠护城河的路边上，面对着殡仪馆的灵车，目送白奶奶离去。白奶奶的遗体被塞进灵车时，墙门内外哭声雷动。金叔突然叫了声那个司机。他说，喂，朋友，你有空吗？我听到他就是这么说的。我不知道金叔是怎么想的，这种时候他还有心思开这种玩笑。而在这雷鸣般的哭声中，司机居然也听到了，他拉开驾驶室的门，跨上去的那一刻，他的身子突然在半空中停了停，他扭过头来，恶狠狠地瞪了金叔一眼。我发现他瞪金叔的眼神，是那么准，那么狠，像闪电抽在他的脸上。他随即进了驾驶室，发动引擎，灵车缓缓地开走了。白奶奶的子孙们伏地泣送，哭声一片。

　　街坊邻居们顿作鸟兽散。金叔也跟我们告辞了，他要回单位去。他刚走了两步，人就缩拢在一起。他像油锅里的老虾公那样僵立在路上。我母亲过去问他怎么啦。他说肚子痛。母亲又问痛得厉害吗。他说有点。母亲这才叫过我，和我一起把金叔扶到家里，让他躺在我母亲的大床上。或许，躺一会儿就好了。他咬牙切齿地安慰我母亲道。她端来一盆清水，给金叔擦汗。他脸上都是汗。痛，让他成了一台造汗的机器。金叔叫我点支烟给他。我忙掏出自己的红双喜香烟，点上，吸旺后，才塞进他的嘴里。但金叔抽不了两口，那支烟就从他的嘴里掉下来了。又一阵剧痛让他缩成一团，他像一只皮球一样在床上滚来滚去。突然一个大幅度动作，人就从床上滚下来了，在地上滚作一团。我母亲惊慌地去扶金叔。但金叔猛地将她掀翻在地上。我忙将母亲拉开。我说，妈，还是赶紧送医院吧！母亲连忙出去，借来了三轮车，又叫了东东。我和东东把金叔扛上天井里的三轮车。我骑车，我母亲在车上抱住金叔。我拼命地踏车，以最快的速度把金叔送到了最近的医院——环城东路上的红会医院。我们把金叔送进急诊室时，金叔已经平静了下来，他整个人扭曲得像根麻花似的，脸雪白雪白。医院方面忙了一阵子，便告诉我们他已经过去了。

刚才抢救时，我已经通知了金叔的单位——清泰门派出所，以及他的家人——金叔的妻子。我知道她叫铃子。在电话里，她说话的声音像夜莺唱歌一样好听。听到她少女般清脆的声音，我的心哆嗦了一下，我真不忍心告诉她这个不幸的消息。这太残忍了。医生的诊断是他患了肠梗死。为了避免金叔的家属误会，我让母亲赶紧离开医院；我不知道，铃子阿姨突然间面对金叔的尸体，会有什么样的反应？母亲流着泪水，像个孩子似的不肯离开，是我硬拖她走的。我自己守在医院里，等着金叔的家属和单位领导，我想我有必要说明一下当时的情况。

第二天，我和母亲去金叔家吊唁。母亲执意要去，见金叔最后一面。我只好陪她前往。在街上，我特地买了包金叔爱抽的云烟。金叔家就在清泰街上。金叔家里人很多，一潮进一潮出的；年轻漂亮的铃子阿姨，完全处于极度茫然的状态，在家里走进走出。我在金叔的灵床边坐了下来，掏出云烟，拆开，抽出两支，并排含在嘴里，点燃，吸得旺旺的，然后拔下一支来，插到金叔的嘴里，烟雾袅袅。叼着香烟的金叔，躺在那儿，就像在午睡一样。我看到他好像眨了一下眼睛。我做好了他一坐而起的准备。我觉得这是一件很自然的事情。金叔没有死，他习惯吸着烟午睡。

我没有想到我的举动冒犯了铃子阿姨。她停止走动，瞪大眼睛，盯着金叔嘴上的香烟；我扭头望着她，我想她应该明白这支烟的意思。但她突然发疯似的向我扑过来。她朝我大声怒吼：你去死吧。很多人拦住了她，把她架回卧室去。也有很多人劝我们赶紧离开，别再招惹这个不幸的女人了。于是，我和抹着眼泪的母亲离开了金家。我不知道我做错了什么，我给金叔抽烟，丝毫没有亵渎他的意思，尽管人们都说他是个流氓，但我敬重他。母亲幽幽地说，你也替她想一想，她哪受得了这个刺激？

我们正走在清泰街上，母亲突然摔倒了。我扶她起来时，发现她右腿的膝馒头摔破了，在流血。好在母亲带着手帕，我用它包扎了伤口。我让母亲坐在街道边，按住伤口，止血。我朝后走了一段路，终于在一家杂货店里买了十只邦德创可贴。我回去给母亲贴上，我劝母亲还是去医院看一下。母亲摇摇头，她说只是摔破了皮，不要紧的。我心想，要是像金叔那样还得了呀！一想到金叔，我便自觉地把母亲的膝盖伤与金叔的膝盖伤联系起来，都是右膝盖。这一联想，我身上成千上万的寒毛竖了起来，我惊慌地看看前后左右，金叔的灵魂是不是和我们一起出来了，他就在附近看着我们吗？

这以后，我母亲变得步履不稳了。有段时间，她几乎每天都在摔跤，不是碰倒了什么东西，就是被什么东西绊倒了。

寒　露

白奶奶和金叔相继去世，对我并没有太大的影响，我依旧上班下班，写诗，初恋。一场场秋雨带来了越来越深的寒意，而十八岁的我却像一片新鲜的土地刚刚被铧翻开一样，殷切地期待着未知的事物。这年深秋，我趁工作之便，在贴沙河东面，挨着铁路的林子里搭了一间草庐。这个草庐，是我为"白蒲枣"，或者说为我们俩而搭建的。草庐非常简陋，以四棵水杉树为柱子，三面拦了一下，拉起一片屋顶，盖上油毛毡、草苫和树枝等，草庐就建好了。我们叫它"枫林晚庐"，尽管这个树林里没一棵枫树，但我们喜欢这么叫。"晚"倒是确切的，因为我们相约来这里，往往在傍晚。在我出工的日子，"白蒲枣"放了学，就直接来

"枫林晚庐"了，她坐在我用报纸包住的砖头上，膝盖上再垫一块同样用报纸包住的砖头，就在这上面做作业，解答她的几元几次方程或翻译某段古文。

夕阳西下，晚霞披在树林上，也披在她身上，很美很美，但她不知道。她坐在晚霞中，边做作业，边唱着我作词作曲的歌曲《火车还会再来》。我常常躲起来，躲在她不易察觉到的树林中，如痴如醉地欣赏着她的美。真的，与和她在一起相比，我更喜欢这种有距离的享受。为此，我常常骂自己：米子啊米子，你这个贼坏，你怎么会有这么好的福气呢！你怎么可以拥有这么美丽的老婆呢！

当然，这时候"白蒲枣"还不是我的老婆，她才上高二。但在我们俩的心中在很久很久以前，我们就已经定下了"非你不娶，非我不嫁"的诺言。明天，我就是她的丈夫，她就是我的老婆。对此，我们深信不疑。

记得我们还很小的时候，我们俩就远离墙门里的那群伢儿，玩一些夫唱妇随的游戏了。比如去车站那块空地上套蝴蝶，我举起网兜，她跟在我的身后，手里捏了几只空洋火盒子。这些洋火盒子都是我从家里偷出来的。我母亲每天糊很多洋火盒子，摊得家里到处都是，我偷几只，她根本发现不了。那块空地，一到春天蝴蝶就满天飞，漂亮极了。她比我眼尖，总能极早地发现哪只蝴蝶最漂亮，于是她指到哪儿，我就套到哪儿。她那时候就有一张小狐狸的脸儿，牙齿白娆娆的，每当我套不住蝴蝶时，她就咯咯咯地傻笑。很多时候，她的洋火盒里关满了蝴蝶，她还不肯走，还要东张西望，一旦发现有更漂亮的蝴蝶，就支使我继续捕捉。她把洋火盒里的蝴蝶以漂亮的程度，分出第一美、第二美、第三美……和末位美来。这跟现代人评选什么世界小姐、亚洲小姐是一个道理。当我捕捉到更漂亮的蝴蝶时，她就淘汰末位的，给它自由，然后囚禁更漂亮的。

她捏过蝴蝶翅膀的那两根手指头——大拇指和食指，粘满了毛茸茸的粉状物，黄的黄，白的白。在整个捕捉蝴蝶的过程中，她总是去看这两根手指头，痴痴地笑。这有什么可笑的呢？我到现在也不明白。难怪人们常说，少女心，海底针。有一回我们去贴沙河畔的蚕豆地里找"小耳朵"，那是人家种在河畔的蚕豆林，在初夏时分，开出紫白相间的蚕豆花来，就像一只只在蚕林间飞舞的花蝴蝶。我们要找的是一种长在蚕叶背后的畸形的小叶子，样子就像人的小耳朵，很可爱。那个初夏，阳光照耀在蚕林上，伸手就能触摸到温热的气息。"白蒲枣"忍不住摘下一束蚕豆花，紫莹莹的，香香的，放入唇间。她嘴里含着蚕豆花儿的样子很美很美，就像大自然的诗句，有韵味极了。我想我后来之所以走上诗歌创作之路，并不是我想做个臭烘烘的诗人，而是因为我想把"白蒲枣"的种种美感、种种韵味表达出来。可恨的是，我生性愚笨，至今尚未找到贴切的语言。

"白蒲枣"做作业的时候，我就在草庐前的铁轨上玩耍。我单脚踩着铁轨，双脚轮换移动，在左右摇摆中前行，就像江湖艺人走钢丝，也像新生的鸭子在学步，紧张而又激动。我一边测验着自己的平衡能力，看自己走多少步才从铁轨上跌下来；一边等待着她做完作业，可以一起吼崔健的歌，一起看晚霞。更多的时候，她让我坐在前面，她把作业簿垫在我的背脊上，做作业。这时候我就成了她的书桌，一张有血有肉有情感的书桌。有时候作业做累了，她就趴在"书桌"上休息。

在铁色苍凉的铁道边，在林子里，我们感受着落日留下的香气，暖暖的，就像我可以抚摸到自己的心一样，可以抚摸到这遍地温暖的香气。那就是我和"白蒲枣"恋爱的感觉。然后我们一起回家，我背着她的书包，她则信手折一枝紫藤或多叶草儿，然后将叶子一片片地撕下来：第一片，爱；第二片，不爱；第三片，爱；第四片，不爱……她总是以这种方法来预测我们的未来。如今，我也学会了这种方法，常常折一根柳枝：第一片，相见；第二片，怀念；第三片，相见；第四片，怀念……我们走向八卦墙门的路上，红红的月亮升起来了。月亮从一棵跳到另一棵树上。月亮成了风景之中的风景，她惊喜地拉住我的手叫喊，哥，你看你看，月亮的脸。如果你没有看到过红月亮，你就很难相信世间居然有红月亮，但对于我和"白蒲枣"而言，红月亮就是爱的见证。

我为"白蒲枣"写下了《小思》：

人必须爱上

什么人或什么事物

否则就会生病①

　　说出来不怕你笑话，那时候我们彼此的心态俨然像是一对老
夫妻了，但别说接吻，就连拥抱也没有过。那时候我们都这样
想，明天吧，等到明天她结束了学业，我们就结婚吧。等我们结
了婚，再干这些也来得及，真正的爱情，又岂在朝朝暮暮呢。而
且，我们还有一个更伟大的理想，就是要将爱情进行一辈子，一
辈子你恩我爱，直到永远。所以那时候，我就坐在一根废弃的铁
轨上，望着"枫林晚庐"下静静地做着作业的她，等待着她偶尔
抬起头来，相视一笑。就这一笑，彼此就心满意足了。或者做她
的"书桌"，当她将脸贴在"书桌"休息，我就幸福得到天上去
了。诗人是浪漫的，他的爱情就建立在打望②上。

　　在贴沙河畔的电线杆上，一溜排地蹲着许多黑头黑脑的麻雀
儿，它们像一群小学生似的，排得非常整齐，它们也打望着我
们。它们常常因为打望而忘了飞翔。它们打望着我们幸福地度过
那两年时光。两年后，"白蒲枣"考上了武汉大学。她乘火车离
开杭州时，我正背着铁铲和扫把，巡走在铁道线上。我含泪笑

---

① 威斯坦·休·奥登的诗。
② 打望：杭州方言，观望、了解。

着，向缓缓驶离车站的列车挥手。我知道她就趴在窗口看。看我们的"枫林晚庐"，看站在草庐前的我。

从此，我开始了漫长的四年等待。这样的等待，别说四年，就是一天也是漫长的。

我只有在诗歌里和她继续幽会。

毕业前夕，"白蒲枣"忽然回到了杭州，回到了我们的"枫林晚庐"。我以为她把我忘了，把我们的爱情忘了。但在那个晚霞绚丽的黄昏，她抱膝坐在一块报纸包住的砖头上，像过去那样，把我吓了一大跳。我没有想到她会出现。是不是贴沙河里的鲤鱼精，化作"白蒲枣"的模样，要和我发生一段超越物种的爱情呢？

她穿了一件旧连衣裙，无袖的，那米黄色的布料磨损得几乎快透明了。那是她高中时代常穿的裙子，今天穿在她身上，显得有些小，但更妩媚，就像一个现代版的灰姑娘，那么可爱、清丽和纯洁。她在腰上随意地扎了条红丝巾，如同一团小火，在晚风中扑扑地翻飞。脚下是一双她母亲的土得掉渣的纳底布鞋。但这一切在我的心目中是完美无缺的。我每天都来"枫林晚庐"，读书、写诗，缅怀我们的爱情。那天，当我看到她那一刻，我的心停止了跳动。我呆呆的，像一棵树，站在距离她三四米的铁轨上。

她就像一只停在草庐下的粉蝶，突然振开翅膀，向我飞过来。又像小熊抱树地搂住我的脖子，整个人就挂在了我的身上。

这一切来得那么自然熨帖，我紧紧地抱住她。好一会儿，我才抱着她缓缓地来到我们的爱情小屋。我说你怎么来了。她说，哥，我想你。我说我也是。她又说，哥，我爱你。我说我也是。

后来我们就不说话了。我们在"枫林晚庐"里拥抱，接吻。我平生第一次吻女人。我吻她的额头，吻她的眼睛，吻她的鼻子，吻她的脖子和耳朵……我要吻遍她身上的每一寸土地。我拉开连衣裙后背上的拉链，想松开她粉色胸罩的扣子，但手指笨拙，怎么也松不开，最后还是她自己反手松开的。我呼吸着她呼吸里神异的芳香，整个人莫名地颤抖起来，下身坚硬如铁。我们相拥着跪在了地上，彼此摸索着，渴望融为一体。

那一刻晚霞如血，时间停止了，晚霞停在天际上，一动不动，它们艳艳地俯视着我们，成为我和"白蒲枣"的爱情见证。而我们的另外四个见证人，是那四棵搭庐的水杉树。这个黄昏"白蒲枣"流了很多血。她把这些晚霞般的鲜血，抹在四棵水杉树身上。她说它们会吸收进去这些血，她的血，它们会长得更加高大，多少年后，三十年、五十年，甚至一百年后，当我们都成了灰，它们还会记得今天，记得我们的爱情。

后来我们席地而坐，看夕阳。她从后面抱住我，将她的身子紧紧地贴在我宽厚的背脊上。她就像一块香喷喷的湿浴巾，惬意而又贴身。我想起四年前，她的笔沙沙地行走在我背脊上的感觉。我说我好怀念这种感觉，今天终于又回来了。我说她应该去写诗，因为把那血涂抹在水杉树身上的事。我说你要写诗的话，肯定比我写得好，写得有新意。她捏住我的鼻子，摇摇，不无得意地说，我这不就是写诗吗！无非你用纸笔写，而我用生命之色写罢了。我们抱了一会儿，她从后面把我轻轻地拉倒了，我们再次倒在"枫林晚庐"里。

我们离开"枫林晚庐"时，天早已黑透了。她说她一走路那儿就像撕裂般的疼痛，我想我刚才简直像猛兽，对她太粗暴了。我背她回八卦墙门。沿着某条铁轨，慢慢地走回去。她伏在我的背上说，快要毕业了，她们几个要好的同学准备去南方闯一闯，但她还没有最后决定，她想听听我的意见。我当然希望她回杭州。她说那她母亲怎么办？她的母亲——"两座大山"——是我们无法逾越的喜马拉雅山。"两座大山"对我们的感情，从来就没有二话：我们想好下去，除非在她死后。为这件事，她和女儿闹过不止一次两次了，她上过吊、吃过安眠药，她什么都干得出来。"白蒲枣"说，要是我母亲真的有个三长两短，我们就是在一起也不会幸福的。我沉默了好一会儿。我说那你出去闯一闯也好，等你在外面闯出市面来，我就放弃这儿的一切去投奔你。她又问，那伯母呢？我说我母亲会理解的。

听我这么说，她吻了吻我的脖子。她问我还记得那个雨天我说过的话吗。她说她就是那时候，把一生的爱情给了我。我说我知道。我说我真的知道，那时候我就知道。我那时候也是喜欢她才这么说的。说着，她头枕着我的肩膀睡着了。我不忍心摇醒她。走到始版桥直街与莫邪塘路交叉口时，我站住了。这儿离八卦墙门已经很近了，我不能再背着她走了，不然让"两座大山"撞见了，事情就麻烦了。但我也不忍心摇醒她，于是我退到一堵墙的阴影处，看几个女伢儿在路灯下跳牛皮筋。她们在灯光下边唱边跳：

马兰花开二十一
二五六，二五七
二八二九三十一
……

她们跳得非常投入，丝毫没有注意到我们的存在。她们清脆亮丽的声音，像一阵凉风吹拂过我的心间。我看到其中的一个小姑娘，忽然扭过头来，朝我笑了笑，嘴里露出一颗虎牙。我恍惚间觉得她就是十一二岁的"白蒲枣"。如果她是"白蒲枣"，那我背上的人又是谁呢？这样傻想时，我就感觉到一丝湿意像蚯蚓爬过我的脖颈，曲折而行。忽然，"白蒲枣"醒了，她张望了一眼夜色，问我怎么啦。我说快到家了。她噢了声，从我背上下来。她站到地上时，抹了一下嘴巴，说不好意思，都流哈喇子了。我说我也真佩服你，我刚走了几步，你就睡着了。我说，你好走吗？她说行啊。我看她瞇目充懵懂的，两条腿一瘸一拐地走了。过了一会儿，我也走了，走在一片女伢儿的清脆声里：马兰花开二十一……二五六，二五七……

我走进墙门，就听见"两座大山"在楼上惊慌失措地喊叫着。她在质问"白蒲枣"：整个下午，你都死到哪儿去了？

　　我回到家里，母亲说"白蒲枣"来过了。她从武汉带来了两包英山云雾茶给我母亲。金叔教会了我母亲喝茶。"白蒲枣"一向把我母亲视作自己的母亲一样看待，只要她从外地回来，第一个探望的就是我母亲，永远是我母亲。这让"两座大山"尤其气愤。她朝人说，我这个女儿算是白养了。养儿养女一场空，儿子是个讨债鬼，女儿是个白眼狼。而母亲特别看重"白蒲枣"的情分，她知道她的好，她的孝顺；她也知道我和她在好，但母亲一直没有点破，她觉得自己的儿子配不上她，所以她现在不说要她做媳妇的话了。她觉得她有更好的前途，她希望她幸福，做个幸福的女人。

　　我说我知道了。母亲迟疑了一下，看看我。她问我：你和她出去了？我点点头。她又问：你欺侮她了？我忙说：我哪敢呵！母亲却严肃认真地跟我说，你要是敢欺侮她，我可饶不了你！我笑道：知道知道，你是她妈，不是我妈。母亲叹了口气，说：太阳就在头顶上，做人要摸摸良心，她一个姑娘家，今后的路还长着呢。我心里一惊，母亲是不是察觉到了什么？我忙逃进用布拦起来的自己的小天地，别过头在身上嗅了嗅，果然有"白蒲枣"的香水味。

　　第二天，"白蒲枣"就回武汉了。

　　她没有和我告别，等我得知时，她差不多已经回到学校了。

我站在"枫林晚庐"前，手里捏着她昨晚遗留在地上的红丝巾，怅怅地望着林子外的铁路。红丝巾是我今天来了才发现的，昨天"白蒲枣"没有说，我也没有注意。它现在成了我手中的一份念想。因为诚如她所说的，她一毕业，就和几个要好的同学一起去深圳闯世界了。

"白蒲枣"她们去了深圳。当列车经过杭州时，在城站停靠十分钟。在这十分钟里，她那帮同学哗地从列车上下来。她和她们站在月台上，她指向东边隔河相望的老房子，兴奋地告诉那些同学们，那儿就是她的家！她们一片欢呼，为她的故乡，她的亲人。而她则在心里默默地念着我的名字。停止检票的铃声响起，她们又匆匆地上车了。这是她后来从南方来信上说的。她说那一刻，她感觉到自己离我很近很近，好像我就在她的身边。那一刻她感觉非常幸福，又非常悲凉，有家不能归。她说她一直珍藏着那幅画，那幅"老蜘蛛"画的画。她把底下的名字改回来了。不再是米有为，而是米子。因为"老蜘蛛"画的本来就是我。

"白蒲枣"到深圳后不久，就给我来信了。她在信中说，深圳绝对是一座暧昧的城市，这个地方有太多的东西令人揣测和迷惑。在现实泡沫般巨大而炫目的背景下，经济、环境、观念、工作、生活以及性这些易于迷惑及纠缠不清的事物若隐若现，把城市和人神秘地抛出与匿藏，而且速度是惊人的。她说她们现在租住在一个叫梅林的地方。在深圳市区中部的北面，靠山狭长的一块，有整洁堂皇的政府住宅区、低矮凌乱的私人出租屋、工业区、市场、酒店和医院等。梅林有上梅林、下梅林之分，她们租住的地方确切地说是下梅林。她说梅林的名字美得飘忽，使人觉得是一个归隐的去处，而实际上是良莠不齐的混杂之所。她们租住的地方的四周，居住着更多的贩夫走卒、无业游民、妓女和二奶，充斥最多的是廉价的大排档和发廊，卖假货为主的士多店遍地都是，一切都显得混乱而危险。接着她提到一家重庆火锅店，那个老板娘每次见到她的男同学们，都流露出情人一样的微笑，害得他们常去吃那店里的鱼头火锅。后来他们都吃怕了，不去吃了，每次路过那儿就像做贼那样偷偷摸摸的，唯恐被那老板娘看见。

见她处于这种环境之中，我忙给她回信，要她千万千万注意个人安全。但不久，我的信就因为"查无此人"而退回来了。又过了几个月，"白蒲枣"再次来信了，说她们搬到一个叫下沙的地方了。工作也不好找，有几个男同学已经跑去海南了。我忙又回信，但未等我的信找到她，她们又搬地方了。信自然又回到了起点，这样三番几次之后，我就懒得回信了。只是盼她来信，但她的信越来越少，半年之后，就不见了踪影。

很长一段时间里，我一直盼着"白蒲枣"的"召见"，盼着她在信上说，她已经在深圳安定下来了，打下了坚实的生活基础，让我立马去南方。我就盼着这一天，但这一天，随着时间的推移，越来越茫茫无期了。而我心爱的女人，就像断了线的风筝，飘出了我凝眸的视野。

其实，在她决定去南方时，我就明白会是这个结局。这个结局在"两座大山"将我母亲视为天敌以后，在黑叔猝然离开我们以后，在很早很早以前就已经注定了，就在我们人生的前方等待着我们了。现在，我们不过是履行义务去把它完成了而已。

霜　降

工作之余，我还是时常到城站走走。那时候清泰立交桥已经造好了，从我们家到城站方便到只走一座桥就够了。我从清泰立交桥东头的桥梯上去，再从桥西头的桥梯下去，就到城站了。我去城站并不为了寻找我的父亲。我已经确信这种方法是不可能找到父亲的，那比大海捞针还难。我去城站一方面是出于习惯，从小就养成的习惯，只要有空，两条腿就会情不自禁地带我去那儿。关于父亲，我倒是偶尔会想到那个奇特的大汉，在那个夏天的夜晚，他突然站在我的面前，对我说儿子呀，我们回家吧。我忘不了他那张温暖的脸，那脸上甜蜜的笑容，和那肯定的语气。很多次我想起他，就怀疑他莫非就是我的父亲？他不也是一米七八的个儿吗？长脸，有着山东人的直爽和豪放。如果现在让我选择一个男人做父亲的话，我倒希望是他。我希望他再次出现在我的面前。但这毕竟是我的一厢情愿而已。另一方面在城站，到处有着"白蒲枣"的痕迹。徜徉在那儿，美好的回忆令人甜甜酸酸的。在这座带着阴性特质的都市里，"白蒲枣"让我想到那个江南所特有的黄梅天，我们扛着那幅肖像画在城站转悠时，突然来了一场雷阵雨。我们把这种雨，叫做"晴天落白雨"；就是西边还在下雨，东边的太阳却朗朗地照着大地，硬是在天空中架起一道或两道彩虹来。"白蒲枣"惊喜地伸出手去，将彩虹指给我看。她惊奇地叫喊着，米子哥，你快看哪，彩虹！彩虹！我连忙抓住她的手指，把她指过彩虹的手指头含在嘴里。她惊奇地望着我。我含了一会儿，才把手指头还给她。我说现在不要紧了。我说你别乱指彩虹好不好，这样要烂手指头的。她说，真的吗？我说我听我妈说，彩虹是不能指的，指了就烂手指头。她小眼睛眨巴眨巴地闪，问，为什么？我说我也不知道。她说，那我要是再指呢？我说那我就不管了。她忽然伸出手去，又要指了，但看见我着急的样子，就开心地笑了，说，我骗你的。说着，她得意地笑了。回想起过去的一幕幕，我对她的思念就像阴湿的墙角的苔藓般不受控制地滋生着，布满了灰色的角角落落。此外，我也喜欢在行色匆匆的旅客中间，进行着关于诗歌的思考。我有不少诗歌是在城站酝酿而成的，像《辞》：

他说：已经有所不同
有所同

他说：一些会留下来
一些离去

他说：在的要记住

不在的

　　就在写下这首诗的那天，我意外地认识了一个姑娘。在城站，我无意间听到那家文化用品商店——现在已改名为音像制品店——所播放的音乐，不再是轰啊轰啊像放炮似的摇滚音乐，取而代之是过去我们称为靡靡之音的流行音乐了。那是我的最爱——邓丽君的歌曲。我至今仍清楚地记得，那天放的是邓丽君的《恰似你的温柔》：

　　　　某年某月的某一天，

　　　　就像一张破碎的脸……

　　听到这样的歌曲，我的心随之一动。"白蒲枣"走后，日子对于我而言，都是一张张破碎的脸。我仰天望了望车站广场的上空，那儿什么也没有，空荡荡的就像掉光油漆的旧家具那样乏善可陈。老实说，在那个灰暗的日子里，我突然觉得单是为了这音乐，我也应该到店里去，向那个中老年妇女表示一下敬意，至少朝她微笑一下吧。于是我朝音像制品店走去，我走到门口，没有直接走进去，因为我发现趴在柜台上的人变了，至少发型不对，不是那个男人发型了，而是一股粗黑的马尾辫。单凭这一点，就可以断定她们是两个人，果然她抬起头来，我就看到了一张清纯的笑脸，她最多二十来岁，一个明艳的少女。我情不自禁地冲她微笑了一下，她也朝我微笑了一会儿。我在门口犹豫了一下，还是走了进去。《恰似你的温柔》是那盒带子的最后一首歌。她正准备换带子，我说，邓丽君的歌一点也不好听，但您能再放一遍吗？

她显然被我的话绕糊涂了，愣了半晌，才一笑，又把邓丽君的歌带塞进录音机中。

后来我就常去这家店里听歌，因为这样就省得自己花钱买磁带了。我自己挑磁带放来听，这样我放什么歌，她听什么歌。我们一起听殷秀梅的《祖国啊！我永远热爱你》、《春天，你在哪里》；沈小岑的《重阳九月九》、《江南雨》和《爱在深秋》；徐小凤的《顺流，逆流》；张明敏的《趁你还年轻》；费翔的《故乡》、《冬天里的一把火》；龙飘飘的《丢不了的情怀》、《让我默默离开》；成方圆的《回答我》；彭丽媛的《你会爱上它》；苏红的《我多想唱》、《小小的我》；高胜美的《潇洒的走》……店里有非常多的磁带，但不到一年时间，我就把它们听了个遍。她上一天班休息一天，我总是算准了她上班的日子去。店里就她一个营业员，她给我泡一杯龙井茶，说是雨前的，是她爸爸喝的。她让我坐在柜台里面，边看书边听歌。而她边打毛衣，边听歌边招呼着生意，边和我有一句没一句地聊天。

她叫杨宜芝，是我们认识了有些日子后，她告诉我的。她一直等着我问她的名字，但我压根儿没想到问，也没有告诉她我是谁。作为交换，我如实汇报了我的姓名、家庭及工作情况。当我把小时候来城站找父亲的故事，一件件地讲给她听时，她就像听说书那样哈哈地乱笑，像是在听天方夜谭。这其中我就讲到那个看不出年纪的中老年女人，就趴在她现在的位置上，整天在一张废纸上画无头鸟，但我看更像是男性生殖器。我问她，这店里先前的那个女人你认识吗？杨宜芝没有回答，只是一味地咯咯傻笑。她说有意思，太有意思了。她听我讲故事都听上瘾了，于是我不得不搜肠刮肚地讲画匠"老蜘蛛"，讲领回家的假父亲……这个叫杨宜芝的小姑娘，笑起来嘴巴张得木佬佬①大，无遮无拦，笑声也特别的清脆响亮，不像江南女子。果然，她说她是四川成都人，和大作家巴金是老乡。后来他父亲调到这儿工作，一家才迁居杭州的。

多少年来，一有空余的时间，我就在我们的"枫林晚庐"里写诗，读书。那里，总是给我很多希望，很多憧憬，总是让我身心平静地去等待。但现在变了，"枫林晚庐"越来越让我心浮气躁，有一天我竟然带了集邮用的放大镜，鬼使神差地研究起四棵水杉树的树皮来。我想从这些毛茸茸的树皮中，找到"白蒲枣"的鲜血染过的痕迹。但是什么也没有发现。最后，面对晚霞，我狠狠地掴了自己两巴掌。我骂自己变态了还是咋的了?!

我流泪了。我已经有很久很久没有流泪了。我想"白蒲枣"，我边想边流泪。坐在夕阳中流泪的感觉真好。流着泪，我写下了

---

① 木佬佬：杭州方言，很、特别的意思。

《明天》：

> 明天将出现什么样的词
> 明天将出现什么样的爱人
> 明天爱人经过的时候，天空
> 将出现什么样的云彩

自此以后，我很少去"枫林晚庐"了。这时候是 1997 年春夏之交，我虚岁都二十八了。母亲总是一遍遍地催促我，她的儿媳妇在哪儿？她的孙子在哪儿？我无以言对。"白蒲枣"已经南下五六年了，却依然没有音讯。

我喜欢下了班，拖着沉重的脚步和一身汗臭，到杨宜芝的店里去，我喜欢那儿的氛围。当我捧起她给我泡的龙井茶，香香润润地喝上一口，我顿时精神大振，工作了一天的疲倦也随之烟消云散。我挑磁带，放音乐。在音乐声中，我闭目养神或者沉思，偶有灵感或诗句从脑海里跳将出来，我就迅速记在我随身带的笔记本上。这本带有黑皮套的笔记本，是杨宜芝送给我的。她知道我写诗，她很喜欢我写给她的那些诗。她偷偷地拿给她父亲看过，她父亲也说好。我想我的诗不至于写得这么糟吧，连老人也喜欢？她说，你别贫嘴了，我爸好歹也是个中学校长。

有时候杨宜芝特顽皮，见我闭眼睛，就气愤地问我：我有这么难看吗？我就高声地对她说，你一点也不漂亮！一点也不可爱！她听我这么说，先是一愣，但很快她的脸色就变了，眼睛也活络了，还带着那种笑。她说，我也是，我一点也不想和你说话，一点也不想看到你。她这么说时，我并不怎么在意，直到有一天她突然问我明天有没有空？我问她干什么？她叫我到她家去吃饭，还说她父亲也想见见我这个大诗人。我明白这是什么意思，我说，你别吓我呵？她说是真的。她说真的的时候，眼睛奇亮无比，我突然从她的眼睛里读到"白蒲枣"的影子，以及那个诺言。

我故作沉思，想了想说，明天我没空。

那么后天？杨宜芝紧追不放。

我说，后天我也没空。

她说，那你哪天有空呢？

我说，小杨，对不起，这个问题我还没有想好。

杨宜芝别过头去，眼角挂着晶莹的泪花。我知道自己伤害了她。但我真的不知道，不想，也不是要伤害她。怎么说呢？我也不是不爱你，但……我叫了她几声，她都不理。我说，你再给我一点时间好吗？她还是不理我。

我决定不再去杨宜芝的店里了。

不再去音像制品店的我，又回到了"枫林晚庐"，我需要好好想一想，但我却像一头愤怒的雄狮，在草庐里打转，不知为何而愤怒？我的体内好像装了数十公斤炸药，在加热，在升温，在酝酿着我内心渴望的大爆炸。是的，我要发泄，我要疯狂。我像一个疯子，一个流氓，我吼叫着，掏出"麻雀儿"，我一次次地把精液射在四棵水杉树的身上。我是什么诗人？狗屁的诗人！我不是个东西！我要玷污了"枫林晚庐"，玷污了我们的爱情。我要彻头彻尾地堕落！

一个礼拜后，我又和杨宜芝肩并肩地趴在柜台上了。我们虽然还是朋友，但彼此间却多了一份客气。而我好像是她们店的免费雇员，讨好地帮着做生意。杨宜芝时常很女人地晃动着乳房。她的乳房大概正处在疯长期，有着胀痛与不适感，使她时不时以隐晦的手指去拨弄它。我看到她做小动作，便期待着她再次发出邀请，请我去她家吃饭。但是她没有。她装出压根儿没有发生过那回事似的。她对我的热度也降了许多，有时候显得很客气。

我有些失落，有些后悔，也觉得自己有些贱。

这年的七八月份，应该是八月份吧。反正是江南最多台风的季节，有天午后，一场超强台风降临杭城，一时间乌云压城，狂风与雷电大作，人间黑得像泼了墨似的，狂风掀起了店门口摊上的垫布，上百只磁带盒哗啦啦倒在了地上。凡是轻飘的东西，像笔记簿啊信笺纸啊满屋子乱飞，高处的东西纷纷往下掉，这情景吓得杨宜芝赶紧关闭门窗。确切地说，是我帮她一起关了门窗。她开了灯，地上一片狼藉。我们开始捡磁带。雷越打越近了，有几个打得震天动地，杨宜芝蹲在地上，双手紧紧地捂住耳朵，我不知道女伢儿为什么都害怕雷电，包括"白蒲枣"在内，杨宜芝自然也不例外。突然又是一个响雷，店里的灯忽地熄了，杨宜芝尖叫了一声，猛地扑进我的怀里。我能感觉得到她的颤抖。我紧紧地搂住她，一下下轻拍着她的背脊，我说，有我在，你不用怕。这时候我闻到从屋外飘进来的火药味，那是高压电线上的橡胶烧焦的气味。

我没有想到杨宜芝会害怕得哭了。我捧起她的头，用手轻轻揩去她的眼泪。但我刚揩去旧的，新的眼泪又冒出来。我想今天用手是揩不干的了，就俯下身去，用我的嘴唇，用我温顺的舌头。杨宜芝突然松开紧抱着我的双手，生气地拍打我的双肩，好像是我让老天打这种凶雷来吓她似的。她胡乱地拍打了一气，就吊住我的脖子。我们开始在黑暗的店中接吻，剥对方的衣服。这后来的事情就顺理成章了。我们在一片狼藉的地上忙碌，渐渐地，雷电远去了，风雨远去了，世界就剩下我们俩了。我们压根儿听不到外面的风声雨声和打雷声了。事后，我们注意到我们压碎了十来盒磁带，不，确切地说应该是磁带盒的壳子。第二天，杨宜芝把这笔账算在台风的头上了。

在这个风雨交加的下午，杨宜芝说我乘人之危，要走了她的贞操。风停雨歇之后，她哭得起劲，并且愤怒地将我赶出店去。可第三天她上班，我去找她解释，她又热情飞扬了，又泡茶又剥瓜子给我吃，我看书时她就像煨灶猫一样趴在我背上，根本容不得我解释什么。到晚上商店打烊时，她却把我和她"打"在了店里。我们关起门来，又偷偷地品尝爱情的禁果。情欲这东西你一旦尝到了味道，就再也丢不下了。我们在店里偷欢的次数多了，她就非常害怕怀孕，尽管我们很小心，但常在河边走，哪有不湿鞋的道理。到了第二年春天，她果真莫名其妙地怀上了伢儿。这个伢儿就是我们的宝贝儿子，米菊。我是主张打胎的，婚都没有结，要什么伢儿呢？但她死活不肯。于是，我们匆匆忙忙，赶在那年的"五一"劳动节，趁她还没有显身的时候举行了婚礼。

这个节日对我们的婚礼来说正合适，一切都来自我们的劳动。

第四章　冬东风·雪花白蓬蓬

立 冬

　　和杨宜芝有过三五次做爱之后，她又让我去她家吃饭。这次我欣然答应了。那天是周末，杨宜芝下了班后，我们关起门来，匆匆忙忙地亲热了一番，就一起去她家了。礼物是杨宜芝准备的，好像是青春宝养颜胶囊，壳儿很大，包装也精美。我是向来不信任这些东西的，但杨宜芝说她母亲喜欢。说到她母亲，见面时着实让我大吃一惊，她就是那个脸长得很浪费、头发短得像男人、但我看不出年纪的中老年妇女。不过，现在既然知道她是杨宜芝的母亲，年纪也就不是一个难题了。我顿时涨红了脸，杨宜芝却在边上偷偷地笑。中老年妇女显然也认出我来了，她噢了声，说，原来你就是那个傻小子呀。我不知道她凭什么说我是个傻小子，但瞧她的神色，似乎傻小子没有贬义，而是说傻得可爱。后来，杨宜芝说，我猝然见到她母亲的那场脸红，居然阴差阳错地博得了她母亲的好感，她对老头子说，这个小伙子不错不错。

　　见过她母亲之后，杨宜芝便拉我到她父亲的书房里。刚才外面这么热闹，书房里一直是静悄悄的，但我很惊讶地看到了她的父亲，他坐在一把鲁迅式的藤椅上，在看书。杨宜芝撒娇似的喊了声爸，我赶紧叫伯父。他在女儿面前故意装出很不屑的样子对我说，女人就是这样，唧唧喳喳的。杨宜芝小脸儿一歪，捏起小拳头就敲她爸的双肩。她父亲很享受地闭了会儿眼睛，才笑眯眯地让她出去。他说他有话和我说。杨宜芝就噘起小嘴，高高兴兴地跑出去，到厨房帮她母亲张罗饭菜了。

　　杨宜芝的父亲叫杨昆，又瘦又黑，一点也没有知识分子那种白净相。如果仔细看，眉目之间竟有着俨似黑叔的神情，就连脸上的皱纹条数与排列，也和黑叔极为相似。我看久了这张脸，恍惚间觉得坐在我面前的是黑叔，这种感觉一下子就把两人的距离拉近了。我不知道他要跟我谈什么。有关他女儿的幸福问题吗？当他摸出斯大林式的烟斗，开始朝我吞云吐雾时，我确实有些忐忑不安。但是，他却只是对我说，我是不抽纸烟的，这儿也没有纸烟，听丫头说你抽烟，你就自便吧。于是，我暗暗地松了一口气，释然地掏出红双喜来。

　　杨宜芝来喊我们吃饭时，我和她的父亲已经像一对忘年交，谈得非常投机。后来，杨宜芝不止一次问我，我和她父亲都谈些什么。我说文学。她生气地说，你们就没有谈一谈我吗？我想了想，我说，没有。这是事实。我们确实没有谈到她，我们只谈文学；具体地说，是苏联文学。不，应该是俄罗斯文学。我几次矫正，但她父亲习惯了苏联文学这个说法。

每次去杨宜芝家，她父亲都把我拉进书房，大谈特谈他的苏联文学。这股热情，让我想起爱谈"文革"逸事的金叔。她父亲跟我谈托尔斯泰和他的《战争与和平》、《复活》与《安娜·卡列尼娜》，谈果戈理和他的《死灵魂》，谈普希金和他致命的格斗，谈到契诃夫和他的短篇小说，谈到屠格涅夫和他的《猎人笔记》……我们在书房里谈，在餐桌上谈，在客厅里谈，他总是扯住我谈这些东西。其实我对苏联文学不感兴趣，但他硬拉着我谈，我又有什么办法呢？我就只好和老头子谈。他很威武地抽着烟斗，而我就一支接一支地抽着纸烟，有一次我一口气抽了八支，把自己抽醉了。

后来我有一个惊人的发现，老头子的苏联文学之旅，最后的终点站，永远是伟大的列夫·托尔斯泰。他喜欢谈这位八十二岁高龄的文学泰斗，在 1919 年的冬天，为了躲开他的妻子，离家出走的经历。大作家在途中受了凉，病了，不得不在阿斯塔堡火车站下了车，由于没有旅馆，铁路人员就把他安顿在站长的卧室里。六位医生轮流守在他的床头，这引起他的反感；他对他们说，这个世界除了列夫·托尔斯泰，还有其他一些病人需要照料。全世界的目光立即集中到阿斯塔堡，新闻记者纷至沓来，家人也赶来了，但他就是不肯再见他的妻子。直到他失去知觉之后，他的妻子才得以来到他的床前。相反，他却要见早在 1906

年就死去的心爱的女儿玛莎。在他临终之际，发谵妄时，托尔斯泰只有一个念头，就是重新动身，躲得越远越好："赶紧逃走，必须赶紧逃走！……我要出去找个地方，好让谁也妨碍不了我。让我安静些。"杨宜芝的父亲，对此津津乐道；每次富有感情地朗诵起这句话时，脸上流露出向往的神色。有一次我不禁要问他的女儿，你父亲是不是待在家里很压抑？她说，没有啊，爸在家里是绝对的权威，他有什么可逃的？他不过是读了一本《托尔斯泰传》罢了，显摆呗！

但我并不这么想。就像她父亲的肤色黑，并不是被烟斗熏得那样。我觉得弗洛伊德先生才能回答这个问题。我又一次想到我母亲说过的话，男人是活在路上的。这句话其实是我父亲说的。他至今身在何处，还是一个未知数。所以我想杨宜芝的父亲，之所以热衷于阐述托尔斯泰式的逃跑，或许仅仅因为他是个男人。男人天生就是家庭的逃跑主义者。后来，杨宜芝生下米菊，把孩子抱回娘家，让她母亲带后，杨宜芝的父亲杨昆就以家里太吵为由，借宿在学校里了。

杨昆在外面有个情人，这是杨家公开的秘密。杨宜芝的母亲知道，杨宜芝和她的弟弟杨新也知道。但杨宜芝的母亲采取不闻不问的态度。她的原则就是，杨昆可以迟回家，但绝不能在外面过夜。一直以来，杨昆默契地遵守着这条原则。现在，能够让他单独住到学校里，他简直幸福得要晕过去了。

既然说到我第一次去杨家的情况，接下来就说一说杨宜芝第

227

一次来我们家的情况。那天我带她回家，是临时决定的。那是深秋，我也已经去过杨家很多趟了，而她却一趟也没有来过我们家。为了公平起见，那天我突然心血来潮，叫她跟我一起回家。我母亲见到她时，好像并没有感到意外，倒是杨宜芝见到我母亲竟吓了一跳，因为她看到我母亲美丽的眼睛，黑的黑白的白，锃亮锃亮的。一个四十好几岁的中年妇女，却有着一双十三四岁少女般清澈的眼睛，在她看来是不可思议的。她偷偷地问我，话虽没有那么明说，但意思很清楚，是问我母亲脑子是否有问题？她问得不无道理，我记得有位女作家曾经说过，上帝啊，请给予她一双白痴的如玉般的双眸。但我还是没好气地骂她：你妈才脑子有问题！她也不生气，依旧啧啧舌头，惊叹于我母亲的年轻和美丽。杨宜芝的惊叹，在我看来，主要是指我母亲的心态，因为这些年来，我看到青春和风华在我母亲身上撤退的速度，比1948年逃亡的蒋匪兵还要仓皇迅速。在我看来，和二十几岁的母亲相比，这时候她的美丽早已溃不成军了。但杨宜芝依旧惊叹不已。

和往常一样，母亲摊了三只麦饼，烧了一锅小米粥，唤我和杨宜芝吃饭。饭桌上只有三碟下粥的小菜，一碟什锦菜，一碟咸亨腐乳和一碟花生米。如此简单的晚餐，杨宜芝从未见过。她啃着麦饼，喝着小米粥，嚼着花生米，胃口大开，一口气喝了两碗粥，吃了一只麦饼还不够，又从我那儿抢了小半只饼。这样她还只是觉得半饱。她说她从来没有吃过这么好吃的晚餐。母亲说，只要你喜欢吃，以后就常来嘛，人多吃起来才有味道呢。杨宜芝欣然答应了。母亲又说，就怕你吃多了，就厌了。杨宜芝说，才不会呢。

后来，杨宜芝果然常来，但母亲依旧只摊三只麦饼，烧一锅小米粥。这个量两个人吃嫌多，而三个人吃就嫌少了点。我经常提醒母亲，但母亲说，够了，多了也是浪费。饭后，杨宜芝喜欢和我母亲腻在一起，帮她洗碗刷锅，有一搭没一搭地闲聊。有几回还给母亲洗头发，洗了用电吹风吹到半干，再给她梳头。母亲在杨宜芝面前直夸她是个好闺女。但在我面前，既不说她好，也不说她不好。她对于我们的关系，不发表任何意见。

有一回我要母亲表态，她说，你要觉得合适，就结婚吧。

只要杨宜芝有空，我们不是找地方做爱，就是满杭城闲逛，逛街，逛西湖，但更多的是逛山，因为山里人少，比较容易找到动手动脚的场所。我们爬宝石山，爬北高峰，爬玉皇山，爬吴山，爬五云山……凡是杭州的山我们都爬遍了。那时候我很会猪八戒背媳妇。每次到了山中，杨宜芝就像小野猫似的跳到我背上，我就驮着她一级一级地往山上爬，而她就伏在我的背上数石级：1，2，3，4……124，125，126，127……她喜欢用我驮着她爬行的石级数量作为我们爱情的象征，如果这次比上次驮的石级数多，则表示我爱她更深了，她就用自己的身体来奖励我；如果驮的石级数少，她就嚷嚷我开始不爱她了，就不高兴，即使到了深山老林，连老虎都要迷路的地方，她也不让我碰。起初我还觉得好玩，但后来就觉得可笑，甚至可恶，我就再也不和她一起去爬山了。

不爬山就荡西湖逛街吧。荡西湖还要好一点，逛街就比较麻烦了。走到有天桥的地方，像过去的"解百"门口、龙翔桥、凤起路口等地方，她就习惯成自然地往我背上一跳，我就得乖乖地背她过天桥。有一回在解百天桥口，遇到一个好心人，也不问我们一声，就用手机招呼了一辆120急救中心的救护车过来，把我们弄得尴尬里尴尬的。害得我平白被急救中心的同志教育了一顿，臊得我恨不得把脑袋塞进裤裆里，免得在那儿丢人现眼。我突然恼怒了，把她丢在人群之中，只顾自己走了。

说实话，随着时间的推移，杨宜芝一脱再脱的身体，对于我而言，已经毫无新鲜可言；我们之间没有了高潮。而首先败下阵来的便是我。做那种事，在我看来已经像是任务了。既然两个人在一起，那就脱吧。有几次她在我的身上忙碌时，我的大脑却想着诗歌或别的什么，会突然冒出个把诗来。于是我就叫她别动，然后艰难地从刚才乱丢的衣服上寻找纸笔，把诗句草草地记下来。比如《玩味》中的那两句"敞开的水，是世界最后的怀抱"就是在这种状态下产生的。记下之后，我又拍拍她尖尖的小屁股，示意她活动可以继续了。有一次她突然光火了，事情做了一半，就说不做了。我问，怎么不做了。她说，刚有的一点兴趣也都让你搅黄了。不做就不做。

于是我们起身穿衣，人五人六地回到现实世界中。

人们喜欢把爱情比作闪电

尤其是情感诞生的一瞬

可是幸福为什么比闪电更短？

闪电开始的时候，那么亮

幸福那么炫目

可是闪电还没结束

心啊，已经开始了痛苦①

有一种恋爱，恋到最后，爱是不可能存在的，剩下的就是婚姻了。结婚是我提出来的。杨宜芝的父母很快就同意了。听杨宜芝说，主要是因为她的父亲，他很欣赏我，几次在她面前夸过我，用他们四川话讲，就叫"这个瓜娃子有两手儿！"当然，我对杨宜芝的父亲也颇有好感，现如今稍微有点帽子的，哪个不是脑满肠肥，不患前列腺炎，就得糖尿病，但他却瘦得黑、瘦得精神。他经常提到的列夫·托尔斯泰那句话："信仰是寓于平日的爱、好的生活，以及待人如己的习惯当中。"给我留下了深刻的印象，直到今天，仍然铭记在心。

为了给我做新房，母亲要搬到客厅里睡，我不许。在这个世界上，谁都可以受委屈，但我母亲不能。我和杨宜芝商量，她也劝我母亲，终于把她劝住了。于是，我借了东东的载重量为一吨

---

① 讴阳北方的诗。

半的小货车，买了几根木条和十来张三合板，将卧室一分为二，我们那半间大点，母亲那半间小点。因为我们添置了一张双人床，一口三门柜，一只化妆台，一只食品柜等。房间一分为二后，母亲和杨宜芝各自挑了块自己最满意的布，找裁缝踏了踏，就成了门帘儿。这时候已是结婚前夕，我又将墙涂了涂，杨宜芝嫌有气味，对胎儿不好，就没有再在我们家过夜。另外，结婚前夕她完全变了个人，人前人后正经得很，碰都不让我碰，约定这两个月我们不做爱，她说对于一个女人来说，结婚是一辈子的事情，她要郑重其事，要我也郑重其事。我觉得很好笑，也不知她脑子里在想什么，难道这两个月不做爱，就能说明我们没有做过爱？那她肚子里的小伢儿怎么来的？瞒得了谁呵，肚子里的小伢儿又不能多藏几个月的，简直搞笑。但我还是由她去了。

只是偶尔有点难受，就像一辆全速奔驰的汽车突然停下来，总带着惯性要往前冲。好在婚前的忙碌和非常耐人琢磨的诗歌，让我渐渐从肉欲中淡出。我翻翻创作记录，发觉和杨宜芝谈恋爱之后，诗写得很少，而且臭。那段时间我忽然诗兴大发，有时候一天写一两首诗，有时候一天写两三首诗。看来诗歌是性压抑的产物。1998年5月1日，这个国际劳动节，我们在竹竿巷口（也就是杨家所在的社区内）一家叫唐家饭店的饭店里，操办了喜宴。那天我去接新娘子时，还有一段小插曲，杨宜芝的母亲，这个脸长得挺浪费的女人，不知怎么搞的，就是不肯放女儿出家门，非要我给她买一只钻戒不可。我还从来没有碰到过这种事

232

情。我的小兄弟东东和海子，隔着防盗门，跟杨师母好话说尽，但她毫不动摇。软的不行，就来硬的，他们拼命地敲门，还叫嚣着要破门而入；但在杨家，我的丈母娘带领着几个杨宜芝的小姐妹，个个手持拖把，擀面杖，水果刀严阵以待，没有钻戒，绝不开门。后来，我不得不花了四千多元钱买了一只钻戒才叫开了门。

事后，我才知道这只钻戒，并不是让我给杨宜芝买的，它被我的丈母娘没收了。她把这只钻戒给了儿子，杨宜芝的弟弟杨新。在我印象中，四川人很豪爽的，是不是在江南待久了，就变了呢？就像杨宜芝所说的，杭州丈母娘十有八九是这样的，杭儿风吗！我妈也是跟邻舍隔壁学的，你晓不晓得？我说，我不晓得，但我恨这种事，你想要早说，何必要等到这天！蛮好的喜事，被她弄得多不开心。从此，我对杨宜芝的母亲再没有好感，有时候连杨宜芝也包括在内。

再说结婚那天晚上，我喝了不少酒。这本是我的两个酒保东东和海子的事情。但经历了钻戒风波之后，我突然很想喝酒，而且只求一醉方休。当我和杨宜芝敬酒敬到她父母面前时，我首先向她父亲敬酒敬烟，这没有问题，我一向敬重他。接着我向她母亲敬烟敬酒。她母亲说免了免了。我说不能免呀。今天是我和杨宜芝大喜的日子，怎么可以免呢！我敬烟，我将一支"大中华"，硬塞到她的嘴里，然后用瑞士军用防风打火机给她点烟。她吸了一口，又吸了一口。她因为烟吸进肺里而咳嗽起来。她咳嗽的样子很可爱。我的心为之一软，我想她要是爽快地喝下一杯敬酒，我就算了。但是我向她敬酒时，她又恢复了平常，将一杯"雪碧"混充是白酒，她以为我酒喝醉了，糊涂了。但是今天不，今天我清醒着呢，既然她敬酒不吃吃罚酒，那她该吃的不是一杯，而是三杯了。东东和海子对我丈母娘也是满肚子的气，没等我吩咐，就准备好了六只杯子，咚咚咚地斟满了。我先干为敬，哗哗地就把三杯白酒倒进了胃里。现在就看她了。这样的场面，大概大家都没有见过，有些稀奇，很多参宴者都前来围观，有人喝彩，有人喝倒彩，场面就显得分外热闹。杨宜芝的母亲黑下脸来，她说，你干什么！我傻笑着，说，给丈母娘敬酒呀，谢谢你给我生了这么好一个女儿。杨宜芝的母亲说，你……醉了。杨宜芝的父亲也说算了算了。杨宜芝急得泪在眼眶里直打转。但我不管，今天我非要她把三杯白酒喝下去不可。她不喝，我一把捏住了她的下颌。那是我的左手，整天捏铁锹的手。我大笑着，将酒一杯杯地倒入她的嘴里。我好开心啊，放开她，我头一别，就哇哇地呕吐起来。我是真的醉了。

　　那天晚上，是母亲和杨宜芝架着我进新房的。我还记得是我母亲帮我脱了鞋，给我洗了脸，又倒了茶。但我没有喝，倒在床上就迷迷糊糊地睡过去了。等我醒来时，大概已经是后半夜了。我是被杨宜芝弄醒的，她把我剥得精光，自己也光溜溜的，撅着一个大肚子，正坐在我的身上发功呢。这样不长记性的女人，天下也是少有的，她大概早已忘了酒宴上的不痛快，后半夜就在及时行乐呢。一个怀有身孕的女人，歪着身子，双手向后支撑着床板，骑在男人身上发功确实费劲，但她却乐此不疲。我满嘴苦涩，干渴不已，整个人却疲软得很，而且昨夜的气还没有消呢，就冲她说道，伢儿都有了，你还做这无用功干吗呢？她双手撑着床，边忙边说，知道今天是什么日子吗？是我们洞房花烛之夜。我说洞房花烛夜怎么啦？她半真半假地呻吟起来，说，洞房洞房就是洞里做房啊，你不想干我自己干。我说那应该是昨夜的事情吧。说话间，我也勃起了，便配合她动了起来，床开始吱嘎吱嘎地呻吟起来，接着杨宜芝呻吟的声响就大了，就拿腔拿调了。我想到薄墙那边还睡着母亲，就拍拍杨宜芝的屁股叫她轻点，她却我行我素，依旧肆无忌惮得很。我就不动了，任凭她一个人大包大揽地把活儿做了。我屏住呼吸，侧耳听了听，没有听到隔壁的动静。我知道这薄薄的一层三合板墙是根本隔不了声音的，母亲听到我们快活的声音是不是会很难过？但我没有听到母亲那边的声音，她连个翻身或呼噜的声音都没有。我心里忽然掠过一阵凉意，在这个 5 月 1 日的午夜或 5 月 2 日的凌晨，我借着窗外微弱的灯光，看到光着身子的杨宜芝，她显得那么丑陋。我想我真是吃错药了，竟然娶了这么个女人为妻！我这样一想，那活儿立马就软屁屁了。

小 雪

　　杨宜芝嫁到八卦墙门后，很快就和这里的街坊邻居们打成一片。这本是件好事，但那两个女人我早就提醒过她的，让她离她们远点，她却反而阿姨长阿姨短的，和她们来得亲热，一有空就轧在一道嘀嘀咕咕的。我不止一次看见她和这些婆娘们眉儿来眼儿去的。我看在眼里，就像仰面掸尘时眼里落了灰尘那般难受。我也不止一次地提醒她，她是我的老婆，也是我母亲的儿媳妇，应该立场坚定。但是没有用，她好像天生就和她们臭味相投。我母亲对我说，你就随她吧，别人说不说是别人的事，她听不听是她的事，她都这么大了，应该会明辨是非了。但杨宜芝未必就能明辨是非，她从那些婆娘堆里听了有关我母亲的流言，就回来吹枕边风，问我，有这个事吗？有那个事吗？我没好气地告诉她没有这些事！这些事都是吃了没事做的女人嚼舌头嚼出来的。

　　过门没有多少日子，杨宜芝看我母亲的眼光就变了。有一次我继续维护我母亲时，她的脸上顿时布满了怪异的笑容，冷冷地说，是啊，她是你的母亲，你这么说我一点也不觉得奇怪，但你想过没有，为什么人人都这么说你母亲呢？难道这么多人都和你母亲过不去吗？我说，这个就很难说了，中国有句老话叫"出头橡子先烂"，谁叫我母亲这么漂亮呢！杨宜芝鼻腔里出气，哼了一声，就背过身去朝里睡了。我纳闷了半夜，方知她是气我最后一句话，因为言外之意，她也没有我母亲漂亮。

事实上也是如此。我背过身来，睡自己的觉。

说到那两个女人，我就不得不提一件事。金叔去世后不久，"两座大山"和"洋葱头"以为机会来了，我母亲终于失去了保护伞，这下就由着她们整了。有一天黄昏，我母亲下班回来，在八卦墙门口和黑叔在心里别过之后，就见"两座大山"朝她冲过来，但不知道怎么的，她冲了两步，忽然摔倒在青石板上了。青石板磕走了她的两颗当门牙，血流了一大摊。她的身后，是同谋的"洋葱头"，她跑过去扶她。她小声问她怎么回事？"两座大山"说我也不知道。有一块石砖绊了她一下，但她和"洋葱头"看了半天，天井里根本没有高出来的石砖。这事后来七传八传，就传开来了，说我母亲有鬼神保佑，别人是动不得她的。至于为什么有鬼神保佑她，她们说，因为我母亲是个狐狸精白虎精害人精，是妖怪投胎的，就像《封神榜》里的九尾狐。

"两座大山"后来镶了两颗金门牙，是"白蒲枣"在深圳给她镶的。经过那一次挫折之后，"两座大山"再不敢伺机暗算我母亲了。但"洋葱头"却依旧如故，春天的时候，她从护城河里捞了不少蚂蟥，塞进我们家的门缝里，把我母亲吓得半死。她还偷偷地给我们家下蛋的母鸡吃避孕药，害得它们从此绝了育。她还冒充"两座大山"，向清泰门派出所写匿名信，怀疑是我母亲支使金麻子谋害了"两座大山"的丈夫冬瓜。结果一时间又闹得沸沸扬扬，派出所的同志几次三番来八卦墙门调查情况……据王小毛说，这些年"洋葱头"可没少向我们家使坏。

现在，我的老婆，我母亲的儿媳妇，居然丧失了立场，和她们俩打得火热，你说我气不气？难道我找个老婆，就是给我们家找个赫鲁晓夫吗？如果是现实的生活，尤其是她生下米菊之后的生活，让她变成了一个邋遢而又粗俗的女人，满嘴粗话，动不动就嚷嚷，我腌了你！我并不觉得可悲，我知道鱼就得游，鸟就得飞，老婆就得唠叨；我知道并不是每一个女人都像我母亲那样文静的，有些女人对任何事情都能唧唧呱呱的。但我想不到自己的老婆会走向我们的反面，无缘无故地仇恨起我母亲来。她不希望我有这样的母亲，要我离我母亲远点，越远越好。

杨宜芝向我母亲发难，是从我们家的饮食开始的。她说我们家的主餐（即中餐与晚餐）过于简陋了，说得难听一点，简直像叫花子吃的。她认为这样会影响胎儿的发育，要是营养跟不上，将来生下一个僵歪歪的伢儿，她要拿我母亲是问。她甚至在背后骂我母亲好去做尼姑了。为此，我母亲努力改善饮食结构，但还是满足不了她的要求。就是给她吃东坡肉，吃西湖醋鱼，吃莼菜汤；她也照样喊偏食，缺乏全面营养。后来她就理直气壮地回娘家去吃了。吃了晚饭，我必须去接她，她才回家来。

她的理由永远是那么的充分，在没生孩子之前，她大肚子出门不安全；生下米菊之后，又称伢儿太小，路上照顾不来。我建议过很多次，我母亲完全可以带孩子的，但她又不肯。她还振振有词地

238

说，怕我母亲带坏了孩子。那一次我火了，拎起手就给了她一巴掌。我说，你说的是人话吗？我从小就是我母亲带大的，难道我被带坏了吗！她咬牙切齿道，你个流氓坯！你们家全是流氓坯！

另外，我还注意到这样一个事实，凡是杨宜芝有性趣，主动要求和我做爱的日子，往往是我母亲休息在家的夜晚。杨宜芝就专挑这样的夜晚和我做爱。她总是把我们房间的灯打得很旺，只要气候允许，她就只穿了三角裤，薄薄的三角裤基本上遮不住什么，然后站在镶在墙上的大镜子前，扭着性感的身子；她喜欢和我站在镜子前，一边做爱，一边照镜。这时候与其说是欣赏做爱本身，倒不如说是欣赏镜子里的丑态，直到她像喝了酒般的兴奋起来，才将战场转移到床上。杨宜芝做起爱来动作幅度很大，声音也很响亮，人更显得很兴奋，她在我身上啃啊咬啊叫啊的，像一头恶狼，千呼万唤后便高潮迭起；全然不顾睡在隔壁的母亲，或者就因为有了隔壁这个听众，而性趣盎然？

我叫她注意一点，她就冲我翻白眼，干什么？或反问，她是你什么人了？我说，母亲啊。她就诡辩说，就因为她是你母亲，我们才不用忌讳啊。似乎很有理由，但有这个必要吗？我告诉她，如果她喜欢这样做，我们完全可以选择在我母亲上小夜班或上大夜班的时候进行。事实上，每当我母亲在上夜班时，我要求和她做爱，她却整个人萎瘪瘪的，让我有种奸尸的罪恶感。于是我就想，她会不会像别的女伢儿有露阴癖那样，也有露那个的癖；就像舞台上的花旦，台下的观众越多她演得越带劲，越过

239

瘾。我们这样做，完全苦了我母亲；她常常在夜半时分，被我们那种不堪入耳的淫邪之声所吵醒，失眠到天亮。

后来，我才明白是自己误解了杨宜芝，她并不是有露那个的癖，她是要把我从我母亲那儿夺过去。杨宜芝认为，在我母亲的心目中，我早已取代了我父亲的位置。所以，她现在要把我从我母亲那儿抢过来，因为我只是我母亲的儿子，而不是她的丈夫。照她的话说，她自己也有丈夫，她为什么不去把自己的丈夫找回来呢?！她甚至希望我连我母亲的儿子都不是，这样才好呢。

小的时候总是母亲搂着我睡的。我对父亲唯一有点印象的是，他老抢我睡的地方。一张床，他睡床里边，我睡床中央，母亲睡床外边；但早晨醒来时，我已经睡在床里边，他睡在床中央，而母亲依旧睡在床外边。当我长成小伙子时，母亲已经四十多岁了，这个缺乏爱情的女人满脸细碎的皱纹，皮肤也过早地暗淡了下来。我常常拉她坐在我的膝盖上，我觉得奇怪，过去那么博大的母亲，现在竟变得如此轻盈与瘦小了。生活果然很艰苦，但当我们相拥时，我们便拥有了一切。母亲坐在我的膝盖上，有时候会无缘无故地流泪。她说我是父亲留给她的最好礼物。其实这时候我们已很少谈起父亲了，或许在过去的日子里谈得太多了，把有关他的一切的一切都谈完了。我一直以来都怀疑父亲的失踪，照母亲的说法，他们是非常相爱的，但为什么他出去打工，就把自己"打"没了呢? 有时候我就恶毒地想，到现在他都不回来，那他还是不回来好，我和母亲相依为命惯了，现在我也能够挣钱养活母亲了，我真怕来个陌生人插在我们中间，不尴不尬的，从此就失去了母子之间的那份真情。这份真情或许就是杨宜芝嫉妒我母亲，要把我从我母亲那儿生生地剥夺过来的缘故吧。

我母亲因为我娶了杨宜芝而高兴，因为杨宜芝怀了身孕而落泪，她盼着杨宜芝给米家生下一个孙子；但当杨宜芝生下米菊之后，她做梦都没有想到，杨宜芝竟然碰都不让她碰一下这个小孙子。她一生下孩子就回娘家住了。孩子满月时，我母亲煮了一大锅鸡蛋，染得红红的，还有甘蔗、荸荠和糖果，在八卦墙门里分了分。等分完东西，她一个人关在家里痛哭流涕。而这个时候，我丈母娘家却在天香楼里大摆宴席，遍请亲朋好友。其实多我母亲一个，也不算多；但杨宜芝却不要我母亲参加。

我没有等酒席结束就出来了。我说我要替一个同事当班，其实不是，我只是想早点回家，陪陪母亲，我能理解母亲的那种心情。酒鬼叔家门前的荷花缸里，荷花早已谢尽，浮萍潜伏，二月的屋顶寂然。在夜色和冬色的双重苍凉里，不知什么人又加上了一腔悲凄的笛声，这份凄清的美，让我喜欢不得，又伤感不得，唯有热泪涌出眼泉，遇风而冷落。当我打开家门，看到泪流满面的母亲时，我也流下了眼泪。

母亲赶紧拭干泪，给我一张笑脸。她说，你这么快就回来了？我嗯了声，从包里掏出那叠照片，是白天给米菊拍的满月照。母亲接过手里，一张一张地翻看起来，脸上顿时泛起甜甜的笑容。她说简直就是一个小小米子，和你小时候一模一样。

米菊两岁那年，通过我丈人的路子，杨宜芝在她单位里分到了一套房子。那是她们单位最后一次分福利房。房子在三里亭，有七八十平方米。经过大半年的装修，我们终于搬去那边住了。我劝母亲和我们住一起，但母亲拒绝了。这也是杨宜芝巴不得的事。我也知道母亲不会去的。她要留守在八卦墙门里，要等我父亲回来。另外，我也希望她的生活，乃至人生都不受到任何的伤害。让杨宜芝和母亲分开居也好，至少母亲可以生活在她固有的生活中，不受他人惊扰。

　　说老实话，老婆对于我来说，已是一扇漏风的破门，一个将成为废墟的宫殿，一块遮不住头的包头布，一摊使手肮脏的树脂，一只有裂缝的瓶子，一双挤脚的凉鞋……我相信上帝安排一门好亲事，就如同把红海分成两半一样难。我和杨宜芝成了两个身体上彼此依靠，而心灵上却彼此紧锁的人。

　　希区考克说，幸福的定义就是：一个清澈明朗的地平线，那里没有云朵，没有阴影，可以很清楚地看到一切。生命的苦痛谁不知道？但能看出世间还存在着一个清澈明朗的地平线，那就非常可爱，非常耐人寻味了。难怪《围城》中的方鸿渐要逃出来，要去看那道简单的地平线。

大　雪

　　我生活的轨迹又回归到了"枫林晚庐"。工作之余，我不再去杨宜芝的商店了。车站新建之后，她们那个店搬到凤起路上去了。我也不想回家。我从更衣室的柜子里掏出式样早已过时的黄背包，包盖上有"白蒲枣"绣的五个红色毛体字：为人民服务。背包里有希尼、奥登或里尔克的诗集，笔和纸。我就背着包来到多少年来日照雨淋后没了屋顶的草庐。我常常抱膝而坐，面对夕阳，犯傻。或者就如同诗人于坚所说的，像平民一样生活，像上帝一样思考。

杜拉斯说她十八岁时就开始老了。我相信这话。男人可能老得晚一些，但刚过而立的我，也真真切切地感到老了，到了开始回想和怀念的年纪了。我在"枫林晚庐"里席地而坐，很少去想"白蒲枣"现在怎么样了，而时常想到她过去的一切：她摘南瓜叶为我擦鼻血的情景，她用洋火盒子关花蝴蝶的情景，她采了蚕豆花含在嘴上的情景……一幕幕，一场场，就像经典老片回放，让我冷不防地暗自落泪。当一个男人软弱到想一想过去的情人就流泪的时候，我想我确实是老了。

2002 年 10 月或更晚一些，正是迟桂花最后一批开放的时候，"白蒲枣"像突然从海底冒出来，出现在杭州街头。经过了近十年漫长的岁月，她比过去消瘦多了，但人依旧很漂亮，只是眉目之间缠绕着忧伤，身上也透出些许疲倦的气息。我说她越长越像黑叔了。我说这话时，我们已坐在一家叫"根据地"的酒吧里，喝着昂贵的洋酒。我不知道"白蒲枣"是怎么知道这家酒吧的。我是第一次来，这地方很不好找。我也不知道"根据地"是什么意思，是哪方面的根据地。

"白蒲枣"穿着一件非常性感的时装，梦幻般的紫色，薄、漏、透，演绎着时尚的全部精髓；在黑色的蕾丝花边下，她的乳房格外生动；玉白的胸口，带着冰冷的芬芳，让她整个人就像香气热烈的花瓣，异常的花枝招展。我几乎不敢认她了，这还是我们的"白蒲枣"吗？她也学会抽烟了，和我抽一个牌子的香烟。我不知道是不是巧合。我把烟盒放在吧桌上，她也摸自己包里的烟盒，码在了我的烟盒上。两盒香烟就像一对情人在床上，叠得整整齐齐的。她轻轻地摇晃着杯中酒，问我，好吗？我也反问她，你呢？她默了会儿，又说，听我哥说，你儿子都三岁了？我说，老了。我叹息了声，又说老了。

　　酒精，香烟，缓慢的音乐和心情，让我们不知不觉地怀念起小时候来。小时候海子就不爱带她这个妹妹，但她就喜欢黏着他，和他的小伙伴儿一起玩；所以海子一见到她撒腿就跑，而她则死死地追在他的屁股后面哇哇哭。后来是我充当头脑那会儿，总喜欢带着她一起玩，她就再也不跟她哥哥了。我们一起玩过很多游戏，玩得最多的还是过家家，我当爸爸，她当妈妈，我捡来碎碗碎罐片，当锅当盘当碗，她摘来树叶花草，当鱼当肉当青菜；我们扎个草把当我们的孩子，她抱在手里喂饭，一家人其乐融融。"白蒲枣"收集糖纸，我在城站等父亲时，经常能捡到人家丢在地上的糖纸，我就捡回来洗干净，再送给她。我们一起喜欢程琳的《酒干倘卖无》、张行的《迟到》、朱晓琳的《那一年我十七岁》，接着又一起喜欢费翔和齐秦。但我偏爱齐秦，而她更喜欢费翔，两个人时常为哪个人唱得更好而争论不休。霹雳舞和摇滚音乐也痴迷过。最可笑的是猫儿，不管晴天下雨都戴一副贴着商标的太阳镜，活像一个长着三只眼的怪物在街头游荡，他总是随身带着一只书包，书包里却只有一块笨重的板砖。他就是被这块板砖送进看守所的。他在那里待了一年半，出来后便成了没人敢惹的主儿。但他后来还是去了青海，听说那儿是不毛之地，任凭你逃也逃不了的死亡之域……

"白蒲枣"说，还记得小时候我们总爱玩跳房子的游戏吗？双脚蹦，单脚跳，每一个格子里都好像埋伏着许多快乐的目标，算一算我们在游戏的童年找到了多少快乐？我说，是啊，现在我觉得在我的生命里，就只剩下童年这点快乐了。记忆就像青草，当岁月的尘土厚厚地覆盖上去后，所有的青草都似乎枯黄了，死了。是啊，许多东西我们以为早就忘却了。但是今天，在这个"根据地"，当音乐和美酒像雨水一般冲刷了岁月的尘土之后，那些原本以为枯死了的草根重又泛起了一片片青色。

这一切，好像我们都不曾忘记过。

关于婚姻与爱情，你有什么经验之谈吗？"白蒲枣"又问。我说，有啊，深着呢。唉，人啊，千万不要因为寂寞而忘了自己到底爱谁，千万不要因为孤独而忘了自己该去爱谁。她眨巴眨巴眼睛，笑道，你的经验中可没有我什么事。我一字一顿地说，恰——恰——相——反——！她的笑容里顿时有了泪光，而且在大面积蔓延。我知道，打动她的还是那一样东西，但在这个混杂着粉尘与赝品的城市里，让人乱箭穿心的爱情，我们已经永远错过了。我轻轻地握住她的双手，我想告诉她，有些事情，错过一时，便是错过了一生。

空气中哀婉的琴声，低浅的歌唱，对幸福和泪水了如指掌。"白蒲枣"变得伤感起来，她仿佛是一条情不自禁反复呜咽的河流，一枝温馨而又忧伤的芦苇，在"根据地"暧昧的烛光中，无主地摇曳。她让我突然有种被火焰灼烧般的疼痛。她轻轻地从我的手中抽出手来，张开了十指，又慢慢地靠近我的手，我懂她的意思，我也张开十指，迎上去。一双男手和一双女手在靠近，在拥抱，在融为一体。她的手掌绵软而又滑腻，我的手掌坚硬而又宽厚。她的手指纤细而又调皮，它们摸索着我的手指，磨蹭着我的手指，就像一棵树的根缠绕住另一棵树的根，紧紧地连在一起，你中有我，我中有你。让这两棵树一起绿，一起黄，一起开花，一起结果。手指和手指沉湎于爱的感觉、知觉、触觉，带着爱人的体温、指纹和指吻，甜蜜地死去。

在这以后的人生体验中，对于我而言，人世间已经没有什么，能够抵上这一瞬的深和甜了。

从"根据地"里出来，我们沿着护城河畔默默地爬上清泰立交桥，我们凭栏眺望着灯火阑珊的城站。默默地，我们都没有说话。晚风呼呼地从我们的心尖上掠过，有些东西就像塑料袋在晚风中滚动时发出的声音，在我心底发沉。我说，你有伢儿了吗？"白蒲枣"回眸而笑，说，有，有两个。两个？我惊讶道。她说，这有什么稀奇的，人家一胎还三四个呢。我问，怎么不带回来让我瞧瞧呢？她说没什么好瞧的。我问，他对你好吗？她非常肯定地说，比你好。我有些惆怅，说不清为什么。我再次沉默，许久不说话。她问我怎么啦，我说这就好。她没有吭声。我以为她没有听见，就又加了句。说，这我就放心了。她突然反问道，请问，你有什么不放心的？

我哑然。良久，她才轻声轻气地问我，你还记不记得那次躲雨的情景？我们又饥又冷，天又黑，我都要哭出来了，你就拿一碗粥来哄我，哄得我好开心呵。我当然记得。我默了默，说，我不记得了。她大声地冲我说，你骗人！从她猛然间转过头来的脸上，我看到了满脸晶莹的泪珠，我惊呆了。

她说要去看看我们的"枫林晚庐"。我说，都这么晚了，就别去了吧。她不肯。我告诉她我已经不是过去的我了。她扭头笑我道，你怕了？我说，我不是怕，而是那间草庐已经不存在了。我这么说时，心就隐隐作痛。她说即使它不存在了，她也想再去看看。这次离开杭州后，或许就不回来了。她说，那几棵树总还在吧。我说，在。她说她永远忘不了那天我背她回家的情景，我的背好温暖好温暖。我叹息了一声，说，那走吧。

下立交桥时，她绊了一下，差点摔倒，我忙拉住了她。我说，还是我背你吧。她就像一只可爱的小猫，乖乖地趴上了我的背脊，双手款款地圈住我的脖子。我一直把她背到"枫林晚庐"前。在她的面前，"枫林晚庐"灿然一新。她拼命地敲打着我的

247

背，骂我骗人。她说，你就会骗人。她这么一说，我的心又开始流泪了。

有一些年华我已经虚度了，但还在继续着它的虚无。有一些人我曾经相遇，但我不知道是否还会相遇。我想告诉"白蒲枣"，爱情是一回事，婚姻又是一回事，我对她的爱永生永世不会变的，但我一个字也说不出口。在"枫林晚庐"，我用打火机给她照明，她蹲在地上，细细地察看了那四棵树的根部，她用指甲剥了几下树皮，向它们询问：我的血呢？我的心呢？我紧紧地抱住她。我们开始流泪，彼此呼喊，哥！妹！哥！妹！……我知道我是个臭男人，一个臭得不能再臭的男人。我为什么又一次在那里要了她？难道我对她的伤害还不够多吗？

"白蒲枣"走后，我才从海子嘴里得知，前年她结过一次婚，但很快就离了。前后才三四个月的时间吧。她没有伢儿。海子骂他妹妹有毛病，她哪有什么双胞胎的伢儿呀！我的心顿时咯噔了一下，全身血液怦然，我一口气跑到小树林里，狠命地抽了自己一顿耳光。抽得鼻血、嘴角的血滴滴答答，落地有声。我跪在地上，大骂自己不是人，是畜生！

那天，"白蒲枣"走时，从月台上给我打了个电话。她说她又要走了。我问她，去哪儿？她说，她买的是去深圳的车票，但她不一定会去深圳，最后去哪儿她还没定呢，不过有一点是肯定的，那就是她真的要走了。她说得那么郑重其事，当时我竟没有听出来。直到她挂上电话，又过了一会儿，我突然感到害怕，什么叫去哪儿还不一定呢？她会不会……我害怕极了，怕她真的就此消失了。我觉得身体里好像有什么东西被拔出去了，空了一块。

我当时正在铁路上巡逻，挂了电话，我疯狂地向车站跑去。我赶到月台时，她早已经走了。

我整个人一下子就空了。我知道从此我就是一个空心人了。

匆匆又是两年多过去了。这天海子马尿灌得醉五醉六的，见我就拎起手，给了我一个巴掌。我也老实不客气，揪住他的头发，把他拖到水龙头下，拧开龙头，让他清醒清醒。他清醒过来后，就像个女人似的呜呜地哭了。他说这下他妹妹真的失踪了。我弹出两支烟，一并含在嘴上，点旺了，才分一支给他，我问他怎么回事？海子说，他妹妹去年生下一个女孩，他母亲就去深圳给她带了一段时间孩子，前些时候，他还去深圳探望过她们。他妹妹给这个女孩取名米冬。他就觉得奇怪，再仔细瞧那女孩，眉目之间是挺像我的。他问他妹妹，这孩子是不是米子的？她说是。她说米是我的姓，冬是她的姓，这两个姓成了女孩的名字，我女儿的名字。本来这也没有什么，谁知这件事让他妈妈知道了，他妈妈就和他妹妹大吵大闹了好几回，要死要活的，后来有一天米冬突然病了，他妹妹就怀疑是他妈妈在牛奶里做了手脚，想害死她的女儿。女孩住了三天医院，等他去接她们出院时，他妹妹和女孩都不见了。他妹妹给他和母亲留了一封信，说她梦见"两座大山"像拧断我家六只小鸡的脖子那样，拧断了我和她的孩子。她被这个噩梦吓坏了，声称和母亲断绝一切关系。海子在深圳等了很多天，到处找不到她们，只好送母亲回杭州了。最近他又去了一趟深圳，他妹妹早搬家了，一切联系也都断了，他想这回他妹妹算是彻底失踪了。

海子说他妹妹一直爱着我。这我是知道的。但我们之所以不结婚，问题不在于我们，而在于他母亲"两座大山"。她大学毕业前夕，就是她突然从武汉赶回来那次，就是来跟她母亲作最后交涉的。"两座大山"摊了牌，她坚决反对，死不同意。她说就是全世界的男人都死光了，只剩下我米子一个男人了，她也不会同意她女儿嫁给我的，除非她死了。她死了，她就管不着了。如果黑叔在的话，我和"白蒲枣"还可以铤而走险，至少有黑叔拦在"两座大山"面前，但黑叔不在了，"白蒲枣"就不得不顾忌她母亲了。"两座大山"说她要是敢乱来，她就去跳河去上吊去喝敌敌畏去卧轨……总之把自己弄死为止，要死给我们看。她要我们好看，要让我们一辈子受良心的谴责，不得安生。当时我们就设想了两种在一种的方法，一是"白蒲枣"去南方图发展，将来我去投奔她；二是等她母亲百年之后，我们再结合，谁知她母亲至今还活得好好的，健健康康的，而且越老越精神了，再活个二三十年都不成问题。

黑叔生前，她不过是整天叽里呱啦的"两座大山"，她说的那些话我们可以不去相信；但自从黑叔去世后，她就成了哑巴，哑巴说出来的每一句话每一个字我们却不得不信，而且坚信不疑，她会说到做到的。这也是为什么"白蒲枣"毕业之后没有回杭州，而是和同学直接去了南方。我对海子说，要是"白蒲枣"和她的孩子有点什么三长两短，我饶不了他母亲。海子瞪着血红的眼睛，说，臭小子，你还是给我算了吧。

冬　至

　　现在我母亲死了，她再也找不到她一生最想找的那个人了。但愿在另一片天地里，她能够找到他，把他一去不复返的问题搞清楚。而我知道此时此刻，母亲不是在我背上，就是在我头顶的天空中，就像一朵洁白的云，正默默地注视着我，听我说着城站，说着我过去寻找父亲的种种经历，以及我内心深处的思量，包括那份怨恨。她肯定看到了我过去在城站的种种古怪行为。譬如我想报复哪个人，我就冲着人流如潮的旅客大声喊爸爸，引得很多人停住脚步，朝我别过头来，有的甚至朝我走来，在仔细看过我后，又漠然地离开我；有的还占我口头便宜，嗳嗳地应得欢。这时候我就想，我终于替自己也替我母亲把那个人狠狠地报复了一下，就有一阵恶毒的喜悦涌上心来。谁叫他走了这么多年还不回家呢？

　　我对母亲说，他不会回来了，我们不用再找他了。我这么说时，母亲就跟我急。我还小的时候，她骗我说，有人在城站见过你父亲，你快去找啊。我再大一点，我就问她是谁告诉她的，她就支支吾吾，说那个人我不认识。我说，你告诉我我不就知道了吗？我去找他。从此，母亲不敢再骗我了。现在想来，她是不是同时也在骗自己呢？她是不是就是这样一路把自己骗过来的呢？我问母亲，他难道非出去打工不可吗？你为什么要让他出去呢？你知道他去哪儿吗？母亲被我一问，除了发呆，就是哑口无言。过了好几天，母亲才幽幽地说了一句话，他说，男人都是活在路上的。我就懊恼地问母亲，你就知道他说的，他是谁啊！我当然知道他是谁，我这么说，只是想气气母亲。母亲当然也明白的。她从此就不响了，再也不要求我去城站找父亲了。她只是十分留心我进进出出的脸，好像我的脸上写着我是否去过城站的字样。

我和杨宜芝谈恋爱时，我几乎天天去城站。但不是去寻找父亲，而是泡在她的店里，和她谈情说爱，偷鸡摸狗罢了。当然那时候我也常在车站广场散心，偶尔也不忘往涌出来的旅客张望几眼，那都是"礼节性"地替母亲看上几眼。再说那些陌生的脸，那些雷同的脸，我一看就头大，这些年来我可是看得太多了。之后我结婚了，第二年元月，杨宜芝就生下了米菊。八斤半，是个大胖小子。当大胖小子落地一声叫时，我站在产房外面，将一根才抽了两口的香烟狠狠地踩死在脚底下。我在心里发了一个毒誓。我这一生绝不像父亲那样离开杭州，离开我的母亲，离开我的妻子和儿子。我说到做到，即使有公差我也一律推掉，我从不出远门。我喜欢吃过晚饭，抱着胖小子在外面玩，让他骑在我的头上，看那些来来往往的人流车流。

252

这小子和我一样，对火车情有独钟。抱着抖着喂着都要哇啦哇啦地哭，但只要我抱着他一上清泰立交桥，听到火车轰隆轰隆的声音，他就咧开小嘴调皮地笑了。后来旧车站改造了，除了红楼依旧，城站附近的店铺拆除了不少。杨宜芝她们那家音像制品店也搬迁了。新车站造得怪里怪气的，我不喜欢，也就没有再去。一直到今年，米菊已五岁了——也就是我们家搬到清泰门时，我开始到城站寻找父亲的年纪——我带他探望过病中的母亲后，拉着他的手来到了城站。因为从我母亲那儿出来后，小家伙突然问起爷爷来，他说他从没听过爷爷，他哪去了？

他这么问时，我们正打算从立交桥下经过，直接回家；为此我们突然改变方向，从人行桥梯上爬了上去，走过长长的清泰立交桥，又从桥西的人行桥梯下来，来到了城站。我抱着儿子来到月台上。我要他看清楚车站上有那么多陌生人，被火车从这个地方搬运到那个地方，或者从那个地方搬运到这个地方，最后在搬运中丢失了。他的爷爷就是这样被搬丢的。这就是所谓的车站。而所谓的男人，照他奶奶的说法，就是活在路上的。

母亲一直在忍气吞声中怀念着我父亲，是的，是怀念；她还没有充分展开自己的青春，就已经与老年相遇了，从苍白到苍老，从期望到怀念。而最近十多年里，我已经忘记了父亲这档子事，一次也没有去过城站。因为对于我来说，盲目地到车站去寻找父亲是非常可笑的。照杨宜芝的父亲的说法，只有自来人，没有望来人；脚长在别人的身上，你支使得动他吗？但是今天我又来了，我背着母亲温暖的骨灰，背着母亲温暖的灵魂，作最后一次车站之寻，以完成她老人家的终生遗愿。我可怜的母亲啊，请您在天之灵让我具备某种力量，让我从车站纷至沓来的旅客中一眼就认出他来吧。

张波叔曾经向我和母亲讲过一个暗示我母亲美貌的故事。他说在18世纪末法国大革命时期，巴黎有个女孩叫布沙尔，是某家保皇派贵族的侍女，并没有任何过错，但与主人家一起被拉到巴黎倒台皇位广场处死。这外貌只有十四岁的十八岁少女是如此脆弱，如此纤细，如此娇嫩，连老虎见了都会产生怜悯之情。当施刑助手在牢门口欲绑扎她的双手时，她不解地问他，是为了好笑，对吗？接着，她耸了耸肩膀，又含泪笑着问，先生，是真的要死了，对吧？听到这话，施刑助手扔下手中的绳索，大声叫道，另外找人来给你上绑吧，我从来没有绑过孩子。在被押往刑场的路上，年轻的布沙尔激起了路人们的关注和同情，"不准杀孩子！"人群中有人反复喊叫着。当她在断头台上躺下时，人们听到她那笛声般的声音在向刽子手问道，公民，我这样躺对吗？心情纷乱的刽子手再也无法忍受了，他以身体不适为由走下了刑台，让他的助手们去执行死刑。张波叔讲述这个故事时，经过都已经简略了，唯独对那个十八岁少女作了详细的描绘；把她描绘得就像一位仙女，天使，是花中的玫瑰、鸟中的凤凰、人中的西施。而他的描绘在我看来，说的就是我母亲。

他当然没有亵渎我母亲的意思，他只是借机来赞美我母亲，说明我母亲的容貌已美到了如何惊艳的地步。然而，多少年过去了，我恰恰认为母亲就是和那个少女同一类的女人，她们的容貌，她们的命运，总是让人唏嘘不已。在金叔去世后，母亲毅然关闭了心门，不再理会任何男人的真情或假意。她的心已经死了。墙门内外，众多的男男女女，也将我母亲视为专害男人的白虎精。母亲听了，淡然一笑，笑容里满是凄楚。可悲的是，母亲在心里竟然也认为是她害死了酒鬼叔、黑叔和金叔他们。她说她有这种感觉。要不，每次都会这么巧吗！

在病中，有一天晚上，母亲痛得无法入睡，就和我谈到死，谈到酒鬼叔、黑叔和金叔他们。她说她不想害他们，她在心里其实只想着他们的好，但他们却一个个地死了。她说酒鬼叔去世的前夜，她的体内突然源源不断地散发出浓郁的桂花香来。她当时并不知道这香就是她的体香。那是一个大夏天，还不是桂花盛开的季节，但她走到哪儿，桂花的香气就飘到哪儿。她没有在意，还以为谁在大热天擦多了花露水。张波叔被抓走后，又过了半年多，她再次闻到桂花香，那时候已是暮春。她也没有在意。后来黑叔出事了，他踏着三轮车冲出墙门的那个晚上，我们家满屋子的桂花香。这香我也闻到了，当时我和母亲抱成一团，我们哭得死去活来。我们哭累了，就上床睡了。不一会儿，屋子里就香起来了。浓郁的香息都让我透不过气来了。我沙哑着嗓子问，妈妈，我们家好香呵？

母亲说是金叔的死，才让她把桂花香和死亡联系在一起的。白奶奶出殡的前一晚，家里再次出现浓郁的桂花香，结果第二天金叔就死了。母亲说到这儿，神情迟疑了一下，她说张波叔走后的那次花香，会是谁呢？是张波叔还是我父亲？我劝她不要多想，这是迷信，根本不可能像她想的那样，一次花香预示着一次死亡。

母亲惨然一笑，说，妖精啊。她说白奶奶曾经跟她说过，过去棒儿巷里有过一个女人，不是狐狸精就是白虎精，身体里有异香，这种香就叫迷魂香，是专收男人灵魂的。

1998年春天，从北京来了一封信。信是张波叔写的，但是是他儿子寄来的。他说为了完成他父亲的遗愿，终于等到今天给我们寄这封信。他没有看父亲的信，他也不明白为何父亲要他等到今天才寄，因为这封信，是他父亲在二十年前就写好的。另外，他遵照父亲的意思，附寄六千元钱，是给我的结婚贺礼，他父亲推算出我今年要结婚。

张波叔的儿子说，他父亲从杭州回去的第二年春天，就去世了。

张波叔的信写得很长，很厚重。他十二万分感激我母亲在那种时候盛情收留他达三个月之久，这份情让他永世难忘。他称我母亲是观音菩萨。他希望我长大后好好孝敬母亲，说我母亲是世界上最好的母亲。与此同时，他的内心充满了罪恶感，怕他的事情连累了我们。另外，他对欺骗我们的行为表示深深的歉意。他说他根本就没有在北京碰见过我父亲，米有为也没有在三里屯工作过。他说他当时是潜逃到山东泰安，爬上泰山玉皇顶，准备一跳了之的。但经过"黄岘归云"，"且依石栏观飞瀑"和"俯瞰黄河天际流"后，他就不想死了。他下了泰山，在泰安车站附近的一家酒店里，他遇见了我父亲米有为，两人一见如故，喝了一宿的老酒。他说他一心想把自己喝死，就像发明彩色摄影术和留声机的法国佬那样，浑身浸透了酒精，点烟时划根火柴，就足以把自己点燃了。但是他做不到，喝到后半夜他竟哭了，我父亲得知他的处境，就拍胸脯，就写了那封信，让他来杭州找我们。第二天，他就南下了。在火车上，他偷看了我父亲写的信，并将五十元改作二百五十元，想以此来赎罪。但他知道，这里没有等式，他的罪孽是不可原谅的。回到北京后，只要一想到我和母亲的安危，他就度日如年，痛不欲生。

写这封信的时候，他已经预感到自己快不行了。他说他之所以要儿子过二十年才寄这封信，是因为我父亲并非在北京，如果他想回到我们身边，也早就回去了；如果没有，那么我和我母亲也应该接受这个事实了。他总觉得关于我父亲，我们的认识与他的认识大相径庭。至于怎么个大相径庭法，他没有明说。他最后祝福我们，尤其祝福我母亲，幸福快乐。

金叔去世那年，我母亲刚好四十岁。从那一年起，每天晨起，母亲所做的第一桩事，不是梳头，而是烧香。在我们家的灶头，有一只式样平常的香炉，里面装满了白米，便于插香。清晨起床，母亲净手，然后点燃三炷香，插到香炉上。每当母亲回忆起往事来，她的神态就变得呆滞了，或者说恍惚了；但目光依旧恬静、清澈和甜美。这种神情就隐含在她的容颜之中，漂亮和幸福感之中。这是母亲以贞节为信仰，抑止欲望换来的。因为贞节之于她早已习惯成自然了。这就使她拥有了令人扼腕的美丽。一种完美背后的残酷美。一种深邃的人性美。它的魔力大大超越了仅仅只有外表的美丽。

在诗歌之外，我为母亲的这份美丽而痛彻心扉。

等我长大了些，懂得那些情感时，母亲回忆时已经不会发呆、不会恍惚了。即使在回忆过程中，母亲也会突然想到眼下要做的事情，随即关闭记忆，就像放下没有水渍的玻璃水杯子那样，不留痕迹地去干活了。母亲老了，不中用了，她已经承受不起那种带情带感的心灵波动了。

小　寒

从车站广场的平台，我们走进大厦的二楼大厅。这儿是售票大厅。我收起雨伞，看到空旷的大厅里空荡荡的，售票窗前没几个人，大厅的左右墙上都是图表，都是线路图，都是以杭州为始点，各路列车驶往全国各地的路程、价格和时刻表。我还是第一次仔细地阅读这些表格和图示，深深地叹息"地大物博"这四个字；遥想父亲的当年，面对同样的诱惑，他怎能不眼花缭乱呢？

往南的候车室在二楼，往北的候车室在三楼，我们上三楼吧。因为从平台进去就是二楼，母亲，我们就不乘电梯了吧。

哇，现在的候车室好大呵！你看墙上的电子显示屏，花花绿绿的，比电影院里的宽银幕还大呀。走了这么长时间，母亲，你累了吗？我可是有些累了，我们坐一会儿吧。

从前，听母亲说"男人都是活在路上的"。我就特别气愤，照她这么说，孵在家里的男人都是死的了！她为了替那个不知道回家的家伙辩护，也用不着打击这么一大片吧。你看我母亲一辈子没有离开杭城半步，而那个人可以说一辈子在外面漂泊，或者也不仅仅是漂泊；谁能保证这个据说很会哄女人开心的家伙，在别的城市别的地方，就没有别的女人和别的家呢？要不，怎么三十多年过去了，他还不晓得回家呢？他还有一点男人的责任心没有？！

这些话搁在我的心头已经有些年头了。母亲健在的时候，我忍住了没有说，我不想伤母亲的心。她的心已经被我父亲伤得够惨了。在结婚前，我就明确地告诉杨宜芝，在我母亲面前忌讳谈到"父亲"两个字；更不要说和母亲去探讨这几十年来父亲为何迟迟不肯回家。

在母亲病重的这段时间里，我有拿父亲母亲和我与妻子作比较，老实说，我也是个性情中人，我寸步不离地守着妻子儿女，就是为了信守我的诺言：我会给妻子和儿子幸福的。但事实上，我越来越看不出妻子的幸福感。她总是埋怨我窝囊，没有一点出息。她对我的恩情、思念之情，远远不及母亲对父亲的深刻。这是不是很可笑？难道一个女人，唯有当她失去爱人的时候，她才懂得那份爱的价值吗？

而我的心好痛好痛，尤其是海子告诉我"白蒲枣"生下了我的女儿之后，多少次我在梦中突然惊醒，冲动地推门而出，要去城站，要去深圳，要去寻找"白蒲枣"和米冬。我要把她们找出来，我要和她们建立一个完整的家、幸福的家。我无法忍受米冬一出生，就没有父亲，重蹈我的覆辙。

　　那一次海子醉后吐真言时，我细细地问过他，"白蒲枣"在深圳的住宿地址、单位地址、通信地址、她的同学、朋友及同事的联系地址……我想不管她带着女儿去了哪儿，只要我用心去寻找，就一定能够把她们找出来的。问题是我下不下得了这个决心：离开杭州，离开杨宜芝和儿子米菊。因为只要我一动身，我便违背了自己的诺言。

　　那段时间我一边写诗，一边怀疑自己，我还是不是一个好男人？一个好丈夫？"两座大山"从深圳归来之后，我就等待着有一天，杨宜芝突然像点燃的焰火那样，和我大吵大闹。我知道这是"两座大山"报复我们家的最佳手段了，她肯放过吗？但奇怪的是，一切显得那么平静，出奇地平静。我在心里一遍遍地默咏着鲁迅先生的名句，"不在沉默中爆发，就在沉默中灭亡！"有很多次，话都到嘴边上，我却又咽下了。我想，与其让杨宜芝从"两座大山"那里得到消息，还不如我亲口告诉她呢。可为什么我就不说出来呢？

　　杨宜芝却像没事一样。但真的就没事了吗？

　　有时候我真恨不得离家出走，让杨宜芝也尝尝像我母亲、像

"白蒲枣"那样远离丈夫的滋味。我这么说当然是赌气，我是不会这么做的。从小到大，我陪伴母亲走过了她的大半生，我知道那是个啥滋味！而且我向自己发过誓，今生今世，绝不离开母亲、妻子和儿子半步，我要像个男人一样守护在她们的身边，让她们幸福，永远幸福。但是现在，我母亲死了，"白蒲枣"又远在天边，我的世界突然失去了所有的分量，变得如风般空荡和落寞。

有一天，我也会像一只都市的白色垃圾袋那样在风中飘走吗？

如果真是这样的话，岂不是印证了母亲的那句话：男人都是活在路上的。

我在候车室的报刊亭里买了一份最近的《南方周末》、《壹周》和《生活周刊》。我喜欢这三张报纸。我们单位门口摆书报摊的老张，每次来新报，都会留一份给我。他真是个好人，可惜一次车祸夺走他做男人的根基。我还在饮食部买了一杯热粥，粥里有红豆红枣花生米什么的，跟八宝粥相类似，就是太甜了一点，是不是糖精的缘故？

候车室里热闹非凡，手托一叠报刊或推着笨重的手推食品车兜售的车站服务员，打扫卫生的小嫂儿，三教九流的旅客像穿梭一般，很多人进来又走了，很多人走了又进来了……车站就是这么个地方。一个农民模样的男人摸出香烟，刚点燃，就见站警站在他面前，没有商量余地，罚款五十元。从外面进来的人说，天又下雨了，而且好大。

我解下背上的红绸包袱，又从铁路工人制服的表袋里，摸出黑色水笔来，然后将红绸在母亲的骨灰盒上绷紧，在红绸上写下"米有为同志领取"七个字。我细心地描了两三遍，让它们清晰可见。我将雨伞和包袱提在手上，就匆匆地站了起来。因为这时从杭州到北京的 T119 次列车开始验票进站了。凡是乘这趟列车的旅客都站起来，向检票口涌去。我随着这股潮流，向前涌去。或许是我这身制服的缘故，没有检票我就来到了月台。我踏上了 T119 次列车的第 9 号车厢。

我将母亲的骨灰盒安放在 9 号车厢的行李架上。大家都抢着将自己的皮箱、包裹和蛇皮袋塞到行李架上。不一会儿功夫，行李架上就塞得满满当当了。我仔细地看了看，车厢两边长龙般的行李架上，只有我母亲的红绸包袱色泽最是鲜艳，在一片黑的灰的黄不啦叽的暗色调中，显得那样的灿烂夺目。人生总是要经过一个一个地方，灵魂的旅行永无止境。但是，旅行中辽阔无边的苍茫，又时时让人的心灵灼痛，母亲，此时此刻你怀念曾经在生命中经过的或好或坏的事物吗？包括爱与恨、哭泣与欢笑、生与死……铃声响起，列车上的广播开始催促送客的亲朋好友下车了，列车就要启动了。

我自觉地下了列车，站在月台上，我在想，这是不是一个儿子该做的事情？但我又觉得是我母亲要我这么做的。就像有的人将骨灰撒在钱塘江上，有的人将骨灰撒在高山峻岭里，而我的母亲则想将骨灰存放在城站中。我想最终的结局是，母亲的骨灰盒存放在北京站（或杭州站）的失物招领处，永远存放在车站的失物招领处。如果我母亲的运气好，车站广播还会替我母亲广播呢！米有为同志，请到车站失物招领处认领失物！米有为同志，请到车站失物招领处认领失物！这是不是更合母亲的遗愿？

母亲在去世前三个月，就很少进食了。每天最多喝两口粥汤，或白开水；但她的排泄功能却异常的畅通，每天大便一次，小便两到三次。一个月后，母亲体内的污浊全部排干净了。这时候，母亲连粥汤也不喝了。她最多喝一两口白开水。但排泄系统依旧畅通。又过了一个月，母亲连喝口水也变得异常困难了。但她还两三天小便一次。她越来越瘦越来越干了。好像在人生的最后时刻，母亲净化了，浓缩了，走向了极致。这其间经受的疼痛是非人的。直到去世前一周，我俯身问母亲是否疼痛时，她的眼睛似乎示意了一下，表示已经不再疼痛了。从此，她老人家陷入了宁静的嗜睡状态。母亲享年五十五岁。这年纪在今天，还相当年轻，她的肌肤变得像水晶般透明，就像是有一层薄薄的肉色玻璃纸贴在她的骨骼上，不小心用手指甲轻轻抠一下就会破了似的。母亲精致的鼻梁，瘦削的脸颊，褶皱的双唇，还有纤细的手腕、手指，母亲的一切都变得晶莹剔透了，就像用青玉雕刻而就似的。

母亲去世前三天，屋子里忽然飘起一股桂花的清香。开始时若有若无，过了一天，就变得浓郁起来了。我带着她的孙子米菊守在她老人家的身边，儿子说，好香呵。我说，是啊，好香呵。后来妻子来接儿子回家，她也闻到了桂花香。她说，怪了，桂花要到中秋前后才开，还差个把月呢，再说墙门里也没有桂花啊，哪来的桂花香呢？儿子说，是奶奶香嘛。妻子打了个冷战，骂儿子不要乱说话，就匆匆地带着儿子逃走了。

母亲去世那天，桂花香到了极点，屋子里香得让人透不过气来。那一刻，母亲突然回光返照，像健康人似的从轻薄秋被里伸出手来。母亲去世后，那桂花香才渐渐地淡下去了。第二天上午，殡仪馆的灵车来时，屋子里还留有余香，那个戴鸭舌帽的男人问我，院子里是不是种了四季桂？

当母亲温玉般的手指从我的手里滑落时，我从房门口收回目光，就碰到了母亲大大亮亮的眼睛，如同两处蔚蓝的海心，折射出异常清丽的光芒。母亲就这样生生地注视着我，仿佛要把我看透，不，她已经把我看透了。母亲的眼睛，依然像个情窦初开的少女的眼睛，清清的，纯纯的，没有丝毫的杂质。人们总说，人的眼睛到了一定年纪，尤其走上社会之后，就混浊了、暗淡了、无光了、空洞了；然而我母亲是个例外，至死都是那样的清澈、清丽、圣洁。我凝视着母亲眼中那点深邃的亮光，随着生命的终止，像黑夜中油灯的火焰渐渐地缩小，缩小，但不减它的光亮，最后一星火焰摇了摇，便熄灭了。

没有了亮色的双眼，就像干枯的河塘那样。我伸出手去，抚在母亲瘦骨嶙峋的面孔，顺势轻轻地一抹，替她老人家合上眼睛。

谁家的录音机，还在播放苏州评弹《白蛇传》。

我从轻薄秋被上拾起母亲的右手，又从秋被里掏出她的左手，将她的双手一起捧在我的手中。我靠着床头，斜坐在床上，让母亲的头颅稍微有些歪地靠在我的身上，就像我小时候害怕做噩梦，母亲让我歪在她的胸前，哄我入睡那样。今晚就我们母子俩人，静静地听着，听着。

夜深人静，一声声吴侬软语，轻轻地，清清地：

白娘娘（水漫金山后，白娘娘和小青逃回杭州，过断桥时，白娘娘触景生情，想当年与许仙初次相遇，万般感慨）：……到如今，花已落，月不明，不堪回首旧时景，我是恨只恨……

小青（听见她在恨了，今天我这口气也总算平了；从来不见她恨些，苦头要吃几花①？今天她倒也恨了）：娘娘，你恨着谁来？

白娘娘：恨出家人，专管人家事，拆散鸳鸯，是法海僧。啊，秃驴啊！……

小青（听听啊一包气，总以为她要恨许仙？恨出家人！法海是要恨，怎么不恨呢？拆散别人家夫妻，是要

---

① 几花：杭州方言，多少。

265

恨；你个男人好之①，不听人家闲话，不会出这种事体。她越想越气，听不进）：娘娘，你的说话不对！

　　白娘娘（我的闲话不对，那法海的闲话对了）：娘娘怎么不对？

　　小青：法海他虽然心狠毒，我怪只怪（白娘娘问：怪哪一个？），怪你那许仙做事不应该，许仙不好。

　　白娘娘：噢，小倌人不好。小倌人好是不好，当中要没有法海，他就不会上当，就不会出这种事情……

大　寒

　　音乐是一种解放的力量，把我母亲从孤独的尘埃中解放出来了。音乐打开了我母亲的身体的大门，让她的灵魂自由地行走在人世间。我母亲那桂花香型的灵魂，我母亲那圣洁的灵魂，飘满了整座老屋，屋子里香透香透的。

　　夜静极了。浓烈的桂花香将屋子里的蚊虫赶跑了。墙门里没有野猫闹架儿的声音，也没有秋风惊动草木的声音，只有一轮毛边的月亮，静静地挂在西天头。我出来撒了泡尿，抽了支烟。抽烟时抬头看了一眼月亮。月亮都出黄毛了，这日子晦啊。我看月亮时就这样想，这句话就清晰地划过我的心间。不知为什么，母

_____

　　①　你个男人好之：杭州方言，你丈夫好的话。

266

亲去世，我出奇地平静，就像母亲不是死了，而是睡了。我甚至很想笑一笑，但不知该对谁，我丢下烟屁股后，再次抬头，朝月亮笑了笑。

我走回老屋里，决定为母亲做点什么。我在三门柜的顶格找到了母亲珍藏着的寿衣，叠得方方正正的，装在一只塑料袋里。我不知道母亲是什么时候给自己备下寿衣的。是酒鬼叔死的时候？张波叔死的时候？黑叔死的时候？金叔死的时候？还是后来她病的时候？这些年来，她有过轻生的念头吗？我不知道。但总之，她早早地为自己备下了寿衣，病重的时候她告诉我放在那儿。三门柜是我结婚时买的，那些家具我都留给了母亲。新房子里都是重新做的。寿衣古色古香的，黑绸面料，印有金色的古钱币图案。我将上衣和长裤摊在床前的椅子上。接着我端来一盆清水，试了试水温，有些凉，我又兑了些热水，温温的，才满意地端到床前。我揭去薄薄的秋被，把母亲身上的尘世间的脏衣服脱去，然后给她擦身子。母亲的身体惊人的瘦小，仿佛只要揭去那层黄纸般的薄皮，就只剩一副骨骼。母亲把体内的杂物都排泄干净了。她就剩下她自己了。不，她把她所剩下的自己也浓缩了。

我轻轻地给母亲擦身子的时候，我就想我母亲的遗体被火化时，肯定会像道行高深的僧道那样从灰堆里骨碌碌地滚出几粒舍利子来。但是没有。或许有也不一定，因为我母亲的骨灰是殡仪馆的工作人员经过处理后交给我的。擦身子时，母亲还微温，还是柔软的。她胸前的那一对好乳已经干瘪成两枚桃核了，小时候我吃它，摸它，把它当玩具玩……想到小时候，我的眼泪就像泄

267

洪一般外涌了。我边流泪，边叫着妈妈，边给母亲穿上崭崭新的寿衣。

我把给母亲换下来的衣服放在水盆里，我揉了揉，端起来走到客厅找肥皂洗时，才想到已经用不着清洗了。我把水盆放在那儿，又回到卧室，坐在床前的椅子上。我看了看表，已是第二天凌晨三点多了，天该亮了，但它怎么还不亮呢？

十年生死两茫茫，不思量，自难忘……

歌声多么婉约，多么凄楚，好像是酒鬼叔的声音。我听到了，我侧过头去，望着窗外，却没有一丝天籁，天地间安静极了。我回过头来，望着母亲时，我又听到了那歌声。好像在窗外，好像在屋内，好像在我的脑子里，又好像都不是，而是在苍茫的尘世间。

十年生死两茫茫，不思量，自难忘……

这歌声让我浑身的鸡皮疙瘩"嚯"地冒出来了，而且冒了又冒，层出不穷。我开始抽烟，像金叔一样疯抽，一支接一支，抽到恶心，抽到想跑出去吐时，天终于亮了。我先给杨宜芝打电话。我说，我妈走了。杨宜芝问，走了，到哪儿？我说，去她该去的地方了。杨宜芝这才听明白，她叫我别一大清早吓人的，说去世了不就得了。她最后问我她要不要过来，我说不用。我突然很厌恶让她看到去世的母亲。我说我会过去接米菊的，让他来和奶奶告别一下。接着我给殡仪馆打电话。把他们留在电话簿上的全部号码都打了一遍，只有一个地方有人接。接的人说，这么早，找死啊。我说，是早死，想请你们上午来拉去。那人说，还没上班呢，九点钟以后再打来。看来官僚主义真的有市场，殡仪馆也不例外。我把客厅和厨房间的灯熄了，只亮着卧室的灯。我推出那辆骑了二十多年的老"永久"，回三里亭接儿子去了。

　　我骑在秋涛南路上，向北。这个城市因为电荒的缘故，一半路灯亮着，一半路灯黑的，让人更加清晰地意识到天色暗淡，这时候距离黎明还有一段时间。我把自行车踏得飞快，耳朵自觉地听到宽松的链条擦着盖链板的声音：咔嚓啦！咔嚓啦！很有节奏感。与这一节奏感合拍的是，我的大脑里翻滚着一幕幕故人临终的镜头。黑叔躺在门板上，他含着茶叶的嘴巴在动，他无声地向我们诉说着什么；金叔躺在门板上，他的嘴里叼着一支云烟，烟雾缭绕；白奶奶躺在门板上，她用手敲打着额头，说头好痛啊，我看到她錾出道道壑沟的额头，山重水复，仿佛是锁住命运的密码……母亲临终前的手势，她努力地抖了三抖，但她还是没来得及说出她想说的话。她就像我所熟知的那些诗人，他们一生受尽了诗歌的折磨，但大多数诗人还没来得及写出他们真正想写的诗歌就必须死去了。这么看来，我母亲是不是比我更像一位真正的诗人。

天终于大亮了，东方布满了红霞。

前方非常模糊，我抹了一把脸，满手都是泪水。我没有出声，我只是流泪。母亲走了，但她才五十五岁呀！连儿孙的福都没有享过呢。

而"两座大山"还活着。难道我也要让"白蒲枣"像我母亲那样，一辈子受尽情感的折磨吗？

而"洋葱头"也还活着。她和"两座大山"都没有再嫁男人，她们就守在八卦墙门里，守着她们的晚年。我听"小六六"说，在酒鬼叔第一年还是第二年祭日那天，"洋葱头"做过羹饭后，便捧着酒鬼叔的那把紫砂茶壶，默默地流泪。后来，她就打发"小六六"睡下了。到了深夜，"小六六"被一阵奇怪的声音吵醒了。她依稀看到母亲将父亲的骨灰盒打开，用汤匙舀了几瓢父亲的骨灰，放进那把茶壶里。接着她母亲就往茶壶里倒"二锅头"，直到灌满。"小六六"以为自己看到的一切是梦。第二天放学回家，她偷看了那把茶壶，里面果然有白酒浸泡的骨灰。

令人惊恐的是，"小六六"还发现，她母亲每晚睡觉前，便捧起那把茶壶，喝上两口酒鬼叔的骨灰酒，嘴里咀嚼着丈夫的骨灰，她才能安然入睡。据说这骨灰酒，比任何药物都灵，彻底根治了"洋葱头"的失眠症。在我们读初中那会儿，"小六六"带我们去她家看骨灰盒和茶壶时，酒鬼叔的骨灰已经被"洋葱头"泡酒喝剩下最后一壶了。很难想象，她喝光了用酒鬼叔的骨灰浸泡的"二锅头"之后，将拿什么来安眠自己呢？

那天清晨，我驮着米菊往回赶时，我忽然想起母亲最后一次看到孙子时的情景，她歪在秋天的屋檐下的藤椅里，伸出干枯的手掌，让孙子拍着节拍，念她曾经教的数字儿歌：

一，一只鸡；

二，二会啼；

三，三个铜板买来的；

四，四川带来的；

五，五颜六色的；

七，七高八低的；

九，酒里浸过的；

十，实在没有的。

母亲的手一直摊开着，但她已经昏睡过去了。虚弱的母亲已体力不支，整天昏昏沉沉的。但她的孙子还拍着奶奶的手掌。我蹲下身去，抱住了他。我悄悄地告诉他，奶奶睡着了，你到别处去玩吧。米菊噘起了嘴，说，奶奶真差劲。

儿子噘着小嘴，问我，为什么要去看奶奶？我说，奶奶马上就要去天堂了。现在不去看，以后就永远看不到了。儿子问，那我可以到天堂里去看她吗？我告诉他，当然可以，但那要再过八十年九十年一百年，等你也老了以后，你才能上天堂见到她老人家啊。儿子问，那今天我还上幼儿园吗？我告诉他，上，去看看奶奶，我就送你去幼儿园。

爸爸，我要吃肯德基。儿子要求到。

我说，好的，看完奶奶后，我带你去吃。

T119 次列车走后，不知过了多久，又一趟列车进站了。在雨中。月台的翘檐，根本挡不住暴雨的狂扫，旅客们惊慌地下车，惊慌地上车。我的伞不知哪去了。我的伞呢？我在月台在匆忙的人群中东张西望，有位列车员就朝我喊了起来：喂喂，说你哪，你还磨蹭什么，赶紧上车，列车马上就要开了。我说，我找雨伞，刚才还在的，你看见了吗？列车员不高兴地说，这个时候你还找什么雨伞？到车上不就淋不到雨了吗？对啊，我想她说得很对，我就赶紧跳上了车。

雨很大，有一种沸腾的激情，透过车玻璃，朝车厢里的人倾泻。列车启动了，前途也在下雨。我看到穿制服的女乘警，梳了一条好看的马尾辫，她手里托着黑皮夹，开始检票了。她走到我跟前时，朝我笑笑说，还没有买票的同志她可以代办补票。我这才发现自己已经从月台来到一列疾驰的列车上了。也不知这列火车开往何处？显然她的话是对我说的，但我要去哪儿？我一时也想不起来。我只记得母亲告诉过我，男人都是活在路上的。

不！我要回家。

马尾辫说，请问先生，您的票呢？

我摇摇头。

马尾辫又笑笑说，先生，那您要去哪儿呢？

我搔搔头皮说，可问题是，我还不知道这趟列车往哪儿开呢？

272

读者反馈卡

尊敬的读者:

　　非常感谢您购买本书。为能继续提供更符合您要求的优质图书,恳请不吝赐教。抽出点滴时间填写以下调查表,并尽量以电子邮件形式寄回我公司(直接注明书名、问题序号和选项对应的字母即可),您将自动成为我公司读书会会员,可长期以非常优惠的价格购买本公司其他书籍,免费邮寄,并可定期获赠精美礼品。

北京博闻春秋图书有限责任公司

电子邮箱:bwcq@163.com

通讯地址:北京市复兴路甲 38 号嘉德公寓 722 室

邮政编码:100039

公司博客:http://blog.sina.com.cn/bwcq

官方微博:http://weibo.com/bowenchunqiu

1. 您了解《关于我美丽母亲的一切》这本书是通过
   A 书店　　 B 网络　　 C 熟人推荐　　 D 报刊

2. 您购得本书是在
   A 新华书店　　 B 书城　　 C 民营书店　　 D 书摊
   E 网络　　 F 超市　　 G 其他_____

3. 您目前的职业是
   A 公司职员　　 B 个体经营者　　 C 公务员　　 D 学生
   E 农民　　 F 自由职业者　　 G 其他_____

4. 您决定购买一本书的因素包括
   A 内容　　 B 封面　　 C 书名　　 D 朋友推荐
   E 媒体推荐　　 F 作者　　 G 其他_____

5. 您决定购买本书是因为

A 对题材感兴趣　　B 送给孩子　　C 偶然购买

D 为了收藏　　E 朋友推荐　　F 其他_____

6. 您购买图书最感兴趣的是

A 写作风格　　B 封面包装　　C 作者观点　　D 作者声望

E 媒体推荐　　F 书籍内容　　G 其他_____

7. 您会购买同一系列中的其他图书吗？

A 会　　B 不会　　C 偶尔会　　D 看看再决定

E 其他_____

8. 了解本书之后，您对本公司的其他图书有购买可能吗？

A 会　　B 不会　　C 偶尔会　　D 看看再决定

E 其他_____

9. 平常读书时，从行文风格上说，您更喜欢

A 严肃深刻　　B 轻松幽默　　C 故事性强　　D 史料性强

E 文学性强　　F 图文并茂　　G 系统性强　　H 通俗易懂

I 观点独特　　J 其他_____

10. 您觉得本书的优点有（可多选）

A 文笔好　　B 选题好　　C 封面漂亮　　D 排版舒服

E 价格合理　　F 手感好　　G 其他_____

11. 您觉得本书有何不足之处，您有何意见和建议？

_____

12. 有没有您想读但市面上却没有的书？请谈谈您的设想。

_____

_____

您的姓名_____　性别_____　年龄_____　职业_____

邮政地址_____

邮政编码_____　手机_____

E – MAIL _____

MSN 或 QQ _____